JO ZIEGLER

ZWEI KAN TIGE KERLE

EIN
DOPPEL
ROMAN

KLAUS IM HAUS

&

DAS BREITE GRINSEN DES DIETRICH VON OHM

BUCHCOVER UND
BUCHRÜCKSEITE ©JO ZIEGLER

KLAUS IM HAUS   S. 4

DAS BREITE GRINSEN
DES DIETRICH VON OHM   S. 114

JO ZIEGLER KURZVITA
MIT BIBLIOGRAFIE
UND AUTORENFOTO   S. 251

KLAUS IM HAUS

JO ZIEGLER

Roman

Die Wahrheit in unserem Leben ist die Erinnerung, die wir in uns tragen, die Träume, die uns begleiten, die Sehnsüchte, die uns treiben. (Erich Kästner 1899 – 1974)

**SIE MÖCHTEN SORGLOS
IN DEN URLAUB FAHREN?
KEIN PROBLEM!**

ICH BIN FÜR SIE DA!

**DER RASEN WIRD GEMÄHT UND
DER KÜHLSCHRANK WIRD AUFGEFÜLLT.**

**SIE KOMMEN NACH HAUSE
UND IHR URLAUB IST NOCH NICHT ZU ENDE.**

HAUSHÜTER KLAUS MACHT'S MÖGLICH.

HOLEN SIE SICH KLAUS INS HAUS!

Also:
„Ich bin der Klaus.
Guten Tag!
Ab morgen hüte ich Ihr Haus."

Dieser angedachte, ermunternde wie zukunftsweisende Satz fiel mir just an dem Tag ein, als mir mein Tacho nur Nullen anzeigte. Keine manipulierte Nullen, nein, nur Supernullen nach einer Vielzahl abgespulter Kilometer, deren Anzahl nur ich kenne und sehr wohl für mich behalten werde. Abgeleistet in zehnjähriger Tätigkeit als Taxifahrer und, damals nahtlos angegangen nach meiner vorzeitigen Entlassung im sozialverträglichen Rahmen beim Zechensterben im Ruhrgebiet.

Entlassen als Maschinensteiger mit dreiundfünfzig Jahren auf Zeche Hannibal – immerhin rechtzeitig genug, wie mir der Amtsarzt anhand einer Röntgenaufnahme erklärte, just in time, wie er dynamisch formulierte, also ohne Befund einer möglicherweise erworbenen Staublunge unter Tage.

Hier ist zu bemerken, dass speziell auf meinen Wunsch hin sowie mittels eigener privater Zuzahlung diese Röntgenaufnahme mit Hilfe der Computertomografie (CT) erstellt wurde, hatte ich doch per Zufall in einer Sonderbeilage meines abonnierten Technikmagazins gelesen, dass bei der Abklärung von Staublungenkrankheiten sich die CT zur Darstellung von Veränderungen in den Lungenblättern wie z. B. Plaques, besonders bewährt hat.

Besonders bewährt hat sich ebenfalls mein Taxi, mein vornehmlich urban geschundener Bock, den ich gestern im Essener Hafen definitiv abstellte, um sodann in meinen

Bello-Boots im schmatzenden Dreck des Gewerbegrundes zum aufgebockten Container-Büro zu stiefeln.

Ich erhielt 150 Euro als Differenz zu 500 Euro von meinem erzielten Verkaufspreis, also abzüglich anfallender Verschiffungskosten nach Afrika. Die Geldscheine steckte ich schief grinsend ein, nachdem ich dem Ali, wie der Name dieses radebrechenden Typs mit filigranem Körperbau lautete und verschwindend klein einher kam in seinem Booster-Blaumann mit angeklammerten Konterfei nebst einem doppelten Namenszug in Plastikhülle. Sein Name Ali stand dort in lateinischer wie arabischer Schrift – also, diesem Doppel-Ali händigte ich abschließend meine Autoschlüssel im Doppel aus.

Die Quittung steckte ich in meine Hosentasche und wünschte gleichzeitig meinem Benz mit Destination Afrika eine neue atemberaubende Zukunft, in der seine seit 1971 für deutsche Taxis gesetzlich vorgeschriebene Farbe in Hellelfenbein nach RAL 1015 noch einmal zehn weitere Jahre leuchten möge, um dabei deutsche Wertbeständigkeit zu zementieren – oder auch nicht, denn die Wahrscheinlichkeit meines Wunsches war womöglich wildes Wunschdenken wegen der hohen Laufleistung des Motors mit stetig steigendem Durst nach frischem Motoröl 10W-40, nach frischem Ölfilter, Filtereinsatz, Entstörstecker, Führungsstück, Kabelhülse, Schutzhaube, Verteilerdeckel mit Verteilerstück, Zündleitung und Zündkerzen und…und…und danke sehr, es bediente Sie soeben KFZ-Meister Solimann! Das Leistungsdatum entspricht dem Rechnungsdatum, wir wünschen allzeit eine angenehme und sichere Fahrt und ab nächsten Monat kann die Rechnung direkt an unserem Counter mit Scheck-Karte beglichen werden.

Wie dem auch sei, jetzt lasse ich mich fahren. Lasse mich stadteinwärts im Linienbus von einem Fahrer mit einem extrem ruppigen Fahrstil fahren und frage mich dabei, wie der wohl seine Personenbeförderungserlaubnis erlangt hat. Vielleicht hat er gerade Stress mit seiner Perle und, da auf mich keine Perle mehr zu Hause wartet, nehme ich den direkten Weg in Richtung unserer Taxenstammkneipe in unmittelbarer Bahnhofsnähe.

„Hallo!
Klaus, nun gib' schon einen aus!
Mann, wann kommt es schon vor, dass einer so glatt aus dem Rennen geht wie du.
Mann, noch knapp zwei Jahre weiter bis zur sicheren Rente.
Mann, und die Kohle für dein Wohnmobil hast du schon zur Hälfte angespart.
Hallo!
Klaus, nun gib' noch einen aus!"

In unserer Taxenstammkneipe, nunmehr zu fortgeschrittenen Stunde, macht Siegfried den Hexer an der Bar, schon mühsam mit schwerer Zunge und feuchter Aussprache einherkommend, der alte Siegfried, kurz Siggi genannt.
Genauer Siggi-Südwest, wie wir ihn rufen, diesen ausgemergelten kleinen ledernen Wicht, der oftmals wild über Afrika und Rommel schwadroniert wie dieser vor dem Befehlsfahrzeug "Greif" ihm angeblich die Hand schüttelte bei gleichzeitiger Überreichung eines NSKK-Ehrendolches mit dazugehörigem Gehänge. Der besondere Anlass war sein umsichtig geführter Lastwagenkonvoi.
Den überreichten Dolch vergrub er bei seinem einzigen Heimaturlaub dicht am Lattenzaun des elterlichen Gartens in einer Essener Kolonie, und seinen prekären Schatz konnte er

weit nach Kriegsende nur mühsam heben, da an entsprechender Stelle im Garten ein Holzhäuschen für Gartengeräte, Pflanzkübel, Tisch und Stühle für die sommerliche Gartennutzung seinen Platz gefunden hatte.
Was war zu tun?
Sollte er mit dem Holzhaus im Garten umziehen, um sodann bei überbordender nachbarschaftlicher Neugierde bei seiner Ausgrabung beobachtet zu werden? Nein, Siggi-Südwest wählte seinen direkten Weg gemäß der bekannten Fußballregel "Kurze Wege – Mittelfeld", wobei er direkt durch die hölzerne Bodenplatte bohrte und sodann diskret im Gartenhäuschen den Erdaushub tätigte.

Hier angekommen in seinem heroischen Erzählstrang, lässt er den alten Rommel hochleben, koppelt sich nahtlos, da schwer schwankend, mit seinem zweiten Leibriemen an der Theke an und schmettert die erste Strophe vom "Südwester-Lied" in Worten von Heinz Anton Klein-Werner, geschrieben 1912, und noch heutigentags als eine inoffizielle Landeshymne der damaligen Siedler und Südwester-Deutschen hoch geschätzt. Buren und Engländer sehen das "Südwester-Lied" oft auch als einen Teil ihrer gemeinsamen (weißen) namibischen Identität. Gesungen wird in der Melodie vom Luiska-Lied aus dem 19. Jahrhundert:
„Wohl über den Klippen des Meeres dahin, da bricht sich die Welle, da bricht sich der Sinn / Da lenket vergebens der Schiffer seinen Kahn, ja, seinen Kahn. Kann's Ufer nicht finden, kann sich nicht nahn."

Kenner martialischer Sangeskunst wissen, dass die Melodie auch auf den anfänglich unverfänglich einherkommenden Titel des Liedes:
„Ob's stürmt oder schneit, Ob die Sonne uns lacht, Der Tag glühend heiß, Oder eiskalt die Nacht." anzuwenden ist, und dass sich dahinter das sogenannte Panzerlied verbirgt,

gedichtet von Oberleutnant Kurt Wiehle im Jahre 1933 auf der Fahrt nach Königsbrück, und welches noch heute bei der Bundeswehr und im Österreichischen Bundesheer gesungen wird.

Somit schmettert Siggi-Südwest die erste Strophe vom "Südwester-Lied":

Hart wie Kameldorn ist unser Land
Und trocken sind seine Riviere.
Die Klippen, sie sind von der Sonne verbrannt
und scheu sind im Busche die Tiere.
Und sollte man uns fragen:
Was hält euch denn hier fest?
Wir können nur sagen:
Wir lieben Südwest!

„Klaus, nun gib' noch einen aus!"

„Mache ich doch glatt!"

Mit meinen 150 Euro in der Tasche werde ich schon über die Runden kommen, denke ich, während Siggi-Südwest seine Erinnerungen an Biltong, Boerewors, Braais, Caprivi-Zipfel, Fort Namutoni, Heinitzburg und das Kudu-Kack-Viertel in Windhoek weiter abspult, um nahtlos zu seinen Höhepunkten während des deutschen Afrikafeldzuges zu kommen, der mit seinen militärischen Operationen gegen die Alliierten in Tunesien, Libyen und Ägypten im Zeitraum vom 13. September 1940 bis zum 13. Mai 1943 dauerte und das Ziel hatte, die Vorherrschaft in Nordafrika zu gewinnen.

Siggi-Südwest spart keineswegs an entwaffnenden Details, die uns, fast nach sechzig Jahren deutscher wiedergutmachender Geschichtsschreibung nach dem zweiten Weltkrieg immer noch anspringen.

Siggi-Südwest, inzwischen hyperventilierend, lässt seine Ansage im alkoholisierten Level von zweikommazwei Promille wie folgt vom Stapel:

„Ah, also, Afrika war damals für die Briten von fundamentaler Wi-Wichtigkeit. Denn nach dem Fall Frankreichs war nahezu ganz Europa besetzt, be- beziehungsweise neutral. Folglich mu-mussten die wenigen noch vorhanden britischen Verbündeten maßgeblich unterstützt werden, denn nach Italiens Angriff auf Griechenland, wo man die Liebe beim Kriechen erfand, wurde ein solcher Verbündeter gefunden. Wawawumm! Griechenland als Versorgungsbasis für Nordafrika wi-wirkte geradezu geeignet, denn anderenfalls hätten Konvois über das Kap der Guten Hoffnung fa-fahren müssen, was weitaus gefährlicher gewesen wäre und natürlich auch lä-länger gedauert hätte."

„Siggi-Südwest, sag mal, warum bist du denn nicht in Südafrika geblieben, der WWII hätte auch ohne dich stattgefunden?"

„Schon mal was gehört vom Aufruf "Heim ins Reich"? Damals, da war das so: Als ich 1933 als Sprengmeister in die ehemalige Kolonie des Deutschen Reiches, nach Deutsch-Südwestafrika ging, wurde das Saargebiet durch Französische Kolonialtruppen besetzt und die Saarländer bestärkte dabei der Wunsch, ins Deutsche Reich zurückzukehren. Die "Heim ins Reich"- Politik war damit begründet. Bei einer Volksabstimmung aller wichtigen Saarländischen Parteien mit einem überwältigenden Mehrheitsergebnis von 90 Prozent für den Anschluss an das inzwischen nationalsozialistische Deutschland kehrte Anfang 1935 die Saar heim.

Die Parole wurde zum geflügelten Wort. Sie beschränkte sich nicht nur auf die Bestrebungen, das Sudetenland und Österreich dem Deutschen Reich einzugliedern, wie es 1938 mit dem Münchener Abkommen und dem sogenannten "Anschluss" Österreichs auch geschah.

Tja!
Im nationalsozialistischen Taumel erreichte die Parole auch Deutsche Siedler, Aussiedler und die im Ausland lebenden Deutschen, die die Vorsehung dazu bestimmt hat, im Bündel nationalsozialistischer Richtziele "Alle Deutschen heim ins Reich" zu führen. Deutschland, wie die anderen Völker, behauptete das Recht, sich in einem einzigen Staat zusammenzuschließen, wobei als deutsch- und deutschstämmig jedweder galt, der deutscher Muttersprache mächtig war.

Als Sprengmeister und heimkehrender Süd-Wester war ich also Anfang 1940 besonders willkommen geheißen und im gleichen Jahr, im Herbst 1940, war ich schon wieder in Afrika, in Nordafrika – war dort im Deutschen Afrikakorps (DAK) unter dem kommandierenden General Erwin Rommel offiziell als LKW-Fahrer eingesetzt – mit dem Passus Sprengmeister für besondere Aufgaben, den nur der Kommandierende kannte. Als erfahrener Afrikakenner wechselte ich in Einsätzen zwischen der B.15.Panzer-Division als Divisions-Nachschubführer 33 (mot) und der C.90. leichten Afrika-Division im Oasen-Bataillon 300 zbV hin und her."

Siggi-Südwest orderte die nächste Runde "Vater mit Sohn", also ein Pils mit einem klaren Schnaps und legte gleich nach:

„Klaus!
Mit deinem Wohnmobil durchqueren wir beide Afrika. Dabei nimmst du einen Recorder mit. Den fülle ich unterwegs mit meinen Afrikageschichten aus Süd-West Afrika und aus Kenia. Mit dem Mau-Mau-Terror der Kikuju-Neger und ihren geheimen Aufnahmeriten wie sieben Schluck Blut und sieben Bissen ins rohe Schafsherz, dem Aufspüren der Big Five und der Ova Himbas, die ihre Körper mit Butterfett und Ockerfarbe bestreichen, und dann mit Afrikageschichten aus Lybien und Ägypten, wo Sandstürme den Lack der Fahrzeuge bis aufs blanke Blech abschmirgeln, wo es tückische Sandlöcher gibt, die Menschen und Material verschlingen, dazu Mandara-Seen mit oberflächlich kaltem, weiter drinnen mit heißem Wasser und die dabei siebenfach salziger als Meerwasser sind, von Palmenschnaps und riesigen Kamelherden, von Wadis, die sich schlagartig in reißende Flüsse verwandeln aus sintflutartig schüttenden Regenwolken.

Letztendlich von vielen Stationen meiner Kriegsgefangenschaft mit Überstellung in die USA auf einem Liberty-Frachter, als POW im Camp von Maine auf einer Farm, wo ich Destillate der besonderen Art kennen lernte, gebraut aus Früchten wie Grapefruit, Rosinen und Datteln, dann meine Aktionen bei Motorpool, wo ich den amerikanischen Armee-Führerschein machte, mit einem LKW Fahrbefehle ausführte und damit schon wieder auf Achse war, um mir im Amerika der fünfziger Jahre auf frech herausgenommenen Extra-Touren das Land anzusehen, den Spirit der Bevölkerung einzusaugen und dann, und dann hast du den vollen Stoff als Steilvorlage für ein Abenteuerbuch mit dem Titel: Siggi-Südwest.

Klaus, nun gib' noch einen aus!"

Afrika!

Da war ich noch nie in meinem Leben gewesen, kenne nur einen diesbezüglichen Spruch namens "Hoch die Tassen, in Afrika ist Muttertag", eine scherzhafte Rechtfertigung für Alkoholkonsum ohne bestimmten Anlass. Oder "Mau-Mau", als ein flottes Kartenspiel für Jung und Alt. Und dann, na ja, da gab es die Mau-Mau-Siedlungen, soziale Elendssiedlungen in Teilgebieten der Bundesrepublik Deutschland, wo die Slumbewohner von den mittelständigen Nachbarn abwertend als Mau-Mau bezeichnet wurden, und wo hier im Ruhrgebiet und auch im Rheinland, wie ich erinnere, der Begriff Mau-Mau für Asoziale stand und bis weit in die 70ger Jahre hin Verwendung fand.

Aber, wie war das damals in Afrika?

Die Mau-Mau-Bewegung war eine Unabhängigkeits-Bewegung in Kenia, die sich gegen die britische Kolonialherrschaft richtete und zuvorderst von Kikuju-Stämmen in der Zentralregion Kenias getragen wurde, ursprünglich basierend auf dem Protest einheimischer Bauern wegen Benachteiligung bei der Landvergabe gegenüber weißen Siedlern im zentralen Hochland Kenias. Die sehr zögerlich eingeleitete Niederschlagung der Mau-Mau-Revolte durch die Briten in den Jahren 1952 bis 1957 wurde von beiden Seiten mit großer Härte geführt, sehr zum Schaden der zivilen Bevölkerung und nach inoffiziellen Angaben mit mindestens 8.000 Toten. Der durch die Briten verhängte Ausnahmezustand wurde erst 1962 aufgehoben und für Kenia war letztendlich der Mau-Mau-Aufstand der Beginn einer Entwicklung, an deren Ende 1963 die Unabhängigkeit ganz im Sinne des Dekolonisierungs-prozesses des Britischen Empires stand.

Afrika!

Na gut, Zeit habe ich jetzt in Hülle und Fülle, um mich über Afrika ausgiebig zu informieren und es eventuell unter Führung von Siggi-Südwest zu erleben, denn das wäre ein ultimatives Abenteuer von zwei Silver-Agern der besonderen Sorte.

Als nächster Programmpunkt steht jedoch ein Behördengang auf der Tagesordnung, denn die Haushüter-Agentur, die mir meine Jobs vermitteln wird, besteht auf einem polizeilichen Führungszeugnis sowie auf Nachweisen meiner beruflichen Tätigkeiten – somit meinen Personenbeförderungsschein und mein Abschlusszeugnis der Bergfachschule betreffend.

Deswegen muss ich die Katakomben meiner Hausbank aufsuchen, wo in einem Schließfach diverse familiäre wie persönliche Papiere lagern. Ein Bankangestellter geht vor, öffnet eine Stahlgittertür und schließt mein Fach vor. Mit meinem zweiten Schlüssel öffne ich die Klappe, ziehe die Stahlkassette hervor, verschwinde hinter einem Paravent und dann, dann öffnet sich vor mir mein dokumentiertes bisheriges Leben, einschließlich Ilses Leben, beendet vor acht Jahren, wie die im Familienstammbuch gefaltet eingelegte Sterbeurkunde belegt.

Wieder im Schalterraum angekommen, blinzele ich nach Passieren der Drehtür im hellen frühsommerlichen Vormittagslicht, atme tief durch, überquere an der nächsten Ampel die Hauptstraße, kaufe am Kiosk die Tageszeitung sowie ein gängiges Magazin mit Stern. Bin ganz in Gedanken versunken, denn durch einen Stern auf der Motorhaube habe ich immer gezielt auf die Straße geschaut und bin gut aus dem Rennen gegangen.

So, wie Siggi-Südwest es gestern spät in der Nacht treffend formulierte, denn in der Tat, ich war in den vergangenen Jahren kein einziges Mal in einen Unfall verwickelt worden oder von der Straße abgekommen. Als einziges Malheur erinnere ich einen rasant abgefahrenen Außenspiegel beim rückwärtigen Hervorstoßen aus der Garageneinfahrt. Dazu später das dämliche Grinsen des Meisters bei der Reparaturannahme mit seinem Hinweis auf die Statistik von Reparaturen an Außenspiegeln, wobei diese Bemerkung ein Summen im Schädel und einen leichten Druck hinter den Schläfen auslöste, so ähnlich, wie ich es im Augenblick ansatzweise fühle. Jetzt aber ist der Auslöser den vielen konsumierten Pilstulpen in der letzten Nacht zuschreiben und, wäre es daher nicht angesagt, dagegen mit einem kleinen Frühstück und einem Kännchen Kaffee an einem Tischchen direkt vor der Bäckerei Dahlmeier am Straßeneck anzugehen?

Dieses schöne Leben wird baldigst bei meinem ersten Einsatz vorbei sein, denn die Besonderheit meiner Serviceleistung liegt in dem ununterbrochenem Bewohnen des Anwesens, wobei das mir anvertraute Objekt in der Zeit von 8.00 Uhr bis 20.00 Uhr während drei Stunden sowie in der Zeit von 20.00 Uhr bis 8.00 Uhr nur während einer Stunde verlassen werden darf, wie ich im Vertragsentwurf der Haushüter-Agentur bereits in Erfahrung brachte. Dementsprechend verbliebe am Abend nur ein kurzes Stündchen für einen Kneipenbesuch mit Thekenplausch übrig.

Mein kleines Frühstück wird bereits angedaut, umbraust vom Kaffe der Marke Spülwasser, während um mich herum das pralle Leben pulst und pulst und pulst, begleitet vom Basiston diffusen urbanen Rauschens und Summens bis hin zum Quietschen abgebremster Pneus mit nachfolgendem Bums nebst scheppherndem Metall gleich einem Trio von Dissonanzen, das mein Mini-Nickerchen abrupt beendet sowie das definitive Herabfallen meiner auf die Nasenspitze herabgerutschten Sonnenbrille verhindert.

„Alles Penner!"

„Die haben ihren Führerschein wohl auf dem Acker gemacht."

„Oder die haben überhaupt keinen Führerschein", weht es herüber und, da bin ich mir sicher, diese schrillen Stimmen gehören Ines Senkblei, Jenny Eimer und Lilly Laupendahl, diesem Trio von dummen Nüssen, welches vor etlichen Jahren unseren gemischten Kegelklub belebte, nein, eher nervte.

Ines Senkblei, die ihren Führerschein erst im dritten Anlauf schaffte, nachdem sie während ihrer ersten Prüfung die Doppel-Ampel bei rot passierte und wütend das Fahrzeug verließ, nachdem sie äußerst knapp mit Abstand zum Nachbarfahrzeug in zweiter Reihe parkierte, den Zündschlüssel zog, um diesen dem eingeklemmten Prüfer zwischen die Beine zu werfen. Und beim zweiten Anlauf, als sie auf dem Standstreifen der Autobahn fuhr, lange bevor die Abfahrt in Sicht war und vorgab, aus Sicherheitsgründen derart zu handeln, derweil Lilly Laupendahl bei ihrer ärztlichen Augenuntersuchung von einem Sehdefekt erfuhr, den sie als Knick in der Optik bezeichnete – und überhaupt, mit einer Brille auf der Nase, das verschandelt ja die Schönheit, ich bin doch keine Brillenschlange, nein, das kommt absolut nicht in Frage! Damit war's aus und vorbei mit ihrem Führerschein – und überhaupt, es ist doch viel angenehmer, bei Jenny Eimer im Auto mitgenommen zu

werden, nämlich im PIAGGIO APE Kastenwagen mit grellen 25 Km/h-Schildern auf Türen und Kofferraumklappe, und fahrbar mit einer Mofaprüfbescheinigung.
Dumme Nüsse!

„Zahlen bitte!"
Ich drücke mich sodann diskret am angewachsenen Menschenpulk vorbei, um nicht von ihnen ausgemacht zu werden. Gehe meinen vormals eingeschlagenen Weg zurück, überquere die Hauptstraße an der Ampel, laufe unentdeckt auf der anderen Straßenseite bis in Höhe der Unfallstelle, setze mich auf die Wartebank im Glashäuschen der Bushaltestelle, lasse einen Bus nach dem anderen passieren, denn jetzt bestimme ich den Zeitpunkt meines Aufsuchens der Haushüter-Agentur. Verfolge stattdessen ausführlich das Tohuwabohu auf der anderen Straßenseite aus sicherer Distanz, schon jetzt erkennend, dass kein Personen- sondern nur Blechschaden vorliegt. Dafür vom Feinsten, denn dem verursachenden PKW fehlt die Fahrertür, die gerade im Zeitlupentempo von zwei Polizisten geborgen und neben dem dazu gehörenden Fiat Panda abgelegt wird, vor dem die am Unfall beteiligten beiden Frauen an Gehstöcken kurz vor einem Schlagabtausch stehen.

„Wissen Sie, da fehlte der Blick über die Schulter.
Sigurd, sitz!
Braver Hund!"

„Genau, immer diese jungen Leute!
Wünsche noch einen schönen Tag!", stecke die Tageszeitung in den Papierkorb und lasse dabei einen verdutzt drein blickenden älteren Herrn mit Mops zurück.
Steuere die nächste fußläufige Bushaltestelle an, denn bei diesem angenehmen Wetter ist ein kurzer Fußmarsch

angesagt, den ich jedoch baldigst im Trödelgang fortsetze, dabei Großstadtverhältnisse und den plagenden Geräuschpegel mit angrenzenden Vorgängen ringsherum am liebsten in Isolierwatte verpacken möchte, und deswegen in eine Seitenstraße abbiege, auf einer Bank der öffentlichen Anlage einraste, um endlich einen ungestörten Blick ins Magazin mit Stern zu werfen.

Humor kommt zuvor!
Immer an erster Stelle, immer in gleicher Reihenfolge mit: Haderer, Greser&Lenz, Til Mette und Tetsche. Die dazu gehörenden Seitenzahlen werden addiert, dividiert und durcheinandergewirbelt, und zwar so lange, bis ich sechs Super-Zahlen für das Ausfüllen eines Lottoscheins kreiert habe, die ich in den sechs Spitzen des Logoprints auf dem Magazincover notiere, welches mir alsbald als Unterlage beim Ausfüllen des Wettscheines dient, wobei gleichzeitig zwei identische Zahlenreihen angekreuzt werden, um somit voll und ganz den Tatbestand vom Bekloppten-Lotto zu erfüllen.

Unter der Rubrik Reisen finde ich einen Artikel über Marrakesch, einer ausgelobten Synthese von Tradition und Moderne, von Afrika und Europa. Wie immer das funktionieren mag, na ja, vielleicht werde ich es schon in naher Zukunft persönlich erfahren, möglicherweise mit Siggi-Südwest an meiner Seite.

Zwölf Uhr mittags ist gerade überschritten und irgendeine innere Unruhe drängt mich nun definitiv in Richtung der Haushüter-Agentur aufzubrechen. Natürlich erst nach Ausfüllen und Einreichen meines Lottoscheins im nächst gelegenen Tabakwarenladen.

Und dann, nach vier Stationen im Bus der Linie 147 steige ich am Nabel der Welt aus, bin mitten im urbanen Dschungel der City, wo ich vom Leiter der Haushüter-Agentur sofort voll vereinnahmt werde:

„Wirklich, welch ein Glückstag für Sie!
Den Vertragsentwurf mit unserem Serviceunternehmen gedenken Sie zu unterzeichnen? Gut so! Mit Ihren bisherigen beruflichen Tätigkeiten sind Sie geradezu prädestiniert, die Anwesen unserer gehobenen Kunden zu betreuen, und selbstverständlich werden wir Ihnen wunschgemäß nur tierfreie Objekte vermitteln, wo kein Affe, kein Hase, kein Hund, kein Reptil, kein Vogel und kein Zwerghuhn herumwuselt."

„Und warum ist heute mein Glückstag?"

„Weil uns seit heute Vormittag ein Auftrag vorliegt, demnach ab Anfang der kommenden Woche ein Haus mit einem kleinen Garten für die Dauer von vierzehn Tagen im Norden von Bottrop zu betreuen ist. Wenn Sie wünschen, telefoniere ich sofort mit den Besitzern und, falls zeitlich angenehm, würde ich mit Ihnen dort hinfahren, um Sie vorzustellen."

„Also, auf nach Bottrop!"

„Als ehemaliger Taxifahrer ist Ihnen die Gegend sicherlich nicht fremd."

„Keinesfalls!
Ich schätze die Fahrtzeit auf ungefähr dreißig Minuten. Übrigens, in Bottrop wohnt ein alter Kumpel von mir.

Ich bin dort des Öfteren zu Besuch und weiß einiges aus dem Nähkästchen zu berichten."

„Na, dann mal los!
Wird wohl unterhaltsamer werden als das gerade laufende Mittagsmagazin."

„Tja!
Mein Kumpel würde kurz und knapp antworten: Darauf kannze einen lassen! Kommsse nach Bottrop, krisse ein aum Kopp drop.

Und dann gehen unsere Wortklaubereien weiter.

Er:
Kommse nach Gladbeck, klaunse dirs Rad weg.

Ich:
Kommsse nach Oberhausen, krisse Ohrensausen."

„Tja, so isset!
Da steige ich mal kurz und bündig ins Alphabet bei B wie Bottrop ein, wo es nach Industrie riecht, wo Bottrop stinkt wie'n Furz inne Badewanne und wo Bottrop wahrlich kein Paradies ist, doch man lebt dort, jeder für sich und doch irgendwie zusammen, und was soll's, ein Dorf am Hügel, wie der Name der Stadt sich aus dem mittelalterlichen Namen *Borthorpe* ableitet, war, ist und bleibt bunt einschließlich seiner Umgebung. War vormals eher ein Flecken mit einigen hundert Einwohnern, denn erst im 19. Jahrhundert setzte mit der Industrialisierung ein starkes Bevölkerungswachstum ein, wobei dort ab 1856 mit Abteufung der Zeche Prosper I der Beginn des Steinkohlenbergbaus startete.

Wissen Sie, vor allem seit 1880 zogen Werber durch die preußischen Ostprovinzen, um Arbeitskräfte an Ruhr und Emscher zu locken, weil dort die Zechen wie Pilze aus dem Boden schossen, einhergehend mit der Eisen- und Stahlverarbeitenden Industrie. Eine der größten Völkerwanderungen der neuen Geschichte fand statt. Um 1840 lebten in der Ruhr-Region etwa 250 000 Menschen – und heute ist das Ruhrgebiet eines der größten Ballungsgebiete Europas mit seinen 5,3 Millionen Einwohnern.

Auch Bottrop schwoll an, wurde Großstadt mit heutigentags mindestens 118.000 Einwohnern, dabei zusammengewürfelt aus aller Herren Länder.

Ein kurzer Blick nahe der Post in der Innenstadt führt zur Leuchtreklame Schlesischer Wurst, daneben werden fast alle Polnischen Waren, die einen Wert im Westen haben, angeboten, wobei man glaubt, gleich mit Zloty bezahlen zu können. Ein paar Läden weiter gibt es Pferdefleisch vom alteingesessenen Pferdemetzger, es gibt nicht nur Pferdefleisch sondern auch Pferdefleischwurst, eine seltene Spezialität.

Beim Einkauf in Bottrop bei Mirek Czeranskis Hinterhof-Schlachterei trifft man auf weitere Urbanskis, die heute Urban heißen und wo aus der Polnischen Sowa die Deutsche Eule wurde. Mit Sicherheit kommt dann die Frage:

Darf's etwas mehr sein?

Die spezielle Fleischwurst wird nur im abgebundenen kompletten Kringel von ca. 650 Gramm verkauft, wobei der Fleischwurstkranz später in drei oder vier Teile geteilt und, je nach Hunger, im Familienhaushalt nochmals längs über die Mitte aufgeschnitten wird.

Bitte sehr, bei solchen Befindlichkeiten ist dann zu vernehmen: Hier fühl ich mich wohl! Hier bin ich groß geworden! Hier hänge ich weiter ab!

Osteuropa hin, Orient her. Ihre Namen finden sich auf Taxis, an Dönerstuben, an Frisiersalons und Kiosken. Man lebt querbeet, da sind Türkische Viertel, in deren Herzen Kurden leben, man redet miteinander, man ist im Fußballverein bei Rhenania oder Barispor, und am Wochenende werden Fahnen von Schalke gehisst – schön!

Doch es bleibt dabei: Bottrop ist kein Paradies und die Prosperstraße führt weiter runter Richtung Kloake Emscher. Kurz davor fackelt eine einzelne übriggebliebene Kokerei periodisch ihr Gas ab. Dort leuchtet es noch einsam in der Nacht, anders als im Lied der "Tausend Feuer" – und es stinkt dabei nach Industrie. Einen Steinwurf weiter steht der Tetraeder als Landmarke auf einer Halde und es sieht beinahe so aus, als wolle er über der Vergangenheit abheben und hinwegwegschweben."

„Noch ein kurzes Wegstück, dann nähern wir uns der Siedlung am Wald – und hier sind wir angekommen am freistehenden Haus am Bohnenkamp achtundvierzig."

„Guten Tag, die Herren!
Sie sind ja schneller, als die Polizei erlaubt. Wir wollten gerade mit dem Mittagessen beginnen, kommen Sie, wir legen noch zwei weitere Essgarnituren auf, da ist genug für uns alle da!"

„Danke sehr, doch ich muss zügig zurück in die Agentur. Ich lasse Ihnen Ihren zukünftigen Haushüter hier, besprechen Sie sich in aller Ruhe. Wir telefonieren später, alles Gute und auf Wiedersehen, äh, und auf Wiederhören!"

„Tschüss!"

„Dann kommen Sie mal rein inne gute Stube.

Erna!
Unser Haushüter stellt sich vor. Wir essen dann gemeinsam."

„Guten Tag!"

„Guten Tag!
Folgen Sie mir doch.
Gleich um die Ecke ist unsere Wohnküche.
Ich hole noch einen weiteren Teller und lege Besteck dazu."

„Das riecht aber gut, das riecht nach einem Braten!"

„Tja!
Das ist ein Braten vom Wildschwein.
Schussfrisch, denn nach der Verordnung über Jagdzeiten startete die Jagd auf Schwarzwild gerade vormals am 16. Juni."

„Aha!
Sie sind Jäger."

„So ist es!
Und das ist auch der Grund, weswegen wir ab Beginn der kommenden Woche weit weg, nämlich in Namibia, auf einer Jagdfarm Urlaub machen wollen und, wie schon gehandhabt in vergangenen Zeiten, möchten wir auch diesmal unbeschwert und sorgenfrei unsere Jagd-Safari genießen."

„Urlaub auf einer Jagdfarm?"

„Ja!
Das ist etwas ganz Besonderes. Der Besitzer der Farm bewirtschaftet diese nicht selber. Ein Verwalter kümmert sich darum, wobei häufig das nutzbare Land z. B. einer

Nachbarfarm zum Beweiden der Rinder gegen Bezahlung zur Verfügung gestellt wird. Auf allen Farmgebieten bewegt sich in freier Wildbahn jagdbares Wild, wobei vorzugsweise das Wild nach seiner Trophäe und natürlich auch nach seinem verwertbaren Fleisch gejagt wird. Kudu, Springbock, Schwarzgesicht-Impala, Oryx und Warzenschwein stehen ganz weit oben auf der Abschussliste."

„Das bedeutet, es gibt jeden Tag ein anderes Fleischgericht."

„Nein!
So dürfen Sie sich das nicht vorstellen, denn die Tiere sind sehr scheu und schwierig zu bejagen. Aber das macht ja gerade die Jagd in einem so wilden weiten Land zu einem besonderen Abenteuer. Im vergangenen Jahr wurde während der ersten Woche nur ein einziger Kudu erlegt. Nach drei Tagen war das Fleisch größtenteils verzehrt, denn ein gewisser Teil wird immer zur Herstellung von Biltong, also für luftgetrocknetes in Streifen geschnittenes Fleisch, verwendet."

„Und das schmeckt?"

„Sicher doch!
In Namibia ist es üblich, für die Herstellung von Biltong auch Fleisch vom Strauß, Kudu, Springbock, Eland und anderen Wildtieren zu nutzen. Das Fleisch wird in Streifen geschnitten, mit einer Würzmischung aus braunem Zucker, Salz, Koriander und Pfeffer eingerieben, mit Essig beträufelt und danach zugedeckt und einen Tag lang kalt gestellt. Hängend wird das Fleisch danach mindestens eine Woche lang luftgetrocknet, bis es ungefähr die Hälfte seines ursprünglichen Gewichtes verloren hat.

Danach wird es in Alu-Folie eingewickelt und kühl gelagert. Auf diese Basisnahrung mit frischen Gemüsebeilagen kann also jederzeit zurückgegriffen werden. Alternativ schießt man Perlhühner für Hühnerklein und knackt ein Straußenei mit dem Inhalt von ungefähr 25 Hühnereiern – oder es werden ganz einfach Fertiggerichte aus der Kühltruhe zubereitet.

Übrigens, im islamischen Volksglauben Nordafrikas hat sich der magische Aspekt des Straußenvogels mancherorts noch erhalten. So bekrönen fünf beschützende Straußeneierschalen das Minarett von Chinguetti in Mauretanien.

Sie werden viel Zeit haben, diesbezügliche Studien zu betreiben, denn in meinem Trophäenzimmer im Keller dieses Hauses, das ich Ihnen mit Stolz nach dem Mittagessen zeigen werde, finden Sie im Doppelregal meiner Fachbibliothek dazu ein passendes Kompendium, in dem *Wolfgang Creyaufmüller* die Nomadenkultur in der Westsahara, handwerkliche Techniken sowie ornamentale Grund-strukturen beschreibt."

„Übrigens, mein Plan ist, Afrika im nächsten Jahr im Wohnmobil zu bereisen."

„Dann mal viel Glück!
Für Nordafrika mag das ja womöglich ein überschaubares Abenteuer sein, allerdings gelten für Südafrika ganz andere Bedingungen sowie urige Umstände. Dort würde ich niemals im eigenen Fahrzeug unterwegs sein wollen, sondern nur im Leihwagen. Dazu noch mit einem speziellen Fahrer, der auch Afrikaans spricht."

„Holla, ich höre!"

„Also, vor einigen Jahren passierten wir in einem noch neuen VW-Bus den Caprivi-Zipfel. Der Mini-Bus gehörte zur Jagdfarm und der Fahrer war der Sohn der Nachbarfarm mit holländischen und italienischen Wurzeln. Sein Rufname war Durr.

Baldigst bekamen wir mit, dass er den Schwarzen keinesfalls bei Gegenwind gegenüber tritt und in seinem Bakkie, dem klimatisierten Pick-up, dieselben nur auf der Ladefläche mit dem Ersatzreifen, seinen Rottweiler dagegen auf dem Beifahrersitz transportiert – übrigens ein ganz alltägliches Gebinde in Namibia darstellend, derweil der Zündschlüssel beim Verlassen des Gefährts stecken bleibt, bewacht von dem auf Schwarze abgerichteten Bello.

Bitte sehr, dort bin ich zahlender Gast, ansonsten behalte ich meine Meinung sehr wohl bei mir. Äh, ich bin gerade vom Thema abgekommen, kein Wunder, denn dort regiert eine ganz andere eigene Welt.

Also, wir sind unterwegs im Caprivi-Zipfel mit Destination Sambesi, Afrikas mystischer und längster südlicher Strom mit seinen exotischen Landschaften und Tieren, wobei Durr, zusätzlich ausgerüstet mit einem Narkosegewehr, die Hoffnung hegte, auf ein Rudel afrikanischer Wildhunde zu stoßen, um sodann das eine oder andere Tier aufs Korn zu nehmen."

„Also, einfangen auf andere Art und Weise?"

„So, oder so ähnlich kommentierte er eher wortkarg sein Vorhaben."

„Und was steckt dahinter?"

„Na ja!
Einerseits besticht ein ausgewachsenes Tier durch seine

Optik als ansprechende Ganzkörpertrophäe. Diese werden wir bald sehen, wenn wir meinen Trophäenkeller begehen. Andererseits sind Einkreuzungen durch neuzeitliche künstliche Befruchtung möglich und werden heutigentags sowohl im tierischem als auch im humanen Sektor praktiziert, worin ich eine Aberration sehe, wenn Sie mich ungefragt fragen, besonders dann, wenn ein mehr als 60-jähriger Pop-Homo bei einer Leihmutter Papa wird (WAZ, Nr. 303/52.Woche v. 29.12.2010).

Inwieweit sachliche, ethische und religiöse Berührungspunkte bestehen, exakt für diesen Themenkomplex habe ich meiner Sammlung an Literatur im rechten unteren Segment meines Regals einen besonderen Platz eingeräumt. Schauen Sie sich ruhig in diesem Themenkomplex um!

Bin schon wieder weit abgeschweift, also, schnellstens zurück in den Caprivi-Zipfel! Es ist Mittag und der Magen knurrt. Im leicht hügeligen Gelände finden wir unter einem ausladenden Affenbrotbaum einen schattigen Grillplatz. Kaum ist der Kringel Boerewors auf dem Grilleisen fertig und auf unsere Pappteller verteilt, kommt Wind auf. Der Himmel bezieht sich schlagartig, es gewittert, erste schwere Regentropfen, dick wie Taubeneier, ploppen vereinzelt, steigern sich im Stakkatotakt und formieren sich zu einem ungestümen Platzregen.

Wir flüchten in den VW-Bus, lassen dort die Salatschüssel kreisen und leeren unsere Teller, begleitet vom donnernden Regenguss auf dem Autodach. Unser Atem lässt die Scheiben von innen beschlagen, bedingt durch eine einsetzende Temperaturdifferenz, und im Wageninneren riecht es zunehmend nach abgegessenen Grilltellern und diversen Würzsaucen.

Beim Herabkurbeln eines Seitenfensters wird unser Fahrer hektisch, er flucht auf Afrikaans was das Repertoire hergibt, reicht uns eine Küchen-Papierrolle zum Klarwischen der Scheiben und dann, wir können es kaum fassen, scheint die Regenfront um uns herum zu kreisen ohne zügig abzuziehen und dort, wo vorher noch die Piste staubte, bewegt sich träge ein Wasserlauf bereits nach ungefähr zwanzig Minuten Dauerregen.

Sofort treten wir die Rückfahrt an. In Senken reicht das Wasser bereits bis in Höhe der Achsen. Dann folgt wiederholt eine Litanei an Flüchen, denn vor uns quert bereits auf der überfluteten Piste ein zirka zehn Meter breiter reißender Fluss, dessen natürliches vormals ausgetrocknetes Becken sich soeben füllte und nun in einem abrupt angeschwollenen Wasserarm gewaltig einher kommt.

Später erfahren wir, dass die Pisten einfach über diese Trockenflüsse, Riviere genannt, hinweg gebaut werden. Wiederholt fluchend verlässt unser Fahrer das Fahrzeug, um die Wassertiefe zu erkunden. Er watet barfuß im Wasserarm bis zu dessen Mitte, wobei die Flut in Kniehöhe anbrandet.

„Einen halben Meter schaffen wir", meint er.
Langsam, im zweiten Gang mit schleifender Kupplung und mit einer Bugwelle bis in Höhe des unteren Randes der Windschutzscheibe voran gleitend und ohne von der Strömung fortgetragen zu werden, meistern wir die Querung. Einige Kilometer weiter wird die Piste schlagartig wieder trocken, so, als ob die furiose Regenfront es nur auf uns abgesehen hätte.

So weit, so gut!
Jetzt aber noch zwei weitere Begründungen, warum ich selber kein eigenes Fahrzeug in Afrika bewegen möchte:

Es stank inzwischen im Auto penetrant, nicht nur von unseren Grillresten herrührend, sondern zusätzlich aus dem gesamten Fußraum. Da waren die Fußmatten durchweicht vom massiv eingedrungen Wasser, dazu mit Sand und Schlamm befrachtet, inklusive diverser kleiner Pflanzenteile.

Auf der nachfolgenden trockenen Piste überholte uns dann ein Monstrum von Geländewagen, hüllte uns in eine Staubwolke ein und verschwand darin mit hoch aufgewirbelten Steinchen, die in beide Fahrscheinwerfer zerstörend einschlugen, ganz abgesehen von kleinen Dellen im Bug, die wir auf acht Stück bezifferten."

„Verstehe!
Verstehe voll und ganz. Eine Materialschlacht in Namibia."

„Ihre unorthodoxe Positionen in Ehren! Möchten Sie noch ein weiteres Stück vom Braten?"

„Sehr gerne!
Der schmeckt ja wirklich vorzüglich."

„Ja!
Greifen Sie nur zu, denn in der nächsten Woche müssen Sie selber kochen – oder auch nicht. Wie halten Sie es denn?"

„Sehen Sie, in den vergangenen zehn Jahren war ich permanent auf Achse in meiner Taxe. Da schon seit acht Jahren verwitwet, habe ich sehr wohl gelernt, ohne wohliges Zuhause und ohne warmen Herd auszukommen."

„So so!
Bei unserer Rückkehr möchten wir gerne einen wohl gefüllten Kühlschrank vorfinden und Sie bitten, bei einem Discounter in Essen-Nord für uns einzukaufen."

„Kein Problem, denn ich besitze eine entsprechende Kundenkarte, allerdings kenne ich mich nur im Bereich Non-Food aus, was Ihrem Einkaufsprojekt allerdings keinen Abbruch tut. Sagen wir's mal so: Learning by doing im neuen Bereich Food bringt mich voran."

„Ich vernehme, dass Sie mit dieser Einstellung ein Mann der Tat sind. Nach unserer Mittagsmahlzeit möchte ich Sie gerne bei einem Verteiler, einem original Münsterländer Schnaps der Provenienz Schierhölter, in die technischen Hausdetails und in die Gästewohnung im Souterrain neben der hauseigenen Trophäensammlung einführen. Prost!"

„Prost!"

„Vorsicht! Stolpern Sie im Kellergang nicht über unsere beiden halb fertig gepackten Rucksäcke sowie über die Koffer, vier Stück an der Zahl, denn das hat seinen speziellen Grund."

„Ich lasse mich überraschen."

„Also, die Rucksäcke werden je mit einem Paar leichter Hausschuhe, einer Augenbinde und einem aufblasbaren Nackenkissen zur sanften Unterstützung wie Stabilisierung des Nackenbereiches als Bedarf für die Nachtruhe ausgestattet, denn die Flugzeit beträgt mindestens neun Stunden. Es folgen Feldflasche und Ginflasche, denn morgens wie abends wird nach dem Zähneputzen damit gegurgelt und ein Schluck getrunken, um damit möglichst eine kontrolliert keimfreie Verdauung zu erzielen."

„Aha!"

„Zwei Koffer werden mit guten Kleidungsstücken gefüllt, und die beiden weiteren Koffer enthalten meine Jagdmontur sowie ältere von uns abgetragene oder inzwischen unmodisch gewordene Kleidungsstücke, die wir an die Farmangestellten weitergeben oder eventuell einer Stiftung persönlich übergeben werden, einer Stiftung, die Mitte der 90ziger Jahre auf einem abgetrennten Areal der Farm *Hedwigslust* angesiedelt wurde mit dem Ziel, Buschmännern, die sich nicht mehr ausreichend durch ihr Nomadenleben ernähren können, in neuen Hütten Unterkunft zu gewähren und sie auf dem Farmland oder in neu eingerichteten Werkstätten anzulernen.

Ebenso unterhält die Stiftung eine Vorschule für deren Kinder. Meine Frau und ich sind der Meinung, auf diesem Wege den Bedürftigen direkt zu geben, ohne dass unsere Bekleidung und Schuhe in Altkleidersammlungen landen, die tatsächlich größtenteils in Afrika verschwinden, wobei jedoch zwielichtige Geschäftemacher zwischendurch ihren Reibach machen. Ich zitiere einmal kurz Albert Schweitzer, der sagte:

Man muss etwas, und sei es noch so wenig für diejenigen tun, die unsere Hilfe brauchen, aber nicht um Lohn dafür zu empfangen, sondern aus Freude, es tun zu dürfen."

„Ein schönes Zitat, das werde ich mir merken."

„Tja!
Basierend auf diesen vielen abenteuerlichen Wegen, die Kleidungsstücke gehen können, ist es nicht verwunderlich, auf einen jungen Schwarzen zu treffen, der auf dem Kopf eine Fellmütze mit flappenden Ohrenklappen trägt, ein riesengroßes T-Shirt, bedruckt mit einem roten Kreis und einem Schriftzug PORNO darunter am Leib trägt, gefolgt von einer kurzen Radfahrerhose und als Krönung in grünen Gummistiefeln steckt.

Meine Frau hatte mir damals untersagt, ein Foto zu machen – so bleibt diese Begegnung im Dunstkreis vom Jägerlatein gespeichert – hoppla, ich bin schon wieder vom Thema abgekommen!

Mit den Koffern hat es noch eine weitere Bewandtnis. Nehmen wir doch Platz im erweiterten Keller, quasi im Souterrain gelegen, da das Gartengelände abschüssig ist. Sehen Sie, hier ist mein Trophäenzimmer mit Bibliothek, hier ist gleichzeitig der Raum für zünftiges Jägertreffen, wobei unser Wohnzimmer sehr zum Wohlgefallen meiner Frau geschont wird.

In dem winkelig angegliederten Bauteil des Hauses befindet sich ein kleiner Wohn-Schlaf-Raum mit Dusche und WC. Ob Sie in dem Wohn-Schlaf-Raum, auf der langen Ledercouch oder zünftig auf einem Klappfeldbett im Trophäenzimmer übernachten möchten, diese Qual der Wahl haben Sie bald jeden Abend. Durch die Tür gelangen Sie direkt in den Garten. Aus Sicherheitsgründen sind die beiden danebenliegenden Fenster mit massiven Gittern versehen und die Metalltür hat einen umlaufenden Sicherheitsbeschlag."

„Oh!
Die ganze Stirnwand des Raumes ist mit Jagdtrophäen bestückt. Ich bin beeindruckt. Dazu die vielen Bilder, Fotografien, Zeitungsausschnitte sowie Souvenirs an der Wand hinter der Langcouch. Und mitten im Raum ein Wildhund in seiner voller Größe – ein präpariertes Prachtstück. Und darunter das ausladende Zebrafell, vibrierend wie Wildnis pur. Sicherlich birgt jedes Stück seine eigene Geschichte und Sie können dazu sehr viel berichten."

„Mit Vergnügen und mit Stolz!
Könnten Sie sich vorstellen, mit einem solchen Hundeexemplar Gassi zu gehen?"

„Wohl kaum! Mal ganz abgesehen von seiner auffälligen Körperzeichnung, springen seine großen runden Ohren hervor wie Satellitenschüsseln im Duett."

„Haha! Nicht schlecht, dieser Vergleich. In Wirklichkeit dienen diese überproportional großen Lauscher dazu, Hitze über die größere Ausgangsöffnung der Ohren schneller abzuführen.

Doch schnell zurück zum Thema "Koffer". Sie dürfen sich keinesfalls vorstellen, dass die Unterbringung auf der Jagdfarm Hotelcharakter hat. Da steht dem Farmhaus ein ebenerdiger Leichtbau gegenüber, hat vier Holztüren mit direkt dahinter liegendem Schlafraum, getrennt durch einen Paravent von daneben liegender Duschtasse ohne Vorhang, Emaillewaschbecken und einem gesockelten Abort mit Schlauch-Spülung. Im Schlafraum stehen zwei Einzelbetten in Holzrahmen, drei Stühle, ein Kleiderständer und ein offenes Holzregal.

Würden Sie darin Ihre saubere Kleidung einsortieren? Wohl kaum! Diverse Tierchen würden sich nämlich sofort einnisten. Also verbleibt die Kleidung in den relativ dicht schließenden Hartschalenkoffern, die wiederum auf den Stühlen aufeinander geschichtet lagern.

Natürlich aus Sicherheitsgründen! Erinnern Sie sich an den vormals erwähnten Super-Regenguss? Also stehen auch die Schuhe nicht auf dem Boden sondern im Regal, und vor dem Hineinschlüpfen sind sie unbedingt auszuschütteln, denn Scorpione lieben Fußschweiß, besonders denjenigen von Weißen, hahaha!

Die schmutzige Wäsche wird in einem am Paravent aufgehängten Plastiksack gesammelt für den einmaligen wöchentlichen Waschtag. Danach werden die gewaschenen

Wäschestücke auf Sträuchern oder auf dem Rasen hinter dem Farmhaus, begrenzt von einer mannshohen Steinmauer, in der Sonne getrocknet.

Später kann sich jeder seine trockenen Kleidungsstücke zusammensuchen und dann, und dann hat die ursprünglich weiße Feinripp-Unterhose auf einmal einen Blauton, der BH ist geschrumpft auf Teeny-Größe und die Socken passen nur noch dem zierlichen Buschmann. Wie dem auch sei, Schrumpf ist Trumpf!

Dadurch entsteht viel Platz in den Koffern für Souvenirs, und auf diese Art und Weise trat auch das hier ausgelegte Zebrafell seinen Luftweg im Hartschalenkoffer an – frisch abgezogen und drei Tage lang im Salzbett gelagert, um den einsetzenden Zersetzungsgeruch bei der Zollpassage zu kaschieren."

„Was macht denn ein Buschmann auf der Farm?"

„Also, die Bevölkerungsgruppe der *San* wird volkstümlich Bushmen genannt. Sie sind ausgezeichnete Fährtenleser und begleiten jede Jagdpartie. Pete, so wird er gerufen, ist außerdem zuständig für die Trophäenaufbereitung."

„Interessant!
Sie erwähnten vorhin eine Farm namens *Hedwigslust*. Ist die Namensgebung mit der Geschichte der vormaligen deutschen Besiedlung zu erklären?"

„Ja, so ist es!
1884 wurde Südwestafrika zur Kolonie Deutsch-Südwestafrika erklärt. Viele Ortsnamen und Bauwerke aus der Reichsdeutschen Kolonialzeit prägen noch heute das Bild

vieler namibischer Städte und Landschaften, zum Beispiel die Heinitz-, Schwerins- und Sanderburg. In Windhoek das Hohenzollernhaus. In Swakopmund das Bezirksamt und das Alte Amtsgericht sowie das Goerke-Haus in Lüderitz.

So sind eben auch die Namen vieler Farmen zu erklären. Schauen Sie, diese Wandkarte zeigt eine Übersicht derjenigen Farmen, die bis zu fünfzig Kilometer südwestlich des Etoscha-Nationalparks liegen, wo sich auch unsere avisierte Jagdfarm befindet. Sie lesen:
Anker, Brambach, Condor, Halt, Kreuzhof, Paderborn, Masuren, Marienhof, QuoVadis – ja, im wahrsten Sinne, wohin geht es, wohin gehen wir, was wird aus uns werden – und dann sehen Sie Namen Niederländischen Ursprungs wie: *Avond-Frede, Boshoek, Grootberg, Rooikop, Spaarsaan, Twyfel, Uitsig, Vlakwater* oder *Welvaart*, natürlich auch solche von Siedlern anderer Nationen wie: *Belmont, Charon, Chamkubis, Moselle, Rendezvous* oder andere Exoten wie: *Deo Yolento, Nirwana* oder *Saratogo*."

„Sehr beeindruckend, diese vielfältige Litanei. Man könnte beinahe auf den Gedanken kommen, dort unbeschwert als Besitzer einer Farm im post-kolonialen Erbe alt zu werden."

„Nein!
Und nochmals nein!
Denn die Frage, wem das Land gehört, wird noch immer diskutiert und, um endlich einen Schlussstrich zu ziehen, wer Grund und Boden in Namibia besitzen darf, müsste sehr genau und deutlich von höchster Regierungsstelle gesagt werden – aber das kann noch dauern. Und, ob die politische Stabilität des Landes auf Dauer gewährt ist, steht auf einem ganz anderen Blatt.

Darüber hinaus ist das Farmleben an jedem Tag eine neue Herausforderung seinesgleichen.

Angefangen beim Wetter, wobei die Jahresniederschlagsmenge über Ernte und Tierzuchterfolg und letztendlich über einen wirtschaftliche Gewinn oder gar einen Verlust entscheidet.

Die dauernd anfallenden Reparaturen werden möglichst mit eigenem Werkzeug und großem Geschick wie Know-how durchgeführt. Stellen Sie sich vor, in einer scheunengroßen Halle auf der Farm ist eine Wand vollends bestückt mit einem Querschnitt von Werkzeugen eines hiesigen Baumarktes."

„Hört sich super an, das wäre sofort meine Hobby-Lounge!"

„Na! Dann stellen Sie einmal alle Werkzeuge für eine defekte Wasserpumpe zusammen und dann, nach mehreren Kilometern unterwegs im robusten Geländewagen auf den Pisten im Farmgelände stehen Sie dann da, sind ganz auf sich gestellt und schrauben sich einen Heißen unter sengender Sonne.

Auf der Rückfahrt folgt möglicherweise eine Kontrollfahrt viele Kilometer entlang des farmeigenen Zaunes, wobei dieser Zaun für ein optimales Weidemanagement für Rinder, Schafe oder Ziegen steht, ein Zaun, der jahraus jahrein von mehreren Arbeitern in Stand gehalten werden muss. Ein Zaun, einherkommend mit mindestens zweikommazwanzig Höhenmetern mit fünf klavierhart gespannten Drähten zwischen den Pfählen im Abstand von ungefähr dreißig Metern, wobei Warzenschweine und andere kleinere Tiere unten durch gehen und anderes Wild diesen Zaun mühelos überspringen kann.

Sodann passieren Sie auf dem Farmgelände einen Holzschuppen für Baumaterial, dem die Holzschindeln vom Dach größtenteils fehlen und rings herum verstreut liegen. Scheiß Affen! Bitte sehr, Ihre Dachdeckerqualitäten sind nun gefragt – vermutlich erst morgen, denn warum sollte man eine Leiter für eine Pumpenreparatur auf einem kniehohen Sockel mitnehmen?"

„Affen?"

„Ja, genau!
Diese intelligenten Banausen bewegen sind flink im Gelände, sind neugierig, toben wild herum und richten dabei beträchtlichen Schaden an. Allen Affen, mindestens im Pavian-Fünfer-Pack einfallend, wird gnadenlos der Garaus gemacht, wobei anfallendes "Bushmeat" die spezifisch afrikanische Bezeichnung ist für Wildfleisch von Tieren wie Affen, Ratten, Stachelschweinen, Dikdiks (kleine Antilopen), Schlangen und Fröschen. Vermehrte Gründe für den Verzehr von Bushmeat liegen sicherlich an seinem Preis, da bis zu fünfzig Prozent billiger als Fleisch von Tieren aus der Viehzucht."

„Nun ja!
Froschschenkel habe ich auch schon gegessen."

„Die wurden doch gebraten oder gekocht, nicht wahr?"
„Na klar!
Worauf wollen Sie denn hinaus?"

„Darauf, dass die Schwarzen keinen Halt davor machen, das Fleisch auch roh zu essen."

„Kommt jetzt der Horror in Namibia?"

„Darf's noch ein weiterer Verteiler sein?"

„Gerne, nachher fahre ich ja sowieso mit dem Bus und der Straßenbahn zurück."

„Also: Prost!"

„Prost!"

„Wie schon erwähnt, wurde beim letzten Mal nur ein einziger Kudu erlegt. Da die Leber, eigentlich der erste Leckerbissen von einem schussfrischen Stück Wild, schon beim Zerlegen durch die Farmangestellten einfach mir nichts dir nichts verschwunden war, warf unsere Jagdgesellschaft abwechselnd einen Blick ins Kühlhaus, und als ich an der Reihe war, linste ich zuvor durch den Spalt der nachlässig angelehnten Tür ins Innere des Raumes. Kaum zu glauben, da schob sich gerade Elisabeth, die Leiterin der Küche, ganz genüsslich einen frischen Fleischstreifen in den Mund, wonach der nächst folgende dann ordnungsgemäß zum Trocknen aufgehängt wurde."

„Danke für den zweiten Schnaps."

„Bitte sehr!
Jetzt kommen wir zur eigentlichen Problematik, denn es können durch den Kontakt mit Blut und Fleisch von frisch zerlegten Wildtieren bislang unbekannte Zoonosen beim Menschen auftreten, gegen die dann keine Medikamente zur Verfügung stehen.

Außerdem vermuten Wissenschaftler, dass der HIV-Erreger durch eine Mutation des SIV-Erregers entstanden und von afrikanischen Affen auf den Menschen übertragen worden ist. Ein internationales Forscherteam kommt nach

Gen-Analysen zu dem Schluss, dass dieses Virus um das Jahr 1966 herum nach Haiti gelangte und sich von dort aus über die ganze Welt ausbreitete.

Die Symptome von AIDS wurden erstmals von einem Arzt in Los Angeles beschrieben. Da das AIDS-Virus sich schnell und ständig wandelt, und zwar nicht nur auf seinem Weg von Individuum zu Individuum, sondern auch im Körper desselben Infizierten, führt dazu, dass sich permanent durch Mutation neue Virusstämme bilden. Wegen dieser Wandelbarkeit des Erregers ist es extrem schwierig, Impfstoffe zu entwickeln.

Das EBOLA-Virus ist ebenfalls in Afrika entstanden und wird durch Körperflüssigkeiten übertragen, wobei der genaue Ursprung dieses Virus jedoch nicht bekannt ist. Zum ersten großen Auftreten kam es 1976 in Zaire (heute Demokratische Republik Kongo) und verursachte fast dreihundert Tote.

Die nächste Epidemie folgte 1995 mit ungefähr zweihundertfünfzig Toten. Schauen Sie, an der Wand hinter der Langcouch habe ich drei Zeitungsartikel aus jenem Jahr gesammelt, offenbar wohlfeil von den Medien dargeboten mit folgenden reißerischen Überschriften betitelt, wobei Ausschnitte aus lokalen Zeitungen zu sehen sind, die dem deutschen Bild-Dich-Blatt beinahe das Wasser reichen können:

„Panik in der Ebola-Klinik von Kikwit – Kranke und Personal geflohen" oder *„Tödliches Virus wütet in Großstadt"* oder *„Virus-Angst: Soldaten umzingeln Stadt – Parallelen zum Film „Outbreak".*

„Den Film mit Dustin Hoffmann im Kampf gegen das Virus habe ich damals gesehen."

„Das vorher erschienene Buch "Hot Zone" von Richard Preston steht hier im Regal. Nur zu! Da können Sie den Film noch einmal im Tatsachen-Thriller durchleben."

„Dass sogar die Leiterin der Küche sich rohes Fleisch einverleibt, ist ja wirklich ein Ding für sich! Klärt denn niemand die Leute auf?"

„Doch doch!
Aufklärung erfolgt in den Schulen. Vorher sind die Kinder in ihren Familien, wo offensichtlich deren Gebräuche vorgelebt wurden. Übrigens, die Elisabeth, die Küchenleiterin, ist die Hellste unter allen Farmangestellten. Sie wurde vom Farmbesitzer in einer besonderen Nacht auf der Farmpiste gesichtet, von ihm mitgenommen und bereits am folgenden Tag angestellt."

„Diese Geschichte möchte ich mir gerne noch anhören, danach trete ich den Heimweg an."

„Genau!
Heimweg ist das Stichwort!
Demnach hatte der Farmbesitzer seine Erledigungen kurz vor Banken- und Geschäftsschluss beendet und trat seine Rückfahrt an. Von Windhoek bis zur Jagdfarm sind es rund dreihundert Kilometer, davon zweihundertfünfzig auf oftmals schnurgeraden befestigten und geteerten Straßen und dann, bei einer wohl konnotierten Abzweigung, geht es weiter auf Pisten durch das Farmland.

Das Ende eines Tages mit abendlich einsetzender Dunkelheit vollzieht sich beinahe im Handumdrehen unter der Decke vom Indigo-Himmel mit Mangostreifen des Sonnenuntergangs, und dann regiert in stockfinsterer Nacht unter dem faszinierenden pechschwarzen klaren Himmelszelt

des südlichen Wendekreises das Sternenbild des Steinbocks (Tropic of Capricorn) mit einem Mond so klein wie ein Handball. Und dann regieren dort die Geister, die Schlächter, die Viehdiebe und die Jäger der Nacht. Besonders die Totengeister, die in Bäumen und an einsamen Stellen wohnen, können Menschen erschrecken und ihnen Unheil zufügen, wirklich, ein guter Grund, sich in der Nacht keinesfalls aushäusig zu bewegen, wir mir Pete einmal zu verstehen gab.
 Tja!
Sie müssen wissen, dass große Teile der einheimischen Bevölkerung offiziell dem christlichen Glauben angehören, was aber nicht besagt, dass sie weiterhin in den Vorstellungen ihrer Ahnen leben, wo der Naturglaube, die Geisterwelt und die Zeremonien wie zum Beispiel der Gemsbocktanz oder die Regenzeremonie und noch viele andere Tabus verankert sind und ihren alltäglichen Platz haben."

 „Tabus?"

 „Oh ja!
Vor einigen Jahren erzählte mir der Farmbesitzer von einem Jagdgang mit Buschmann Pete als Spurenleser, wobei dieser ihm nach dem Fang einer Schildkröte vehement davon abriet, diese zu töten und ihr Fleisch zu essen. Bei der Pirsch ist es üblich, dass jemand mit deutlich kleiner werdenden Schritten zurückbleibt und sich absetzt, um sein Geschäft zu erledigen, während die verbleibende Jagdgruppe bei verlangsamtem Marschtempo dessen Aufschluss wieder ermöglicht.
In diesem Fall war es Pete mit der gefangenen Schildkröte im Rucksack."

„Gehe ich richtig in der Annahme, dass er sie einfach wieder aussetzte?"

„Allerdings!
Der Farmbesitzer respektierte dessen Tun ohne Aufhebens oder Tadel, worauf Pete ihn einige Zeit später bei Vollmond zu seiner Wohnstatt neben der provisorischen Landepiste für Kleinflugzeuge im Farmland einlud.

Da Pete nicht im Farmgebäude wohnte, sondern traditionell in einer Buschmannshütte mit außenliegender Feuerstelle hauste, betrachtete der Farmbesitzer diesen Umstand als eine ungewöhnliche Zusammenkunft. Man hockte im Freien auf dem sandigen Boden direkt neben der Buschmannshütte. Eine brennende Buschmannpfeife wurde ihm gereicht, so sein Bericht, worauf nach anfänglichem Paffen die Rezeptoren seiner Wahrnehmungen im Breibandspektrum explodierten und frei geschaltet wurden. Der funkelnde Sternenhimmel senkte sich als Netz mit einem tief durchhängenden Mond kurz vorm nahen Aufschlag auf der Piste, begleitet von Petes raunenden radebrechenden Worten wie:

„Mister! Tabu, Tabu, Tabu! *GARUGU* als Medizinmann durfte keinen Ochsenfrosch, Leoparden, Strauß und auch keine Riesenschlange oder Schildkröte essen.

Mein Vater hatte das Gebot einmal gebrochen und einen dicken Ochsenfrosch und eine Schildkröte mit Heißhunger verschlungen. An deren rohen Fleischstücken wäre er fast gestorben. Er hatte ganz schlimme Bauchschmerzen, welche ihm die Geister als Strafe geschickt hatten. Seither konnten seine Augen nicht einmal den Anblick dieser Tiere ertragen und mir wird immer kalt beim Anblick dieser Tiere.

Mister! Besser, die Schildkröte ist wieder frei und auf der Farm beißen uns keine bösen Geister. Mister! Tabu, Tabu, Tabu!"

„Na, das hört sich an wie eine prickelnde Geschichte am Lagerfeuer."

„Kaum zu glauben, doch da kursieren noch ganz andere abseitige Erzählungen! In diesem Fall jedoch gab Pete offenbar zu verstehen, durch sein Handeln die Abwendung von Gefahren oder Unbill getätigt zu haben, ließ geschwind die Schachtel Zigaretten als Geste der Anerkennung durch den Farminhaber in seinen Blaumann verschwinden und kam dann zeitgleich zur Sache, indem er ein Stück Papier und einen Bleistift hervorzog. Eindeutig stammte das Blatt Papier aus Elisabeths Haushaltskladde und kurze Zeit später prangte darauf ein zeichnerisches Kunstwerk in Form eines schnell aufzubauenden Tunnelzeltes für eine Person, signiert mit einem krakeligen Schriftzug COLEMAN."

„Dieses Objekt seiner Begierde wird er wohl bei Gästen auf der Jagdfarm gesehen haben."

„Mit Sicherheit!
Und wobei besonders sein visuelles Gedächtnis besticht. Vermutlich hat er sich jeden einzelnen Handgriff beim Aufbau abgeschaut und gespeichert. Dank des patentierten Connect-Systems ist demnach der Aufbau in wenigen Minuten möglich. Vollends verblüffte er dann den Farminhaber mit seinem darstellenden zeichnerischen Geschick. Als Analphabet, der sich keinesfalls im Umgang mit einem Schreibwerkzeug versteht, legte er das entfaltete Stück Papier auf einen Plastikkanister und führte den Bleistift wie einen Faustkeil – dennoch subtil und geschwind, das Objekt dreidimensional darstellend."

„Wie wär's denn, Sie lassen sich von Pete während Ihres Urlaubs porträtieren?"

„Keine schlechte Idee!
Doch wiederholt kommen wir vom Thema ab, wir kommen im Moment vom Hölzchen aufs Stöckchen, also schleunigst zurück zum Stichwort "Heimweg", auf dem sich der Farmbesitzer bei schon völliger Dunkelheit auf seinen restlichen Pisten-Kilometern bis hin zum Farmhaus befand. Da erfasste der Scheinwerferkegel eine solitäre Frau mit einem Bündel auf dem Rücken, in dem durchaus ihr kleines Kind hätte stecken können. Er stoppte und bot ihr die Mitfahrt an. Ihr, als getaufte Christin, wie sie in passablem Englisch zu verstehen gab, können Geister und Mörder nichts anhaben, wobei sie ihm unvermittelt ein an einer Kette hängendes goldenes Kreuz vors Gesicht hielt, während zunehmend ein außergewöhnlicher Geruch die Fahrerkabine seines Bakkie flutete. Etwa der dezidierte Geruch einer stillenden Mutter? Oder waren es die weißen Bröckchen, die sie aus ihrem prallen Bündel hervorholte und blitzschnell in den Mund steckte?
Noch ein letzter Schnaps zum Abgewöhnen?"

„Warum nicht!
Auf zwei Beinen kann man stehen, aber aller guten Dinge sind drei – und wer weiß, welche Pointe jetzt folgt."

„Prost!"

„Prost!
Genau, es geht schon wieder ums Rohe. Sie naschte nämlich an frisch gesammelten Pilzen, "Omajowa", genannt. Diese tellergroßen weißen und bis zu einem Kilo schweren Pilze wachsen am Fuß von Termitenhaufen vornehmlich zu Beginn einer Regenperiode, und Elisabeth hatte sich offenbar beim Aufsuchen der ihr wohl bekannten Termitenhügel im weiten Gelände mit der Zeit vertan. Übrigens, diese Pilze sind sehr

wohl auch roh zu essen, sie dienen in den ländlichen Gebieten den Bewohnern als Ersatz für Fleisch bei den Mahlzeiten. Auf der Farm wurden die Pilze dann paniert und in einer Sahnesauce gereicht. Es war ein Genuss pur – und dann hörten wir noch:
Slaap lekker!"

„Eine Ankündigung für Pilzrausch oder für Pilzvergiftung?"

„Nein, nur eine griffige Redewendung. Hurra, wir leben noch! So, dann begleite ich Sie noch bis zur Haustür. Erna, es geht alles klar mit unserem Haushüter. Er bringt uns sogar mit unserem Kombi zum Flughafen nach Düsseldorf. Toll, was? Er funktioniert unser Auto zum Taxi um. Dann bis Montag um acht Uhr. Auf Wiedersehen!"

„Auf Wiedersehen!"

„Auf Wiedersehen!"

Deubel nee!
Schnaps am helllichten Tag, das ist ja nun wirklich nicht mein Ding. Doch der wirkt wie ein Eins-A-Verteiler, denn eine derart opulente Mittagsmahlzeit würde mir mein ungeübter Magen sonst sicher übel nehmen. Derart diffus benebelt, Bottrop im Bus und Essen-Nord in der Straßenbahn bis hin zum Hauptbahnhof passierend, dabei draußen Dreck und drinnen Dreck – das passt doch wie Arsch auf Eimer!

Doch was macht Jenny Eimer im komplett schwarzen Outfit am frühen Abend am Bahnhof? Sie hat mich zum Glück nicht hinter ihrer schwarzen Monster-Sonnenbrille ausgemacht.

Gut so, denn ohne unnötig in ihre Befindlichkeiten involviert zu werden, nehme ich den direkten Weg in Richtung unserer Taxenstammkneipe zwei Querstraßen weiter neben dem Bahnhof.

„Klaus, äh, gut datte da bis! In Echte, den Siggi hat's heute erwischt."

Mit dieser Hammer-Nachricht überfällt mich Willi, der Kneipenwirt.

„Nu mach ma halblang, mach ärs mal 'nen Durchgezapftes und dann gib' Butter bei die Fische – un vonnewech zwei Soleier mit viel Senf, dazu Öl und Pfeffer."

„Klaus, gestern hat Siggi-Südwest den Kanal voll gehabt. Wir mussten ihn mitsamt Leibriemen vom Tresen abscheiden. Wie schon öfters hatta sich da angebunden. Un dann hamwene inne Kollegen-Taxe gehievt. Un heute, am frühen Nachmittach, stehta wackelich vore Kneipe, weila seine Patte auf'm Tresen hat liegen lassen. Stimmt allet haarklein! Als ich ihm nen Muntamacha mixe und zwei rohe Eiers mit Cognac quirle, da machta schlapp, jault, drückt sich beide Hände aufe Brust und hat kalte Schwitze am Balg. Mann! Scheiße, äh! Ich, schnell die Sammaritters angefohnt, und dann hamsene aufe Bahre wechgetragen – Scheiße hoch drei!"

„Und?"

„Nix und! Hier isse Numma."

„Willi, mach nochn Durchgezapftes, dann binnich wech!"

Gesagt getan!
Und jetzt?
Soll ich ins Klinikum fahren?
Soll ich Siggi besuchen?
Im Klinikum?
Wo mir Bohnerwachs-Geruch, Desinfektions-Geruch, Küchen-Geruch, Kot-Geruch, Medikamenten-Geruch, Urin-Geruch, Wäsche-Geruch und Toten-Geruch den Magen damals umdrehte?
Dort, wo mich meine Ilse für immer verließ?

Diesen Unort wieder aufsuchen zu müssen, zur Unzeit am frühen Abend, und mir obendrein unangemeldet als Nichtfamilienangehöriger Eingang verschaffen zu müssen, also, Siggi, dir zuliebe nehme ich diesen schweren Gang auf mich und du kannst dir sicher sein, dass ich dir diese Nummer irgendwann, womöglich unterwegs auf einsamen Afrikapisten, als meine höchstpersönliche Schauergeschichte stecken werde, die du dann irgendwie glattbügeln kannst. Mein Wort in dein Super-Siggi-Afrika-Ohr!

„Guten Abend!
Dombrowski, mein Name. Heute wurde mein Vater hier eingeliefert, können Sie bitte nachsehen, auf welcher Station er jetzt liegt?"

„Sicher, doch. Wie lautet denn der Vorname?"

„Siegfried."

„So so!
Schon gefunden, soll ich Ihnen die Station und die Telefondurchwahl aufschreiben?"

„Danke, sehr nett von Ihnen."

„Der Aufzug ist neben der Sitzgruppe links hinten. Ich rufe auf der Station an, denn da war gerade Schichtwechsel, und ab jetzt ist dort die Nachtschwester zuständig."

„Danke!"

Mann! Klaus ey!
Schwein gehabt!
Keine Frage nach Geburtsdatum oder Wohnort. Nicht vorzustellen, was beim Unvermögen der Beantwortung dieser möglichen Fragen in Bezug auf den eigenen Vater hätte ablaufen können.
Klaus, keep cool!

„Guten Abend!
Dombrowski, mein Name. Mein Vater wurde heute hier eingeliefert. Zuerst einmal, wie geht es ihm denn?"

„Ich habe gerade alle Krankenunterlagen zu meiner Information durchgesehen. Ich bin die Nachtschwester und starte jetzt meinen Dienst. Ihr Herr Vater wurde demnach aufgrund eines Schwächeanfalls eingeliefert. Keine Sorge, da ist nichts mit dem Herzen!"

„Das hört sich ja sehr beruhigend an!
In welchem Zimmer liegt er denn?"

„Kommense mal mit ins Schwesternzimmer und machense die Tür hinter sich zu! Mir is datt irgendwie peinlich wassich jetzt sage:
Also, die Station hat eigentlich keine Aufnahmekapazität mehr. Der Oberarzt hat aber dennoch entschieden, Ihren Herrn Vater drei Tage lang zur Beobachtung hier zu behalten

und vermittels viel Flüssigkeitszufuhr eine Art Entgiftung durchzuführen, denn bei Einlieferung am Morgen stellte man mehr als einskommafünf Promille fest. Ohne Ihnen nahetreten zu wollen, wissen Sie, ob Ihr Herr Vater gestern in der Nacht an einer ausgedehnten Feier teilnahm?"

Eine ausgedehnte Feier, ha!
So kann man eine Sauftour schönreden!
Immer die Frauen!
Mich deucht, diese Nachtschwester hat die Lage längst durchschaut. Oder hat Siggi geplaudert? Kaum anzunehmen, denn dazu war eigentlich nicht genügend Zeit, da sie ihren Dienst erst kürzlich antrat.
Achtung!
Flucht nach vorne ist angesagt.
Fluchtpunkt Namibia.

„So genau bin ich nicht im Bilde. Jeder von uns hat seine eigene Wohnung, lebt sein eigenes Leben, na ja! Näheres könnte ich Ihnen vielleicht morgen in der Früh bei einem Kaffee erzählen, äh, wann ist denn die Nachtschicht zu Ende?"

„Nich so schnell mitti jungen Pferde!
Und noch was:
Wegen der Überbelegung der Station musste Ihr Herr Vater im Besucherzimmer, abgetrennt von Paravents, untergebracht werden. Da liegt er jetzt ganz alleine in dem großen Raum. Immerhin hat man ihm ein Radiogerät ans Bett gestellt. Sie zwei Beide können sich dort in aller Ruhe unterhalten, ohne jemanden in der Nachtruhe zu stören. Darüber hinaus ist so ein nächtlicher Besuch schon sehr ungewöhnlich, aber die Situation insgesamt wohl auch."

„Sie kreisen den Sachverhalt ein. Übrigens, ich bin der Klaus."

„So so!
Geben Sie mir bitte nachher Bescheid, wenn Sie die Station verlassen. Der Besucherraum befindet sich links hinten am Ende des Flurs und auf dem Rollschränkchen davor finden Sie Saft- und Mineralwasserflaschen, da dürfen Sie sich ruhig bedienen."

„Danke!
Habe verstanden!"

Möchte mal gerne wissen, wie ihre Hirnzellen jetzt rattern. Ihre Hirnzellen oder vielleicht auch andere Körperzellen dieser Nachtschwester namens Susanne, wie ich auf ihrem Ansteckschild am Kittel blitzschnell entzifferte, ohne sie mehr als eben nötig auffällig zu mustern.
Was denn?
Gesunde Sprudelflaschen einer stillen Quelle, ha!
War wohl der Wink mit dem Zaunpfahl.
Immer die Frauen!

„Klaus!
Na endlich!
Endlich ein normaler Mensch!"

„Siggi!
Mann, wie geht's denn, bisse wieder voll auf Scheibe?"

„Klaro!
Die ganze Nummer hier isne volle Null-Nummer."

„Ich höre."

„Also, heute Morgen kurz nach acht, weckt mich mein Handy mit dem Piepton für eine eingegangene Mitteilung. Da bietet ein Handy-Provider die Teilnahme an einem Gewinnspiel für Freisprechzeiten nach Mitternacht an. Na ja, die letzte Nacht war lang. Du weißt schon, wovon ich rede. Jedenfalls merke ich beim Wühlen nach dem Handy in meiner Lederjacke, dass im Brustfach meine Patte fehlt, worin eine Mille Mäuse stecken zum Kauf von Computer-Specials."

„Kannst du überhaupt mit diesem neumodischen Kram umgehen?"

„Klaus, hör auf zu lästern!
Wie gefällt dir übrigens die dralle Nachtschwester Susanne?"

„Nicht schlecht, steht gut im Strumpf."

„Dachte ich's mir doch!
Hat Qualitäten einer Quietschmaus oder wie oder was?!"

„Siggi, jetzt halt mal die Luft an!
Erzähl mir mal, warum du hier eingefahren bist."

„War nur ein Schwächeanfall. Am Montag bin ich wieder 'raus."

„Siggi, jetzt hör mir mal gut zu!
Ich habe mich als dein Sohn ausgegeben und derart den Check-in gemeistert. Ohne diesen Trick, den die griffige Nachtschwester namens Susanne annähernd durchschaut hat, säßest du mit deinem Arsch auf Grundeis oder auf einem windigen Dachdeckerstuhl in schwindelnder Höhe."

„Klaus, nun schau doch einfach mal aus dem Fenster! Dort geht aus dem vierten Stock dieses Klinikums der megageile Panoramablick über ein breites glitzerndes Band der nordwestlichen Essener Innenstadt, belebt von geilen Cheetahs und muskulösen XXL-Body-Boys in Netzhemden, die nur darauf warten, mit unseren superscharfen Springmessern geritzt zu werden."

„Siggi!
Sag mal, wovon faselst du?
Ich glaube, in der Lösung deines angehängten Tropfes wuseln sexuelle Stimulantien oder sogar Halluzinogene."

„Du, die da, äh, diese Weißkittels da, die sprachen vorhin von einer aufbauenden Na-Cl-Lösung!"

„Was?
Von einer aufbauenden Lösung?
Des Rätsels Lösung ist die Lösung!
Siggi, die verarschten dich nach Strich und Faden mit einer banalen verabreichten Kochsalzlösung vermittels Infusion."

„Kein Wunder, dass ich dauernd rennen muss!"

„Jedenfalls verlassen dich derart die Hits der letzten harten Nacht im gebündelten Strahl."

„Meinst du?
Denkst du?
Glaubst du?
Klaus, ist die Tür richtig geschlossen?
Klaus, jetzt glaube ich, ist der Moment gekommen, um Tacheles zu reden, denn wie schnell man im Hemd mit

Schlitz, dabei arschoffen, im Krankenhaus landen kann, ist mir in den letzten Stunden erst einmal so richtig bewusst geworden. Aber, bitte sehr, wer denkt denn schon an eine solche beschissene Situation?

Zuerst habe ich eine Bitte: Nimm dir neun grüne Scheine aus meiner Geldbörse; ich vertraue sie dir zur Aufbewahrung an. Vom Schlüsselbund kannst du dir den doppelten Schlüssel von meiner Wohnungstür abmachen für den Fall der Fälle, klaro?"

„In Ordnung!
Und jetzt nenn mir mal das Datum deines Geburtstags, bevor ich hier noch in Schwulitäten komme."

„Gut mitgedacht!"

„So!
Außerdem bleibst du bei unserer Vater-Sohn-Version, denn ich kann mir gut vorstellen, dass die Nachteule dir mit großen Augen beikommen will. Wenn überhaupt, dann stecke ich's ihr selber – und zwar später, wenn du hier den Abflug gemacht hast."

„Verstehe!"

„Siggi, sag mal!
So ganz alleine im großen Besucherraum, dazu versteckt im hinteren Eck und umgeben von Paravents, ist das nicht ätzend?"

„Klaus, zwei Tage lang halte ich das noch aus!
Dann bin ich ausgeschlafen, habe abwechslungsreiche Mahlzeiten verdrückt und die tollsten Storys in meinem Notizbuch gebunkert. Mir fehlt nur noch ein blauer Engel

zum Glücklichsein. Um diese Tablette könntest du nachher mit der Susanne feilschen. Dir wird schon ein Schauermärchen einfallen."

„Von welchen Storys sprichst du denn?"

„Klaus, du kannst dir ja gar nicht vorstellen, was sich die Leute da draußen für einen verbalen Müll um die Ohren hauen."

„Die Leute da draußen?"

„Allerdings!
Die merken doch erst auf, wenn ich hinter den Paravents hervorkomme und in Richtung Toilette eile. Bisher hat niemand hinter die Paravents gelinst. Die denken alle, hier in der Ecke sei ein Abstellplatz. Optisch vermitteln diesen Eindruck tatsächlich die seitwärts in Reih und Glied stehenden Rolltischchen mit den gesunden Saft- und Wasserflaschen darauf."

„Die sind mir schon wärmstens von der Susanne empfohlen worden."

„Siehst du, die Sache mit der Susi läuft schon!
Willst du mal hören, was ich mir, gleich mit drei Ausrufungszeichen versehen, notiert habe – etwa diese drei saukomischen Dialoge?"

„Nur zu!"

„SPEICHELSTEINE??? Hab' ich noch nie gehört!"

„Abba die Olle vom Anton hat welche."

„Näää, wo denn?"

Oder:

„Meine Tochter, die hat ein Rezept für SUPPOSITORIUM."

„Suuupa! Wofür denn?"

„Zur Einführung."

Oder:

„Mich ham'se schon drei Mal am Herz operiert."

„Und du lebst immer noch!"

„Jau äh!
Mit n'em VIERTELHERZ."

„Ha-ha-ha!"

„Ha-ha-ha!"

„Darf ich auch mitlachen?"

„Entschuldigung!
Das war gerade der aktuelle Blondinenwitz, den mein Vater gestern aufgeschnappt hat."

„So so!
Ich schaue dann in einer Stunde noch mal vorbei", meint Nachtschwester Susanne beinahe beiläufig, während sie

geschmeidig beim Verlassen des Raumes die Tür fest ins Schloss zieht.

„Ha-ha-ha!"

„Ha-ha-ha!"

„So, Siggi, jetzt folgt die nächste Neuigkeit des Tages: Ab Montag trete ich den Job einer Hausbetreuung an. Konkret bedeutet das: Bewachen durch Bewohnen."

„Was denn, die Haushüter-Agentur hat dich unter Vertrag genommen?"

„Ja, hat sie!
Bereits am kommenden Montag trete ich meine erste Stelle als Haushüter Klaus an. Außerdem habe ich mich heute schon bei den Hausbesitzern vorgestellt. Da bin ich gleich zum Mittagessen eingeladen worden und anschließend habe ich den ganzen Nachmittag beim Plaudern mit dem Hausherrn verbracht."

„Ist es denn wahr?
Klaus im Haus!
Hoffentlich fällt dir dabei nicht die Decke auf den Kopf."

„Wohl kaum, denn bei meiner Homesitting-Premiere bin ich in einem Gäste-Wohnraum direkt neben dem Trophäenzimmer mit einer wohl bestückten Bibliothek untergebracht."

„Trophäenzimmer liegen immer im Keller."

„Was du nicht sagst!
In diesem Fall im Souterrain des Hauses."

„Klaus, mach dir nichts vor!
Das eingedeutschte Wort Souterrain stammt vom französichen Wort sous-terrain und meint unterirdisch, also eine geschönte Variante einer Tiefparterre oder ein Synonym für das Untergeschoss oder auch Kellergeschoss eines Gebäudes, jedenfalls unterhalb der Erdoberfläche. Klaus, das ist eine echte Grufti-Nummer, eigentlich nix für dich!"

„Siggi, hör auf, herum zu ätzen!
Meine Aufgabe besteht ausschließlich darin, das Haus durch Bewohnen zu hüten, ansatzweise den Garten zu pflegen und dem Trophäenzimmer meine erhöhte Aufmerksamkeit zuteil werden zu lassen."

„Aha!
Vermutlich sollst du die Trophäen bewachen, damit sie nicht vom Trophäenbrett wieder zurück auf die Tierschädel springen oder aber, falls die ausgestopften Tiere plötzlich wieder zum Leben erwachen, diese daran hindern, in die freie Wildbahn zu entwischen. Hoffentlich kannst du dabei ruhig schlafen, denn womöglich kommen dir dabei diverse keltische Kopfkultrituale oder sogar südamerikanische Schrumpfköpfe in den Sinn – und dann brauchst auch du einen blauen Engel!"

„Siggi, jetzt halt mal die Luft an!
Du benötigst gleich sicher einen großen Schluck vom aufbauenden gesunden Mineralwasser, wenn du erfährst, um welche Wildsorten es sich handelt."

„Ich dachte, dich interessieren nur Motoren, Technik und Frauen mit einem Harley-Getriebe."

„Jetzt erweitere ich mein Wissen auch noch tierisch.

Also, da gab es Trophäen vom Oryx, vom Springbock, vom Warzenschwein und auf dem Boden lag ein Fell vom Zebra – sofern ich die Namen richtig erinnere."

„Gib mir mal die Sprudelflasche!"
„Und eingerahmt an der Wand, hing eine große Schmuckpostkarte mit dem Text vom Südwester-Lied."

„Sollen wir mal im Duett die erste Strophe schmettern?"

„Siggi, nein!
Denn dann haben wir beide bei Susanne bis in die Steinzeit verschissen."

„Ha-ha-ha! Erzähl weiter."

„Na ja!
Da hörte ich, dass die Riviere nach einem heftigen Regenguss zu einem reißenden Wasserarm anschwellen können, dass man Biltong und Boerewors bevorzugt verspeist, dass die Schwarzen Buschfleisch und Riesenpilze vom Termitenhügel roh essen und dass sie gleichzeitig an viele Geister glauben."

„Stimmt auf's Wort, so wahr ich Siggi-Südwest heiße! Schau dir die Dinge sehr gut an. Eine Einführung anhand von derartigem Original-Material kannst du nirgends besser als dort vor Ort bekommen. Die Hausbesitzer werden wohl ihren Urlaub auf einer Jagdfarm verbringen wollen, wenn ich mal scharf kombiniere. Am liebsten würde ich mit ihnen zusammen dorthin fliegen. Aber noch ist nicht aller Tage Abend! Klaus, ich zähle auf dich. Melde dich wieder bei mir, sobald du deinen Job absolviert hast. Und noch einmal mein Dankeschön dafür, dass du mich hier besucht hast.
Auf Wiedersehen in unserer Stammkneipe!"

„Halt die Ohren steif! Auf Wiedersehen, Siggi."

„Was denn, Ihr Herr Vater wünscht einen blauen Engel, nimmt er denn regelmäßig Schlaftabletten?"

„So genau kann ich das nicht beantworten. Jeder von uns hat..."

„Seine eigene Wohnung.
Ist das die Standard-Ausrede, fällt Ihnen sonst nichts Besseres ein?"

„Doch doch!
Die Höhenlage im vierten Stock mit Panoramablick auf die pulsierende nächtliche City macht ihn rappelig und er meint, da unten schleichen grell geschminkte Cheetahs und da trappeln Schwuchteln in Netzhemden herum – und zur Beruhigung braucht er unbedingt eine Dosis zum Herunterdimmen."

„Wer hat sich denn diesen Blödsinn ausgedacht?"

„Wir beide!
Allerdings wartet mein Vater wirklich sehnsüchtig auf einen blauen Engel, denn er möchte einige Stunden am Stück durchschlafen, damit er morgen wieder voll aufnahmefähig ist."

„Wofür denn?"

„Na ja!
Er sinniert, er finde es toll, er finde es total toll, aus dem Versteck seiner Bettenhöhle heraus zu lauschen, um im Tollhaus wechselnder Lebenslügen, puffender Kurzdialoge

sowie während verbaler Kakophonien inkognito noch zwei weitere Tage andocken zu können, angesichts einer schroffen Abbruchkante bei Regio X, hinter Regio XX oder über Regio XXL, womit er dabei offensichtlich die Umstände seiner blitzartigen Einlieferung ins Klinikum verarbeitet."

„Wir müssen ihm also keinesfalls den Beistand eines Psychiaters oder Psychotherapeuten angedeihen lassen, richtig?"

„Keinesfalls!
Und er geht gar noch einen Schritt weiter, geht einen sehr positiven Schritt weiter, indem er bemerkt, keinesfalls seinen langen Marsch durch die herrschenden Institutionen in seiner praktisch-kritischen Tätigkeit in mehrschichtig gelagerten gesellschaftlichen Bereichen beenden zu wollen und, wohlgemerkt behufs seiner Qualifikation als Sprengmeister, werde er weiterhin mental pro Deutsch sprengen.
Sehr explizit kommt sein hohes Lob aus vollem Munde wegen der angesagten täglich wechselnden Voll-Verpflegung, dabei alles auf Krankenschein, äh, alles aufgrund seiner AOK-Versichertenkarte aus Plastik, wovon er erstmals quasi als Premiere in seinem inzwischen achten Lebensjahrzehnt unfreiwillig Gebrauch macht als ein gesetzlich allgemein vereinnahmtes Mitglied der von Natur aus gesund wirkenden Allgemeinen Ortskrankenkassen-Versicherung im breiten Bereich sozialer Errungenschaften Deutschlands und, er belobigt gleichwohl die Unterbringung im hinteren Teilstück des von Paravents umgebenen linken Ecks des abseits gelegenen Besucherraumes dahin gehend, dass ihm dort im sozial verträglichen Rahmen besondere Brosamen zuteil werden."

„Ich glaube, es hackt!"

„Genau!
Da ist echt Strom in der Tapete. Aber, so ist er nun mal, und seine Sprüche kann ich 'rauf- und 'runtersingen."

„Übrigens, das vorgeschlagene frühmorgendliche Kaffeetrinken sollten wir besser auf Sonntag vertagen, denn dann ist meine nervenzehrende Nachtwachen-Tätigkeit beendet."

„Passt schon!
Denn am morgigen Samstagvormittag sind von mir viele Vorbereitungen zu treffen, denn ab Montag hütet Klaus ein Haus."

„So so!
Schwester Susanne hütet heute die Nacht Station 4-1-A."

„Also, bis dann!"

„Bis dann!"

Puh!
Die Luft im Krankenhaus bekommt mir ganz und gar nicht – ist mir noch niemals bekommen!

Mir ist richtig flau im Magen, weswegen mir ein schnelles See You Later Alligator erst gar nicht erst über die Lippen kommt, denn die Faust im Magen dominiert und vertreibt schwirrende Schmetterlinge.

Klaus, pass auf!
Ein kleiner Spaziergang am Abend könnte gelinde Abhilfe schaffen, beruhigen und gleichzeitig aufbauend wirken.

Dabei kommt es mir zupass, dass die Bushaltestelle der Linie 147 ungefähr acht Gehminuten an Fußweg entfernt liegt und danach, beim Passieren der zentralen Bahnhofsstation am Hauptbahnhof, sehe ich von einem weiteren Abstecher in die nahe gelegene Taxenstammkneipe definitiv ab.

Aus die Maus!
Für heute reicht es, Klaus!

Ein spärlich besetzter Linienbus schnurrt durch die Schluchten des nahe gelegenen Viertels von Verwaltungsgebäuden, oben pechschwarz wie die Nacht, unten funkelnd im Lichtschein lockender Bars, Restaurants, Teppich- und Juwelierläden, dazwischen zuckende Warnblinker wartender Taxis, so ganz nach meinem Geschmack und dann, beim nächsten Halt, erblicke ich in Augenhöhe ein grell angestrahltes Schwein mit Flügeln im Entrée eines Reisebüros.

Ein Mann mit zwei silbernen Gehhilfen quält sich langsam an Bord, ich komme ihm zu Hilfe und, kaum dass er sicher im Businneren angekommen ist, bin ich wieder draußen. Atme tief durch, bin plötzlich beschwingt, kreuze dynamisch die Straße, mustere das Schwein, dieses Glückssymbol, dazu mit Flügeln, Flügeln in blauer Farbe, in blauer Wohlfühlfarbe wie eine blaue Stunde am Kamin oder wie unterm blauen Himmel am weißen Sandstrand einer blauen Lagune, dazu einen exotischen Longdrink und ein Schoko-Girl vor Augen.

Man darf sich etwas wünschen in einem solchen Moment, so erinnere ich einen diesbezüglichen Ausspruch.

Wie dem auch sei, ein dicht daneben hängendes riesiges Namibia-Werbeplakat mit einer sitzenden dominanten Cheetah, gleich einer Sphinx im hellen Fellkleid mit dunklen Tupfen, vereint im herzlichen Gleichklang mit einem filigranen dunkelhäutigen Kind auf dem gleichen

Gesteinsbrocken – beide in völliger Ruhe, wie zwei vertrauensvoll zueinander gefundene Wesen – gleichsam begierdelos aneinander geschmiegt.

Ich zücke mein Photo-Handy und blitze drauf los mit maximalem Zoom, sehe mir die Serie an, lösche einige Aufnahmen, wechsele meine Position vor der Eingangstür und starte den nächsten Foto-Zip.

„Tolles Plakat, nicht wahr?"

Ich zucke leicht zusammen, da ich während meiner umtriebigen Fotoaktion keinen vorbeilaufenden Passanten bemerkt habe, drehe mich demnach schnell um die eigene Achse, fixiere ein Sekuritas-Ensemble von Herrchen mit Hund und belle beinahe:

„Jau!"

„Das Plakat hängt dort seit einer Woche. Ich finde es echt super. Bei meinen nächtlichen Kontrollgängen mache ich hier immer eine kurze Pause."

„Hauptsache, der Schäferhund wird nicht rappelig beim Anblick dieser Riesenraubkatze."

„Der wird nur unruhig, wenn er Essensgeruch aus den umliegenden Restaurants wittert."

„Ich bin gerade mit dem Bus angekommen und mir schien im Vorbeifahren an der nahen Kreuzung ein neues kleines Restaurant ins Auge gesprungen zu sein."

„Das haben Sie richtig registriert!

Vor einer Woche hat dort ein türkischer Edelimbiss aufgemacht. Hab' mir sagen lassen, da gibt es eine leckere Auswahl von speziellen Speisen, allerdings angesiedelt im gehobenen Preissegment."

„Sollte man doch glatt mal testen."

„Nur zu!
Noch'n schönen Abend, und tschüss."

„Tschüss!"

Kurze Wege Mittelfeld, diese wohl bekannte Fußballregel beherzigend, stehe ich alsbald im angesagten Lokal hinter einer Panoramascheibe an einem exakt eingedeckten Stehtisch bei Sarma- und Börekspezialitäten, begleitet von einem frisch aufgegossenem Minztee.

Nach einer abschließenden klebrigen pappsattmachenden Süßspeise mit Honig, beschließe ich, am folgenden frühen Morgen exakt hier ein herzhaftes Frühstück einzunehmen, um sodann das nahe gelegene Reisebüro als erster Kunde aufzusuchen. Denn wer geht schon ausgerechnet am Samstagmorgen ins Reisebüro, wo doch länger Schlafen, länger Frühstücken und längere Einkäufe angesagt sind?

Ergo raste ich als erster Besucher am folgenden Samstagvormittag im angesagten Reisebüro mit Schwein in einem bequemen Sesselchen vor dem ausladenden Beratungstisch mit zwei Breitbandbildschirmen auf drehbaren Tischfüßen ein, auf dessen gegenüberliegender Seite ein gut genährter junger Mann mit Pausbacken sitzt, der in seinem Erscheinungsbild sehr wohl zur Schweinchen-verwandtschaft tendiert, was möglicherweise auf seine Initiative im Hinblick auf Anschaffung und Ausstellung dieser Schweine-Skulptur hinweisen könnte. Begleitet von meinem genuinen Gedankenblitz begrüße ich ihn freundlich grinsend:

„Guten Morgen!"

„Guten Morgen!"

„Wissen Sie, das tolle Namibia-Plakat im Schaufenster hat mich inspiriert, umgehend dieses Reisebüro aufzusuchen."

„Mit welchen Informationen kann ich Ihnen denn behilflich sein?"

„Namibia mit Land und Leuten kennenzulernen ist mein Traum, einschließlich der mannigfaltigen Tier- und Pflanzenwelt."

„Sehr schön!
In der Tat, dort gibt es viel zu entdecken. Als Leiter dieser Reisebüros habe ich bereits mehrfach an Informations-Reisen durch Namibia teilgenommen, um somit besser unsere Kunden über Land und Leute informieren zu können.
Welche Variante eines Namibia-Aufenthaltes schwebt Ihnen denn vor?"

„Wegen verschiedener Angebote und Möglichkeiten bin ich gekommen und ich dachte daran, mir anhand diverser Prospekte zuerst einen Überblick zu verschaffen. Sie müssen wissen, während der kommenden zwei Wochen hüte ich ein Haus durch Bewohnen im Auftrage einer entsprechenden Agentur und werde viel Zeit haben, entsprechendes Informationsmaterial sowie diverse Prospekte zu sichten."

„Verstehe!
Dann stelle ich Ihnen verschiedene Reiseprospekte mit folgenden Schwerpunkten zusammen:
Individuelle Routen mit charmanten Unterkünften.
Dann unterwegs mit dem Allrad-Camper für Touren als Selbstfahrer abseits vom Asphalt sowie Foto-Safaris, Pauschalreisen, ausgewählte geführte Rundreisen und zusätzlich noch eine Übersicht exclusiver Lodges mit der Überschrift: Der Gast ist König, die Natur ist Kaiser."

„Prima!
Gleich platzt die Plastiktüte. Vorerst bedanke ich mich für Ihre Mühe.
Auf Wiedersehen!"

„Auf Wiedersehen und einen schönen Tag noch!"

Allerdings!
Einen schönen Tag werde ich mir jetzt machen – heute noch und morgen noch – und dann lasse ich mir wilde Geschichten einblasen im Trophäenkeller meines zu hütenden Hauses.
Sauge dort begierig diverse Details auf, suche nächtens jeden Vorgang genau zu erkunden, gierig geifernd im Zwielicht des Souterrains auf schauderhaft verschlungenen Pfaden im afrikanischer Busch bei Blitzgewittern und Geistern und Gespenstern, die mich an den Rand der Erdenscheibe schieben wollen und dabei J. J. Cales größten Hit im Laid-back-Stil abspulen, also minimalistisch vom Feinsten bei After Midnight und gepeitscht von Crazy Mama, während sich Bill Wyman's Rhythm Kings und Ziggy Stardust den Sternenstaub aus den Kutten klopfen und dabei spielerisch im Wiegetakt wippen.

So, oder so ähnlich peitschen scharfe Rock-Riffs durch das schwingende Sichelgras als Abspann einer Spaceoddity von Ragazzo Solo und Ragazza Sola in der namibischen unendlich weiten Wüstenei.

Dies in Erinnerung an einen weiteren Song-Titel mit eingängigem Gitarrenriff der Brit-Pop-Band The Kinks: Yeah, You Really Got Me!

Und dann...
Bin ich baldigst im Begriff, mittels einer Bustour ins Nordviertel der Stadt aufzubrechen, um Nachtwächter Nefes aufzusuchen.

Vermutlich die letzte Gelegenheit, um mich firm zu machen, mich wirklich firm zu machen, um baldigst das Schattenreich im Souterrain eines Hauses mit dem chaotisch überbordenden Interieur eines Trophäenzimmers zu meistern, mich dort zu behaupten und ohne die Schatten der Wahrheit blutigen Sterbens an mich heranzulassen.

Ganz in Gedanken versunken, höre ich Fräulein Urbanas Ansagestimme vom Band:

„Nächster Halt: Essen-Vogelheim.
Danach der nächste Halt: Im Rottfeld."

Potz Blitz!
Da sitze ich doch tatsächlich im falschen Bus und steuere geradezu ungewolltes Terrain an.
Verflixt!
Nix wie 'raus.
Nix wie 'raus aus dem Bus.
Auf die andere Straßenseite wechseln, zwei Stationen retour fahren und dann ganz geschmeidig in die richtige Buslinie umsteigen!

Stehe sodann ganz alleine an einer Bushaltestelle am sehr weit fortgeschrittenen Samstagvormittag im ganz und gar nicht angesagten Nordviertel von Essen.

Ein überquellender Plastik-Papierkorb hat Platz genommen auf der Sitzbank, leicht träumend zur Seite geneigt, sehr wohl träumend zusammen mit seinem prekären Inhalt, während wild geklebte Miniplakate auf der Schutzwand dahinter meine Aufmerksamkeit erwecken.

Ich trete einen Schritt näher, entziffere im hellbraunen Arschgeweih den Schriftzug: HELDEN HIER MELDEN!

Entziffere darunter eine pinke Handynummer, als akut das Innere des Papierkorbes zum tosenden Leben erwacht. Ein Kratzen, Scharren, Rascheln und seltsame Quietschlaute verdichten sich, während der Papierkorb vibriert, sich noch weiter zur Seite neigt, dann dumpf polternd aufs Pflaster fällt und sich erbricht mit stinkendem Unrat inmitten eines zappelnden Knäuels dreier Ratten, die ihren Disput vehement weiter fortsetzen, auf die Fahrbahn abdriften, unbeirrt vom wüsten Autogehupe als Signal des Gewinners.

Nach Vorarbeit des Vorderrades sorgt das nachfolgende zwillingsbereifte Hinterrad für das definitive Ende des Rattenpacks. Punkt. Aus. Mit verzögertem Bremsweg kommt die rostige und verbeulte Transit-Schrottgurke am Ende der Haltebucht zum Stillstand, wonach aus der Beifahrertür ein Fettklos plumpst, zielgerecht in meine Richtung rollt und schnarrt:

„Äh, Meister! Verkimmer dir hundert Stangen Zichten für tausend Speltling."

Aus meinem Sprachfundus rotwelsche ich wie aus dem Revolver geschossen zurück:

„Keine Gagiere! Alch dich!"

Er macht tatsächlich die Rolle rückwärts, wobei mir der eintreffende Linienbus sehr zupass kommt, denn ohne das Anrollen vom Bus in Form eines großen gelben Engels hätte das Abspacen dieses Iltis auch anders ausgehen können.

Beim Blick auf meine Armbanduhr, die High Noon mitten im Nordviertel anzeigt, ist jetzt aber ein Tapetenwechsel angesagt.

Während meine Sprüche repetierend rotieren, rollt sich Nachtwächter Nefes vollends ab, lässt locker ein HEILIG'S BLECHLE vom Stapel, eine schwäbische Redewendung zum Ausdruck des Erstaunens, vormals implantiert in seinen neu aufgebauten deutschen Wortschatz als exotisch zugewandertes Kurdenkind im Kindergarten vom Schwabenländle, wo Schwester Bernada bei ihm die Liebe zum guten Hefegebäck entfachte, ihn dieses wie einen Hefeklos aufschwemmte und zum Hansel machte, was ihn dennoch weinig tangierte, denn mit seiner glockenhell klingenden Stimme durfte er wie King Louie im Renniger Kirchenchor in vorderster Reihe prall andocken, um beim beginnenden Stimmbruch beinahe wieder abzustürzen in die traurige Einsamkeit eines basistolerierten fremden Einwandererkindes – aber nur beinahe, denn der Posaunenchor brauchte Nachwuchs und so blies er fortan seinen Blues ins Blech, wobei der Chorleiter in ihm ein Naturtalent erkannte und ihn förderte, ihm umgehend einen Schalldämpfer stellte, mit dem er geschmeidig zu jeder Tages- und Nachtzeit üben konnte, ohne die Nachbarn zu ärgern oder gegen die Hausordnung zu verstoßen.

Der beruflich bedingte Umzug seiner Eltern ins Ruhrgebiet bewirkte die Schließung seines schwäbischen

Wortschatzes und erblühte abermals, nunmehr befüllt mit einem griffigen Ruhrdeutsch. Ja, er war voll auf Scheibe, kriegte schnell die Kurve, denn ihm war klar:

Du ey, du Checker, du musst dich einloggen, du musst kreisen wie der warmgewordene Hai, oberflächenveredelt und krass gepeilt!

Ergo wuselte er in diversen Line-Ups, und bei einem Live-Act in der Halle des Hauptbahnhofes kreuzten sich zum ersten Mal unsere Wege, wiederholt auf Zeche Hannibal, wo er als Lehrhauer Arbeit fand. Bei einem Strebbruch schlug ihm das Holz ins Kreuz – kruzifix!

Nefes überlebte, mutierte als Krummknorz zum Frührentner und zum Nachtwächter eines noblen Autohauses mit Stern, wo sich unsere Wege wieder trafen.

Später, in unserer Taxenstammkneipe, steckte mir Nefes eines schönen Tages:

„Klaus ey!
Mein Name ist groß. Hat was von Allah. Und Allah ist groß. Und hat was von Wahrheit gelegt in meinen Namen."

„Nefes!
Hör' auf, in blumigen orientalischen Rätseln zu reden."

„Klaus!
Du musst verstehen: Nefes bedeutet atmen oder Atmung."

„Meinetwegen!
Du bist und bleibst für mich der Nefes. Schon allein deswegen, weil ich deinen Vornamen nicht locker aussprechen kann. Hör auf zu grinsen, wenn ich mir sprachlich dabei einen abbreche.

Ebenso wie bei der Aussprache von Dschelal, der sich Celal schreibt und mich irgendwie an Cerealien erinnert, die in Werbespots hochgepuscht werden wie:
„Herzlich willkommen in der Welt der Cerealien!
Hier gibt es Wissenswertes rund ums Frühstück mit Cerealien (richtiger: Cerealia) zu Ehren der altrömischen Ackerbau- und Wachstumsgöttin CERES.
Das Getreide befindet sich als aufgepoppte Feldfrucht im hippen Müsli und in Frühstücksflocken und ist ultimativer Bestandteil in bioaktiven Cornflakespackungen unserer neuesten Produktlinie von Bio-Signal."

„Ja ja!"

„Mann ey, Nefes!
Jetzt atme ich beinahe schwer. Ende der Ansage!"

Dennoch möchte Nefes haarklein jedes einzelne Detail meiner Begegnung der besonderen Art wiederholt erzählt bekommen. Er meint danach:

„Ich glaube, davon träume ich nachher bei meinem Nachmittagsschlaf als Vorbereitung für die Nachtschicht."

„Nefes, du schläfst wirklich niemals während deiner nächtlichen Tätigkeit ein?"

„Vielleicht mal ein Sekundenschläfchen, mehr aber nicht. Denn die Geräusche der Nacht ziehen mich in ihren Bann. Sie pulsieren, vibrieren und halten mich auf dem Sprung ganz ohne Energy-Drinks, Koffein oder andere Muntermacher.
Nachts, wenn es still und fast dunkel ist im Zwielicht einer Notbeleuchtung, vernehme ich plötzlich ein Knacken.

Nein, eher ein Knistern und Reiben aus dem vollen Rund der ausgestellten Autos. Ein Cabrio macht Capriolen. Macht Capriolen mit seinem Stahlverdeck:

Halb auf, wieder zu, ganz auf und dann sehe ich sie, die Fahrerin:

Excellent gestylt in Form und Farben eines angesagten aktuellen Trends. Sehe sie wie eine Zeitgeisterscheinung, direkt in meine Richtung blickend. Beim kribbelnden Schauer auf meinem Rücken verschwindet sie wieder unterm Stahlverdeck."

„Und dann?"

„Lege ich spontan über den nächtlichen Spuk einen Zauberspruch."

„Da bin ich aber gespannt."

„Was ihr den Geist der Zeiten heißt, das ist im Grund der Herren eigner Geist, in dem die Zeiten sich bespiegeln."

„Na toll!
Ich an deiner Stelle hätte allerdings spontan den Stecker gezogen, bevor ich Goethe zitiere – und überhaupt, wie kommst du zum Goethe?"

„Bin ihm vor einigen Jahren auf dem Trödelmarkt begegnet."

„Hä?"

„Da entdeckte ich eine abgewrackte und geschundene Ausgabe in sieben Bänden. Die gehören seitdem zu meiner bevorzugten Nachtlektüre."

„Und wie ging's weiter?"

„Do it yourself!
Ich hab' von der Autobatterie das Minuskabel abgeklemmt. Danach war zwar Ruhe im Bau, aber nicht bei mir selber wegen des hoch gepeitschten Adrenalinspiegels. Darüber hinaus belebten ausführliche Wiederholungs-Sequenzen meine Träume während der nächsten Tage."

„Du meinst Träume von oder gar mit der Beifahrerin?"

„Genau!
Primär mein Wunschtraum einer gemeinsamen nächtlichen Spritztour, wobei wir hinaus ins Freie fahren, hinaus auf die Straße durch die riesige geborstene Schaufensterfront. Kannst du dir diesen irren Sound vorstellen, diesen megageilen Sound einer zerspringenden Maxi-Glas-Scheibe, die sich in abertausende klirrende sirrende Splitter wie eine weihnachtlich weiße Bescherung aufs Trottoir ergießt? Diesen Sound höre ich ab und zu noch als nachgelagerten Zusatz meines Weckerrasselns."

„Wie lange ist das jetzt her, als bei jenem Unfall nächtens ein Motorrad durchs Schaufenster herein schlitterte?"

„Mehrere Monate.
Kannste mal sehen, wie nachhaltig solche Dinge wirken."

„Nefes, deine Erzählung wirkt ja nicht gerade aufbauend im Hinblick auf meine neue Tätigkeit."

„Ach was!
In dem Trophäenkeller steckt ja keine Elektronik, da ist alles

nur ausgestopfter Mumpitz. Wer oder was sollte dich denn im Souterrain schon überraschen, zumal das Fenster vergittert und die Tür mit einem Sicherheitsbeschlag versehen ist?!"

„Im Prinzip hast du Recht. Bin gespannt, wie es so läuft."

„Wird schon!
Übrigens, wenn mich nächtens das Summen und Sirren der Beleuchtung und der Klimaanlage nervt, dann setze ich mich draußen in den Innenhof und warte auf Meister Reinecke, den ich mit Sarma füttere.
Danach ist Bewegung zwecks Verdauung angesagt und der Fuchs spricht zu mir:

„Nun gut, so meint Meister Reinecke, machen wir uns auf den Weg!"

„Also macht ihr dann einen nächtlichen Kontrollgang?"

„Na klar!
Und hinterher teilen wir uns die lederne Besuchercouch im Show-Room und verdrücken weitere Sarma-Wickel.
Klaus, wir sind jetzt beim aktuellen Thema angekommen. Ich kann die Dinger nicht mehr sehen. Dir werde ich gleich eine Vorratsdose damit befüllen."

„Oh!
Hat die Sache etwa einen Haken?"

„Verdächtige mich nicht!
Ich lenke nur eine Überproduktion in den richtigen Kanal – also in deinen Schlund."

„Ich höre: Überproduktion. Dieses Wort kannst du bestimmt nicht in die türkische Sprache übersetzen."

„Hör' auf zu lästern!
Hör' lieber zu, was der Prophet gedenkt, dir zuteilwerden zu lassen:
Also:
In der vergangenen Woche kam mein Bruder von einem Familienbesuch aus Ankara zurück, äh, besser, er war im Begriff zurückzukommen. Er hatte nämlich einen preiswerten Over-Night-Flight gebucht, jedoch fiel dieser aus und er musste einen halben Tag lang warten, bis es mit einem Ersatzflug endlich zurück nach Deutschland ging."

„Wundert mich überhaupt nicht."

„Jedenfalls waren die frisch eingefrorenen Blätter vom Weinstock in der zur Hälfte abgeschnittenen Plastikflasche aufgetaut und matschig.
Meine Tante sprang im Dreieck bei seiner Ankunft und legte eine Doppelschicht zur Sarma-Produktion ein, denn ein erneutes Einfrieren der empfindlichen Weinblätter hätte einen ekligen Bittergeschmack bewirkt.
Wie ich hörte, legte sie flugs drei Basisvarianten auf. Diejenige mit einer Reis-Kichererbsen-Knoblauchfüllung geht nun an dich, und du kannst dabei die Schubkraft anatolischen Knoblauchs im abgeschiedenen Trophäenkeller unkommentiert ausleben oder dich als selbst ernannter Blähungsdeuter zelebrieren."

„Dank deiner Fürsorge werde ich die Geister knallhart aus dem Keller kärchern."

„Und Klaus: Achtung!
Gleichzeitig gebe ich dir die Zauberformel des Abendlandes mit auf den Weg."

„Aha!
Pendelst du nun zwischen Abend- und Morgenland?"

„Du sagst es!
Mein Atem über Alles."

„Jetzt lass jucken, Kumpel!"

„Sieh mal!
Hier ist ein vierfaches Palindrom (Zeichenkette) dargestellt, und dieser Abbildung werden magische Eigenschafen zugeschrieben. Sie gehört zu der wahrlich meist verbreiteten Zauberformel des Abendlandes und sie soll vor Seuchen und Unheil schützen.

Das Sator-Quadrat habe ich ausgedruckt, auf einen eckigen Bierdeckel geklebt und mit einer durchsichtigen Schutzfolie überzogen. Es wird immer in deiner Nähe sein, wenn du dir am Abend ein Pils zischst. Bitte sehr!"

„Nefes, ich bin sprachlos, äh!
Und bin beinahe ohne Atem!"

Nefes grient wie ein Honigkuchenpferd, öffnet ein kleines, reich mit Intarsien verziertes Schränkchen, in dem er diverse Flaschen mit türkischen Anisschnäpsen nebst passenden Gläsern aufbewahrt – und dann sehe ich ihn, diesen spannweit sprotzenden Stapel. Muss tief nach Luft schnappen, bevor ich meine Lachsalve abschieße, während Nefes nachfolgend nahezu kleinlaut gesteht:

„Äh, du ey!
Beim Ausdrucken des magischen Quadrates habe ich versehentlich die falsche Taste gedrückt und habe danach alle fünfzig Ausdrucke auf Bierdeckeln weiter verarbeitet."

„Wie gut, dass deine Verwandtschaft so zahlreich ist."

„Jau!
Jeder bekommt bei seinem Besuch demnächst einen magischen Bierdeckel geschenkt. Mit diesem Zauberformel-Bierdeckel habe ich soeben meine große Geschenkserie gestartet.
So, zum Abschied nehmen wir noch ein Schlückchen Aslan Sütü, ein Schlückchen von der leckeren Löwenmilch (Raki)."

„Danke, Nefes!
Bis bald beim Wiedersehen in der Taxenstammkneipe."

„Genau!
Meine Handy-Nummer hast du ja – für den Fall der Fälle."

„Klaro!
Und tschüss!"

„Tschüss!"

Während ich im Bus stadteinwärts fahre, steigt aus der Plastiktüte ein derart konzentrierter Knoblauchgeruch hoch, sodass der Sitzplatz neben mir frei bleibt. Beim Aussteigen wehen hinter mir Sprachfetzen mehrerer Jugendlicher wie: „Bo ey, dem sein Türkenkoffer mieft wie'n fetter AliBaba."
Na!
Das kann ja morgen heiter werden!

„Guten Morgen!"

„Guten Morgen!
Sie sind ja pünktlich wie die Maurer."

„Sicher doch!
Pünktlich und fast auf die Minute genau. Schließlich wartet der Flieger nicht auf Sie! Als ehemaliger Taxifahrer und bei meiner jetzigen neuen Tätigkeit bin ich sehr wohl darauf bedacht, die vereinbarten Absprachen wie Arbeitszeiten genau einzuhalten."

„Sehr gut!
Die Einkaufsliste für das Auffüllen unseres Kühlschrankes liegt auf dem Küchentisch. Dazu gebe ich Ihnen einen Umschlag mit der vereinbarten Summe für Lebensmittel sowie für unvorhersehbare Diversa.
Übrigens, ich habe im Kühlschrank die angebrochene Flasche mit dem guten Schnaps aus dem Münsterland deponiert. Und meine Frau meinte, dazu gehört unbedingt noch ein Sixpack."

„Danke, gut mitgedacht!
Dann kann ich gleich meine Vorratsdose daneben stellen."

„Oh!
Das riecht ja gewaltig nach Knoblauch, was ist denn da drin?"

„Sarma!"

„Sarma, was ist das denn?"

„Erzähle ich Ihnen gleich während der Fahrt zum Flughafen."

„Einverstanden!
Sehen Sie, hier haben wir die Flugnummer und die avisierte Ankunftszeit unseres Rückfluges notiert."

„Aha!
Zweiundzwanzig Uhr fünfzehn, das passt gut, denn zu dieser Uhrzeit wird es ruhig am Flughafen in Düsseldorf. Dann muss ich nicht ins Parkhaus fahren, sondern kann auf dem Haltestreifen vor dem Eingang 1 auf Sie warten, genau dort, wo ich Sie gleich absetzen werde."

„Da schaut gerade Ihre Erfahrung als Taxifahrer hervor, besser hätten wir es gar nicht treffen können."

„So!
Jetzt wünsche ich Ihnen einen angenehmen Flug und erlebnisreiche Tage in Namibia.
Bis bald und auf Wiedersehen!"

„Danke vielmals und auf Wiedersehen!"

Dass ich auf der Rückfahrt von Düsseldorf nach Essen am Breitenbacher Kreuz in einem elenden Stau verende, ist wirklich meine Schuld, weil ich das Autoradio für die aktuellen Verkehrsmeldungen ausgeschaltet habe, um mit Nachtschwester Susanne Süßholz zu raspeln, denn der gemeinsame sonntäglich avisierte Frühmorgentreff zerfiel aufgrund der vorabendlichen samstäglichen Ziehung der Lottozahlen – eine Konstellation schaffend, die ich erst einmal sehr wohl bei mir behielt wegen des bekannten Kommentars »Wie immer ohne Gewähr«, während ich mit Sternchen in den Augen meine eigene Zahlenkolonne auf dem Bildschirm des Fernsehers erblickte. Und dazu im Doppelpack gemäß meines zelebrierten Bekloppten-Lottos!

Akutes Herzklopfen und schnelle Atmung erforderten unbedingt frische Luft sowie ausgleichende Bewegung, weswegen ich schnellstens meine Wohnung verließ und schnurstracks das Kommunikationszentrum meiner Wahl ansteuerte, um dort langsam aber sicher nach einer Reihe gezischter Pilstulpen von Wolke sieben wieder herunter zu kommen.

So weit, so gut!

Bis zu dem Moment, als kurz nach zweiundzwanzig Uhr ein giggelndes Frauentrio hereinplatzte, allen voran Jenny Eimer. Aufgebrezelt bis zum Gehtnichtmehr, dabei dichtens gefolgt von Lilly Laupendahl sowie Ines Senkblei. Nach knapp fünf Minuten des verbalen Zumüllens war ich voll im Bilde:

Jenny Eimer hatte ihre Tante beerbt, wobei ihr gestriger Tag unterm Shopping-Stern stand.

Und heute Nacht, also gleich, soll es losgehen zur Fashion Rock Night mit Fashion Shows und mit folgender fetter Aftershow-Party bis in die Morgenstunden. Ganz angesagt steht Star-DJ Lars Marinström an den Reglern – und jetzt bitte vorneweg eine Runde Eierlikör zum Warmwerden!

Dann die nächste Runde mit dem blauen aufbauenden Curacao-Likör vor dem Abflug!

Und ich alter Sack, zackzack, breche mit den drei tauben Nüssen auf zur angesagten Location, wo tatsächlich eine außergewöhnliche Show abgeht, wo der Catwalk zur Bühne, die Bands zu Stylern und die Models zu Rockstars werden.

Dass es wirklich früh, sehr früh wurde, war die eine Sache.

Mein Brummschädel war die andere Sache und, eingeräuchert vom Kneipendunst, war ich wirklich nicht gesellschaftsfähig, konnte keinesfalls dem strengen Nachtschwesternblick Stand halten oder gar Rede und Antwort stehen.

Deswegen diente mir der verbleibende Sonntag zur Regeneration, wobei das Packen meiner leichten Reisetasche sich leicht aufschaukelte als ein Akt der besonderen Sorte, dem kurz nach Ende des Tatort-Krimis mit Horst Schimanski mein penibles Stellen wie Justieren von zwei Weckern im Abstand von je zehn Minuten in zwei Ecken neben meiner Schlafstatt folgte.

Immerhin, am heutigen Morgen hat alles gut geklappt, bis jetzt, wo ich im Stau stecke. Dass die gelbe Warnleuchte der Tankuhr schon bei Ankunft am Flughafen flackerte, beunruhigte mich nicht, da sich ein 5L-Reservekanister im Kofferraum befindet, gut gefüllt, wie ich bereits eruierte.

Doch sicher ist sicher!

Ich verlasse demnach kurzerhand den Stau am Breitscheider Autobahnkreuz. Erblicke kurz darauf eine Taxirufsäule wie man sie im Stadtbild nur noch selten sieht und nutze den freien Platz davor für einen Halt, um Benzin nachzufüllen.

Ordentlich verpackt in einer dicht schließenden Schraubdeckeldose finde ich in der Laderaumwanne einen knallroten Ausguss-Stutzen und lege los, während kurz vor Beendigung meiner Aktion ein Taxi anrollt, kurz anhält und dann weiter fährt – eigentlich ein Vorgang, der weit am Rande meines Sehfeldes als eine eher unwichtige Aktion abläuft.

Vor dem Eintreffen am Haus in Bottrop habe ich danach vollgetankt und erstens den Rat von Nefes befolgt, ein türkisches Fladenbrot und Kräuterbutter einzukaufen, um sodann zweitens den Rat des Hausherrn zu befolgen, nämlich das Auto vor der Garage abzustellen, um Präsenz zu zeigen.

Beim Aufgießen von Tee fallen mir sprachliche Besonderheiten von Fügungen wie *schwarzer Tee* oder *Schwarztee* ein, während ich gedanklich die Deklinationen von niemand, wenn man *eigentlich* niemand meint, links liegen lasse und dabei an den Zündschlüssel denken muss, den zu ziehen ich offensichtlich vergaß und zucke daher wie der Blitz aus dem Haus – und just in diesem Moment sehe ich ihn!
Sehe ihn, wie er gerade das ausgebaute Autoradio unter seiner Bomberjacke verschwinden lässt und den Zündschlüssel ins blühende Rosenbeet schnippt.

Potzblitz!
Ich sprinte wie Harry, verkürze die Distanz, trete in die Hacken wie beim schäbigen Foul auf Schalke 04 und bringe ihn zu Fall – und dann?
Und dann treten aus dem Nachbarhaus Herrchen mit Hund heraus.
Mein bellendes Briefing, bei dem das Autoradio filmreif aus der Bomberjacke als "corpus delicti" hervorrutscht, gefolgt von einem klaren Befehl "fass!" an den offensichtlich sehr gut geschulten Bello – und schon rollen keine zehn Minuten später zwei Freunde und Helfer im Polizeiauto an.

„Aha!
Ihr erster Tag beim Haushüten?"

„So ist es!
Klaus, mein Name!"

„Angenehm, ebenso!
Und das ist Neon. Der muss jetzt mal müssen. Übrigens, ich bin gelernter Elektriker. Wenn Sie möchten, helfe ich Ihnen beim Wiedereinbau des Autoradios."

„Danke!
Die Hilfe nehme ich gerne an."

Also baue ich als Haushüter Klaus, zusammen mit Herrn Klaus, der mit Vornamen Heiko heißt, den ganzen lieben langen Nachmittag das Autoradio wieder ein, während meine Vorratsdose mit den Weinblätterwickeln die Runde macht und Neon inklusive bedient, der zum Schluss noch für seine gute Arbeit am prekären Objekt einen Restschluck aus der Bierflasche abbekommt.

Bei Deklinationen von Kardinalszahlen komme ich in meiner ersten Nacht auf dem aufklappbaren Feldbett in der Küche direkt neben dem Kühlschrank zur Ruhe – Sarma-Wickel mit Sixpack in Reichweite.
Tanteradei!
Als geträumte Interjektion (von lat. *Interiectio*, wörtlich "Einwurf") rauscht oder rauschen an mir Einzelwörter oder feste Wortverbindungen vorbei, die in ihrer Form unflektierbar und syntaktisch unverbunden sind und nur als satzwertige (holophrastische) Äußerungen gebraucht werden.
Lexikalisch haben sie keine Bedeutung im engeren Sinn. Im Unterschied zu Verzögerungslauten (wie *äh* oder *ähm*) zeigen sie jedoch eine bestimmte Empfindung, Bewertungs- oder Willenshaltung und übermitteln dabei eine an den Empfänger gerichtete Aufforderung oder ein Signal zur Kontaktaufnahme oder gar Kontaktvermeidung wie: Hey, du bist voll auf Scheibe, hey, du wichtest gerade die Bedeutung

abhängig von der Intonation, die etwa bei der Interjektion *hey* zusammen mit anderen Faktoren eines Äußerungskontextesdarüber entscheidet, ob es sich um eine Kontaktaufnahme *(hey?)*, die Aufforderung zu einer Unterlassung *(hey!)* oder um einen Trost- oder Koselaut *(hey-hexy)* handelt – oder lang gezogen in fallender Betonung abgeht in Ergänzung von: *ach, nanu, huch, hoppla, oha, hu, huu, huuu...*

    Hu, huu, huuu!
Wer will denn was von mir?
Wirklich eine Frechheit hoch drei, mich zu nachtschlafender Zeit zwecks kombinierter Blutabnahme sowie Urinabgabe zu wecken, nachdem mich kurz vorher Nachtschwester Susanne schief gewickelt im Zusatzbett neben Siggi-Südwest ablegte.
    Klaus, du Lonesome Traveller und Halbschlafleser im Traumtagebuch von Jack Kerouac – hey, Klaus, wach auf! Hier und jetzt tut sich eine faszinierende Welt auf wie der legendäre Schlüssel zum Verständnis außergewöhnlicher Prosaskizzen, hektischer Momentaufnahmen sowie Hinterhofbegegnungen, *hu, huu, huuu...*!
    Hier die schräg angeschliffene Spitze der stählernen Injektionsnadel, *oha, hu, huu, huuu...*! Halt! Stehengeblieben, her mit dem Radio, Neon, fass! Wau, wau! Doch vorab spechte ich auf ein Sarma-Häppchen und ein Schlückchen Pladder-Pils. Klirr, die Pilsflasche am Boden – wie kommt die denn dahin? Klaus, durch deine Hand! *Manus manus fecit* sagt der Altlatriner. So, und jetzt hol dir 'mal 'ne neue Flasche aus dem Kühlschrank, Klaus! Mach ich doch glatt!

    Beim Blick auf den Wecker nachts um halb vier spüle ich diesen Albtraum gezielt herunter.

Donnerlüttchen!
Wer will denn schon wieder was von mir?
Wirklich, eine Frechheit, mich auf meiner Pritsche vor dem Kühlschrank um exakt neun Uhr wach zu klingeln. Übel gelaunt, mit einem pelzigen Geschmack im Hals wie die schrille Wildziege aus Anatolien, öffne ich natürlich nicht die Haustür, sondern das Fenster der danebenliegenden Gästetoilette nach Besteigen des Throns auf dem herunter geklapptem Deckel in Ahornoptik und erscheine hinter zwei massiven Stabgitterstäben wie der WC-Geist aus der Spraydose.

„Hä?"

„Guten Morgen, wir kommen von der lokalen Zeitung und möchten Sie gerne wegen Ihrer gestrigen Aktion interviewen."

„Um elf Uhr vor der Garage, klaro?"

„Klaro!"

Offensichtlich schätzen sie die Lage richtig ein und trollen sich.
Jetzt aber ist Action angesagt:
Action!
Red Hot + Blue!
So, und nur so gestylt, will ich als Haushüter Klaus aufpoppen, als hipper Psychobilly mit Pomade im schütteren Haar, eng eingefahren in eine aufgekrempelte Rumble 59 Denim-Jeans mit Nietengürtel und eingestielt in geile Bello-Boots und, ganz zu schweigen von einem knalligen Rockabilly-Karohemd, dessen Würfelmix zum Würfelhusten reizt.

Zwei Stunden müssen unbedingt reichen, um mich in Essen in einem heißen Insider-Shop einzukleiden!

Offensichtlich bin ich der erste Kunde des Tages, an dem die knackige Hazel zwei kalte Coccas knackt. Die Hazel, wie mir das Namensschild am Halsausschnitt ihres leichten kurzen Kleidchens mit Rosenmustern in Rot und Rosé verrät – und schon wuselt sie um mich herum.

Gezielt stellt sie mir mein gewünschtes Outfit zusammen, abgerundet vom Sonderangebot einer Baseball-Jacke der Marke Red Devil und, um überhaupt nicht lange drum herum zu reden, spult sie sofort die wichtigen Details ab:

„Grundmaterial ist roter Premium-Wollstoff. Die farblich abgesetzten Einsätze an Schultern, Kragen und Taschen sind aus hochwertigem Rindsleder gearbeitet. Und insgesamt vermittelt die Jacke einen klassischen Herrenschnitt."

„Super!
Jetzt noch eine Dose Pomade und eine Flasche Removing-Shampoo."

„Unbedingt!"

Die Hazel hat's echt drauf. Schon bin ich wieder auf Achse, und aller et retour passen ins Zeitfenster, einschließlich des Umkleidens.

Dann folgt der Aufmarsch des Haushüters Klaus mit Herrn Klaus und Bello Neon in ihrer Mitte, als tolles Trio vorm Garagentor posierend, wobei der Fotograf zügig zum Schuss kommt, während Herr Klaus ganz gezielt im Breitbandformat Neons Vita einbringt:

„Sie verstehen, Herr Reporter, tapsige Tiergeschichten

kommen immer gut an!", während ich, breit grinsend, dem Bello ein Sarma-Häppchen auf flacher Hand verfüttere, dem guten Bello, der genüsslich mit blaulivider langer Zunge nachschleckt und exakt die richte Mischung produziert für einen geschmeidigen Händedruck mit dem Reporter, glitschig wie Pesto Genovese, wobei mir Pastakreationen durchs Hirn schießen, so ähnlich, wie ich sie mir zur Abendessenszeit beim Italiener am nahen Kreisverkehr schmecken lassen werde, denn dieser Tag mit Turboshopping, Fotoshooting und einem komischen Interview, also wirklich, Haushüten hat schon was – hätte ich nicht gedacht!

Es folgt die nächste Nacht, die ich wiederum auf dem Feldbett in der Küche vor dem Kühlschrank mit seiner speziellen Bestückung verbringen will. Allerdings wird es eine kurze Nacht, da ich von einem Folianten mit bildhaften Darstellungen der Schöpfung aus dem Kloster St. Marienstern gefesselt werde, mich nachfolgend im ersten Buch Mose verliere und erst weit nach Mitternacht durch einen Traum von Sintflut und Tsunami rausche, begleitet vom Rauschen eines schweren Sommerregens mit einhergehenden Blitzkaskaden, die mir den Blick auf die Kühlschranktür frei schalten – während ich beim nachgelagerten Donnerhall das Pilsfläschchen vollschlucks leere und mir gleichzeitig für den morgigen Tag einen ausgeglichenen alkoholfreien Tag, kurz AFT genannt, verordne.

Beinahe hätte ich vergessen, dass heute der Tag für meine kroatische Putzteufeline anbricht, die mir in exakt eineinhalb Stunden meine Wohnung pikobello fertig macht. Ihre Aktionen habe ich inzwischen widerstandslos akzeptiert, wobei nach Ablauf von eineinhalb Stunden bei Rückkehr in meine extrem gesäuberte und radikal aufgeräumte Wohnung ich dort viel weniger mir selbst gehöre.

Deswegen tätige ich einen extra lang ausgedehnten Einkauf im Konsum, selbstverständlich arrondiert vom Kauf diverser Plastikflaschen mit Powerreinigern der Marken Abrazzo und Chlorix, wobei keinesfalls die Scheuermilch und der WC-Citrusreiniger nebst Glanzalkohol vergessen werden darf, geschweige denn Schwammtücher im 2er- und Reinigungsschwämme im 3erPack, natürlich nur diejenigen, die nicht kratzen – und damit es bei mir selbst nicht kratzt, ja, genau deswegen wasche ich meine Ordenswäsche summa summarum selber, denn meine Waschmaschine gebe ich nicht in ihre Hand!

Nicht auszudenken, welch hochkonzentrierte Chemikaliencocktails sie möglicherweise benutzt und dadurch meinem Body und besonders den empfindlichen abdominalen Teilen schaden oder übel zusetzen könnte – das käme einer wie der Tschernobyl-Horror im Feinrippgewebe! Spontan suggeriere ich hunderte wie tausende verstrahlte Liquidatoren von Pripyat, lasse daher das Sonderangebot weißrussischer Pilze links liegen, ebenso wie die Dioxin-Eier, das Klebe-Fleisch, den überdüngten Rucola-Salat und die Suppen in Tüten. Denn wie der Geschmack in die Tüte kommt, nämlich durch Aromen aus dem Chemie-Baukasten, hat mich seit Erscheinen des Buches mit dem Titel "Die Suppe lügt" im Jubiläumsjahr 1997 bei Klett-Cotta durch deren Autor Hans-Ulrich Grimm voll und ganz Abstand nehmen lassen von derartigen Produkten der propagierten schönen neuen Welt des Essens.

Vormals früher nahmen wir ein Suppenhuhn, entweder vom Markt oder vom Metzger mit nach Hause, derweil Hersteller von Tütensuppen ein oder zwei Gramm an Kügelchen Trocken-Huhn pro Tüte nehmen, um Aroma in die Instant-Küche zu zaubern.

Verkehrte Welt!
Denn der Chemie-Baukasten täuscht den Gaumen. Wer etwa Fertigkakao trinkt, genießt garantiert Geschmack aus dem Labor, denn Labor-Aroma ist die Leitsubstanz der modernen Lebensmittelproduktion, wobei die Industrialisierung des Geschmackes uns von den Zwängen der Natur befreit, etwa dem Mangel an Rohstoffen, denn die gesamte Erdbeerernte in Deutschland würde nicht reichen, um die Lust der Deutschen auf Erdbeerjoghurt zu stillen.

Grübelnd gehe ich zum ausladenden Regal mit Zeitschriften und Zeitungen, um mich abzulenken. Im lokalen Zeitungsblatt entdecke ich einen Bericht über das Haushütertum, behütet von einer breiten Überschrift "Klaus im Haus" unter einem großen über vier Zeitungsspalten gehenden Foto vom Bello Neon mit lang heraushängender Zunge, links flankiert vom Haushüter Klaus und rechts flankiert vom Doppel-Klaus, kongenial perfekt pulsierend im Maßstab 1 zu 1!

Whow!
"Klaus im Haus" – das geht ab wie Zäpfchen!
Diese Überschrift darf gefeiert werden!

Ich beschließe spontan, mich mit dem angebotenen Tagesgericht einer gesunden kalorienarmen Lasagne mit Frischkäse, Zucchini und Pinienkernen zu belohnen, packe alle vorhandenen Zeitungen, mindestens zehn Stück an der

Zahl, in den Einkaufskorb – und dann fällt mein Blick auf ein Regal mit Süßigkeiten, aus dem heraus eine neongelbe Hand auf- und niederschaukelt.

Der Werbetrick vom Regalwipper, Regalstopper oder auch Regalwobbler funktioniert, so sinniere ich und lese auf der Regalleiste das Hinweisschild für ein Super-Sonder-Angebot:
10 Rumkugeln für 3 Euro.
Handgemacht.
Und dabei verführerisch verpackt in einer durchsichtigen Knistertüte.
Jawoll!
Ich entscheide spontan:
Rumkugeln für Alle!
Grinse breit vor mich hin wegen dieser doppeldeutigen Wortspielerei –und ja, ich will Rumkugeln als Leckerli an alle Beteiligten verteilen, an Bello Neon inklusive. Also lege ich sogleich drei Knistertüten in den Einkaufskorb, denn im Hinterkopf spukt mir bereits die Susi herum!

"Klaus im Haus" als aktueller angesagter Zeitungsartikel des Tages liest sich locker und entspannt während des spätnachmittäglichen Ausruhens im Liegestuhl unterm Apfelbaum im Garten.
Gleichzeitig wird der Trophäenkeller bei gekippten Fenstern und sperrangelweit geöffneter Tür durchlüftet, denn dort gedenke ich heute zur Abwechslung zu nächtigen.

Bellos Bellen im Nachbargarten beendet mein spontanes Nickerchen. Ich blinzele gegen die tiefer stehende Sonne und stelle fest, dass der Rasen nach dem gestrigen nächtlichen Regenguss gewaltig in die Höhe geschossen ist und dabei unterschiedlich hohe Wachstumsareale aufweist, wobei mich nicht wundert, dass die Kabeltrommel, der Rasenmäher sowie der Rechen als eine Kette von Momentaufnahmen auf der Leinwand meines Kurztraums erscheinen – allerdings flimmern dabei zusätzlich seltsame Sequenzen vorbei, in denen ich ein Symbol der Unschuld in Barfüßigkeit darstelle wie skizziert von William-Adolphe Bouguereau in Anlehnung an die Präraffaeliten aus der Mitte des 19. Jahrhunderts!

Warum hocke ich dabei in naturalistischer Manier mit spärlicher Bekleidung eines Lendenschurzes ausgerechnet auf dem Auffangkorb eines Rasenmähers? Ich kombiniere beinhart: Mir fehlt offensichtlich die entsprechende Arbeitskleidung!

Ein guter Grund, den morgigen Tag recht früh mit einem Einkauf beim Discounter in meiner bevorzugten Non-Food-Abteilung zu starten, vorher im dortigen hauseigenen Restaurant zu frühstücken, um dabei in aller Ruhe den Newsletter mit den Sonderangeboten zu durchforsten.

Augenblicklich nerven mich zunehmend fette Fliegen und stinkige Luft, denn offensichtlich fackelt die Kokerei gerade Gas ab. Ich schließe demnach die Fenster und die Souterraintür, zumal einige Fliegen ihren Weg bereits ins Rauminnere gefunden haben, vermutlich angelockt vom vielversprechenden Duft der ausgestopften Tiere sowie gleichzeitig auf der Flucht vorm Gasgeruch und damit eine Situation schaffend, die mich bei einer einsetzenden Fliegenjagd im Trophäenzimmer zum revitalisierten Springbock aus der Kalahari werden lässt.

Ausgestattet mit einem angefeuchteten Handtuch, attackiere ich im wirbelnden Drive die Flügeltiere – ach, wie gut, dass niemand weiß, dass ich Rumpelstilzchen heiß!
So denke ich, gefolgt von Ende gut, Ente gut, alles gut und lege, leicht außer Atem, eine Erholungspause auf der angenehm kühlen ledernen Langcouch ein, als plötzlich das Handy in meiner Hosentasche vibrierend erwacht.

„Ja bitte?"

„Klaus, du altes Haus, wie geht's und wie steht's?"

„Nefes, hallo!
Ich bin auf Fliegenjagd im Trophäenzimmer."

„Schmeißfliegen auf Tieren?
Klaus, Achtung! Dann haben die Tiere noch Atmung."

„Blödsinn, Nefes!
Doch stell dir mal vor, heute werde ich zum ersten Mal im Souterrain übernachten, exakt in Nachbarschaft der Tierpräparate."

„Wenn das mal gut geht!
Übrigens, wie schmeckten dir die Sarma-Wickel?"

„Super!
Danke der Nachfrage. Habe sie sogar großzügig geteilt."

„Mit wem denn?"

„Mit dem Bello Neon von nebenan.
Und mit Herrn Klaus von nebenan, der Heiko heißt."

Kein Kommentar von Nefes!
Wieso denn auch, wo er doch Goethe liest.
Er bemerkt nur:

„Teilen ist immer gut, sagt der Prophet. Doch damit meint er nur Zweibeiner."

„Nefes, das ist eine längere Geschichte.
Du musst dich einfach solange gedulden, bis ich sie dir haarklein erzählen werde. Sagen wir's mal in Neudeutsch so: Du musst warten, bis ich die Story in Form einer extended telling version herüberwachsen lasse."

„Dann schenke ich dir den nächsten magischen Bierdeckel mit Palindrom."

„Dachte ich's mir doch!"

„Na denn, Klaus!
Ich wünsche dir eine spezielle Nacht im Trophäenzimmer! Und denk' dabei an meine Grusel-Geschichte vom Cabrio, das Kapriolen machte."

„Eher an die schöne Beifahrerin."

„Mach's gut!
Und bis bald!"

„Ebenso!
Und tschüss!"

Im Raum tanzen noch immer aufgewirbelte Staubpartikel.Tanzen wie wild in den abendlichen Sonnenstrahlen, während leiseste Geräusche an mein Ohr dringen, etwa das Tropfen des Wasserhahns in der Sanitärnische nebenan oder das Summen einer definitiv nicht erlegten Fliege im Anflug gegen die helle Fensterscheibe mit *Tap! Tapp-Tapp! Tapp-Tapp-Tapp!*

Und wiederum vehement anfliegend gegen das vexierende Klarglas, immer und immer wieder den Chitinpanzer dagegen schleudernd. Ich kann es nicht weiter ertragen und entscheide spontan, *tabula rasa* zu machen. Hole daher den Staubsauger, entferne den Saugfuß, drücke den Knopf für maximale Saugleistung, peile die nächste Karambolage an und schon verschwindet das Insekt mit einem Plopp im Saugrohr.

Trolle mich zufrieden in Richtung Küche, wo eine gesunde und wirklich gut mundende vegetarische Lasagne auf mich wartet. Als Nachtisch folgt eine Rumkugel, dann noch eine, und erst dann verschließe ich die vielversprechende Knistertüte sehr sorgfältig mit dem goldenen Verschlussclip und nehme sie mit in den Trophäenkeller, in dem ich mich behaglich einrichte.

Den afrikanischen Wildhund bugsiere ich in Reichweite neben die Couch, eingedenk des guten Bellos von nebenan. Benutzte seinen Kopf als praktische Ablage für meinen Kopfhörer, vielmehr seine Schnauze, denn über die weit gespannten Segelohren lässt sich der flexible Metallbügel weder schieben noch stülpen, na ja, was soll's!

Platziere sodann den Fußbodenschalter der Stehlampe in Reichweite, ebenso die pralle Plastiktüte mit den Reiseprospekten, getoppt von acht verbliebenen verlockenden Rumkugeln in Knisterpackung.

Direkt neben mir auf der ledernen Langcouch lagere ich diverse Bücher wie:
Die Pest.
Das Bolivianische Tagebuch.

Hot Zone.
Unter Buschleuten.
Welt am Draht.

Entrolle eine Wolldecke im Fußbereich, öffne eine 1,5L-Plastikflasche mit Mineralwasser aus der Vulkaneifel und bunkere sie unter dem bunten Hund.

In diesem absoluten Wohlfühlambiente, beinahe mit schlaffer Hand, mit hängender Hose und halb hoch geschobenem Flatterhemd, sehe ich auf der roten Radio-LED-Anzeige ein zappelndes Irrlicht, das die Stunden in Scheiben und Würfel schneidet und höre gleichzeitig die grelle Ansage eines prekären Massensenders, der definitiv unter die Gürtellinie zielt:

„Sex Uhr Sex.
Zackig kommt Zibulski.
Da frage ich meine Fangemeinde vorab, was denn besser wäre als sich einfach ins Bett zu legen:
Eine Fußmassage womöglich? Eine Handmassage? Eine Bauchtänzerin? Ein Teddybär? Der Doktor Wizz? Die Familie Lurchi? Ein paar Dosen Bier? Haha, haha, haha!"

Hui!
Wie komme ich aus dieser Nummer wieder raus?
Schnell den Sendersuchlaufknopf drücken, wiederholt den Trigger dieses tumben Gerätes touchieren und, na endlich, da kommt die Versöhnung in Form pulsierender Akkorde, echt super! Über der Akkordlinie erwacht die heiße abgefahrene Leadgitarre, doch bevor ich mich darüber freuen kann, schiebt sich eine Wolke statischen Rauschens darüber und verendet im abklingenden Echo von Jim Morrisons Songtext:
This is the end...
This is the end, my only friend!
The end.

Klausi-Mausi, keep cool!
Freundchen, du musst nicht schreien!
Nur den Regler schieben und dich einfach herausfallen lassen aus dieser dämlichen Transistor-Radionummer.

Bitte sehr, geht doch!
Während zeitgleich mein Blick über den grellen Mehrfarbendruck an der Wand gegenüber gleitet, mir ein unheimlich wildes vibrierendes Augenpaar im afrikanischen Sichelgras in meine Nähe rückt und mir zusätzlich Geister- und Totenwelten eines darunter baumelnden Schrumpfkopf an Schnur suggerieren.

Aber hallo!
Da gleiten meine Augen gleichwohl geschmeidig über betörend wirkende Überschriften in Glanzprospekten wie:
Ihr Nest am Rande der Kalahari.
Oder:
Tief im Süden des Fish River Canyons.
Oder:
Hoch im Norden des Etosha-Wildreservates.
Oder:
Im Westen das Namib-Naukluft-Naturschutzgebietes.
Oder:
Im Osten der Kalahari Gemsbok-Parkes.
Oder:
Überall mittendrin finden Sie Ihr besonderes Nest!"

Wie bitte?
Wer will mir womöglich breit grinsend ein überteuertes Nest verraten und verkaufen?
So jedenfalls zuckt es mir durchs Hirn und ich blättere weiter im Prospekt, blättere weiter im nächsten Prospekt, blättere und blättere und fahre fort mit Schweizer Präzision

beim Texten meines eigenen imaginären prosperierenden Wunschprospektes, endend in alten Jagdstellungen der Buschmänner, zwischen sonnengebleichten Resten von Skelettresten einer Oryxantilope, eines Warzenschweins oder einer Hyäne, die sodann zu den Märchenkreisen führen, jenen ein bis zwei Meter großen Ovalen im Steppengras, in denen nichts, wirklich nichts wächst außer der Tatsache, dass in mir das Wüstenvirus wächst und wütet und hallo !
Exakt in dieser Reihenfolge pulsieren beim sanften Rauschen eines Sommerregens meine Namibia-Bilder.

Doch dieser sanft fallende Sommerregen ist keinesfalls vergleichbar mit dem gestrigen nächtlichen Regenguss, der in der Tat als Auftakt eines explodierenden Wachstums am Ende einer afrikanischen Trockenperiode hätte gelten können.

Und dann, beim Blättern im Bolivianischen Tagebuch als ein mittelamerikanisches Kontrastprogramm, bin ich mir nicht sicher, ob im Regenrauschen auch diffuse Klirr-, Trippel- oder gar Knisterlaute eingebunden sind – immerhin möglich im Kanon nächtlicher Geräusche.
Jetzt!
Ja jetzt, gehe ich mein nächtliches Highlight an, nämlich ein dünnes Buch mit dem Titel *Unter Buschleuten*
von Ilse Schatz!
Beim Aufblättern stoße ich auf der ersten Seite auf eine persönliche Signatur und auf eine Widmung der Verfasserin: »Zur Erinnerung an Ihren Museumsbesuch in Tsumeb am 14. 04. 1998!«

Das Booklet, bebildert mit nur wenigen schwarzweißen Fotos im Anhang, verleiht diesem gerade deswegen eine ureigene wilde wie archetypische Aussagekraft:

Buschmann mit Pfeil und Bogen.
Buschmann brät Termiten.
Buschmann saugt Wasser.
Buschmann mit Buschmannpfeife.
Buschmann im Vorbau von Buschmannhütte.
Buschmann spielt auf seiner selbst gebauten Guashi mit nur drei Saiten.

Ich schaue links zur Wand mit drei Portraits gleichartiger eindrucksvoller Fotos des Fotografen August Sander, der heute als einer der wichtigsten Fotografen des 20. Jahrhunderts gehandelt wird und mit seinem Bildatlas *Menschen des 20. Jahrhunderts* ein epochemachendes Fotoprojekt geschaffen hat. In seinem ersten 1929 veröffentlichten Buch *Antlitz der Zeit* finden sich vergleichbare Portraits von Menschen in ihrem besonderen Umfeld – und genau diese Eindringlichkeit fasziniert mich beim Vergleich mit den wenigen Bildern dieses kleinen kostbaren Kompendiums von Ilse Schatz, die darin kurz und knapp in ihrer 4. (und letzten) Auflage mit ihren folgenden Eingangsworten startet:

»Damit Sie wissen, mit wem Sie es zu tun haben, werde ich mich kurz vorstellen. Ich bin am 14. Februar 1929 in Grootfontain geboren und habe die meiste Zeit meines Lebens auf einer Farm verbracht. In meiner Jugend lebte ich auf Farmen im Grootfonteiner Distrikt, wo die Sprache der Schwarzen vorwiegend Otjiguinas war. Später heiratete ich einen Farmer und wohnte dann auf der Farm Otjiguinas, welche an den Otjikoto-See grenzt. Hier lebte ich unter den Hain//omn-Buschleuten, deren schwierige Sprache ich nie gelernt habe, denn in diese muss man, wie meine Kinder, hineingeboren werden oder ein Sprachgenie sein. Im Haushalt hatte ich einen sehr begabten Hain//omn-Jüngling. Dieser besuchte einige Jahre in Tsumeb die Schule. Er sprach perfekt Afrikaans, wir verstanden uns gut, und mit ihm eröffnete ich eine kleine Buschmannschule, deren Lehrer er dann war. In dieser Arbeit ging er vollends auf. Ihn fragte ich viel nach deren Sitten und Gebräuche. Er verriet mir auch, welche Zeremonien von Seiten des Medizinmannes stattfanden. Es handelt sich dabei um Heilungszeremonien und andere Handlungen, vom Tabu des Medizinmannes, der keinen Ochsenfrosch, Leoparden, Strauß und auch keine Riesenschlange oder Schildkröte essen darf. Weiterhin vom Gemsbocktanz sowie von Geistern und besonderen Totengeistern, die in Bäumen leben, ebenso von Schlangen, die einen nahen Tod anzeigen.«

Jetzt!

Jetzt!

Jetzt imaginiere ich Schlangenhautrascheln vermittels schnell geblätterter Buchseiten, gemischt mit wiederholten Trappel- und Knisterlauten, begleitet vom monotonen Regenrauschen und, genau in diesem Moment, da mir die Augendeckel zuklappen und das aufgeschlagene Buch mein Gesicht bedeckt wie dickes Zelttuch, erscheinen mir maskierte Jäger im dichten Busch, die mich vehement fixieren wie die Maske vis à vis im Bild MABO MONGO, die langsam tiefer rutscht und in Flammen aufgeht, wobei ein fetter Ochsenfrosch ins knisternde Feuer springt, dessen flirrende Hitze das Buschgras vor einem mondbeschienen Vogel Strauß bewegt, der seine Straußenfedern schüttelt und schüttelt und schüttelt, bis Wassertropfen wie musikgetanzte Sommernachtsträume zauberhafter Wasserspiele wirbeln. Es zischt im Feuer und Partikel aufsteigenden Dampfes formen eine neue Maske mit stetig wachsendem Mund, mit wulstigen aufgeworfenen Lippen, die langsam aus dem Felde gehen, den darunter hängenden Schrumpfkopf umschließen, ihn knisternd zerdrücken und Knochenmehl in meine Richtung blasen.

Eine Schnappatmung kupiert meinen irregangeligen Traum und ich schleudere spontan das aufgeschlagene Buch in Richtung Buschterror, treffe den, die, das…!

Doch wo ist der Schrumpfkopf abgeblieben – und was ist das für ein Tier, das von meinem Tellerchen genascht hat?

Ein Elfchen, eine Fee oder gar Nefes im Schlepptau schnabulöser Wanderer?

Ein langer Schluck aus der Flasche mit dem Eifelsprudel, gefolgt von einem wachrüttelnden Rülpser, lässt mich ansatzweise den nächtlichen Spuk erahnen:

ICH BIN NICHT ALLEIN!

Richte mich auf, ziehe meine Schlafdecke hoch bis zum Kinn, fühle mich gleichwohl gefeit gegen Schluchzen, Lachen und Beißen, dummes Gefasel, Lügen und Selbstbegräbnis – und mit Mummenschanz vor Augen, Zarzuelas unterm Sofa und mit watteweichem Buschgetrommel im Ohr falle ich in einen traumlosen Tiefschlaf.

ICH BIN NICHT ALLEIN!

Mit diesem Gedanken nebst einem Schluck aus der Sprudelflasche werde ich frühmorgens vom vielstimmigen Gesang und Gezwitscher der Vögel geweckt.

Kein Witz, die singen und zwitschern wirklich im satten Grün des Ruhrgebiets, exakt so, wie es in den Berichterstattungen von RUHR.2010 impertinent als ein neues Weltwunder durch die Medien hochgehalten wird.

Nun ja!

Der sogenannte Strukturwandel im Ruhrgebiet führte zu begrünten Industriebrachen und präsentiert darüber hinaus den Ruhr-Fluss und die Ruhr-Seen mit zunehmend sauberen Gewässern.

Doch der schöne Schein trügt, denn die Wasserpest wuchert und verunkrautet zunehmend deren Habitate wie ein ökologischer Witz, denn erst als Folge besonderer Wasserreinigungsmaßnahmen durch den Ruhrverband konnte sich in dem gut gereinigten klaren Wasser die algenartige Pflanze namens Elodea als wuchernde Wasserpest ausbreiten.

Angler, Kanuten, Segler und Kapitäne von Ausflugs-Schiffen und Motorschiffen haben bereits die Anschaffung eines Mäh-Botes durchgesetzt, um wenigstens auf einer freigemähten Fahrrinne durch die Verkrautung ungehindert durchzukommen.

Mehrere Schwärme von Rotfedern und zwei Tonnen der in China neu gezüchteten pinken Ruhr-Würmer wurden als Fressfeinde von Neutrieben dieser Pflanze ausgesetzt, ein gewagtes ökologisches Experiment inkludierend, denn sowohl das Auftreten von Elodea als auch die eingesetzten Schwärme von Rotaugen in Begleitung der pinken Würmer, stellen für die Ruhrgewässer eine tiefgreifende biologische Maßnahme mit möglicherweise ungeahnten Folgen dar.

Beim Absetzen der Sprudelflasche zuckt meine ausgestreckte Hand jäh zurück. Der Boden neben der Flasche, die seitwärts aufgerissene Knistertüte sowie eine angeknabberte Rumkugel sind mit einer fein geraspelten Matrix überpudert. Mit aufgerichteten Nackenhaaren stelle ich fest:

ICH BIN NICHT ALLEIN!

Eingedenk der Skorpiongeschichte des Hausherrn, schüttele und klopfe ich meine Halbschuhe vor dem Hereinschlüpfen aus und befinde mich dabei auf Augenhöhe mit dem Kopf des afrikanischen Wildhundes. Werde fixiert von einem schwarzen Augenpaar zweier glänzender

Knopfaugen – exakt platziert im Gehöreingang seines linken riesigen Lauschers. Würde Nefes augenblicklich in dieser absurden Situation einen Zauberspruch über's Geschehen legen?

Diese Frage schicke ich in die Warteschleife, halte hypnotisierenden Blickkontakt und leere dabei die Plastiktüte mit den noch ungelesenen Namibia-Prospekten. Mein vitalster Muskel hinterm Brustbein pocht, ich kontrolliere die Atmung, ertrage adrenalingepuschtes Hirnrauschen und ziehe die Plastiktüte im Chamäleon-Gang über den Hundekopf, um beim befreienden stoßartigen Ausatmen von Luft die Öffnung der Tüte gleichzeitig stramm zuzuziehen.

„Guten Morgen, Klaus!", tönt der andere Klaus, der gerade seinen Gartenzaun streicht und augenblicklich erstarrt.

„Guten Morgen!
Der frühe Vogel fängt den Wurm."

„Schlafwandelst du?"

„Wollen wir ihn mal 'rauslassen?
Den Vogel ohne Federn, jedoch mit Fell und vier Beinen und einem langen nackten Schwanz?"

„Verstehe nur Bahnhof!"

„Egal!
Hol' mal ratzfatz dein Fotohandy und lass' unbedingt deinen Bello im Haus, denn ich will kein tierisches Gemetzel im Garten haben!"

Wie zwei Schlangen fixieren wir das Kaninchen in Form einer Plastiktüte über dem Hundekopf eines seitlich gelagerten ausgestopften Tierpräparates.
    Tatsächlich!
Die Tüte belebt sich:
Rascheln, Knistern.
Ausbeulungen links und Ausbeulungen rechts.
Und dann…Und dann zeigt sie sich!
Und rennt los.

    „Züchtest du Rennmäuse?"

    „Wüstenrennmäuse!
Bereits in dritter Generation.
Noch'n schönen Tag noch!"

    „Dito!"

    Die Dringlichkeit des flackernden Blaulichts und einer blechernen Lautsprecherstimme veranlassen mich, an den Straßenrand zu fahren.

    „Äh, Meister!
Fahren ohne hintere Stoßstange geht ganz und gar nicht!"

    Kann doch wohl nicht wahr sein!
Greife geschmeidig die große Taschenlampe aus der Ablagemulde der Mittelkonsole, schäle mich langsam aus dem Fahrzeug, rechterhand die Taschenlampe in stabiler Ausführung mit fünf notwendigen Batterien AAA 1,5 V in einer respektablen Länge von 22,5 cm mit einem gefühlten

Gewicht von zwei Pfund, ausreichend für punktuelles Arbeitslicht, zur Breitbandbeleuchtung – oder zum Zuschlagen.

„Papiere!"

„Papp was?"

„Aha, das Fahrzeug ist nicht auf Sie zugelassen."

„Deswegen fehlt die Stoßstange und Onkel Alfred wartet beim Autoverwerter am Stadthafen von Essen; denn da will ich gerade hin."

„Wir belassen es mal bei einer mündlichen Verwarnung. Dennoch, gute Fahrt!"

Ich kann's kaum fassen!
Da haben doch die Langfinger das nächtliche Regenrauschen für ihre Tat genutzt. Jedenfalls wird ab sofort das Auto in der Garage geparkt!

Das notwendig gebrauchte Ersatzteil ist schnell gefunden und ich nutze den angebotenen Einbauservice. Mache mich sodann mit knurrendem Magen auf den Weg zum Frühstück beim Discounter und werde dort fündig im angesagten Non-Food-Prospekt:
Achtung!
Unsere Sparpakete mit aktuellen Angeboten finden Sie auf den Innenseiten zum halben Preis!

Nach dem Motto komm' mit, du frierst, füllt sich mein Einkaufswagen wie von Geisterhand mit dem Top Hit eines

Herren-Arbeitsoveralls aus pflegeleichtem Baumwollmischgewebe in schlammgrau, dazu mit Gummizug im Rücken und Cargo- und Zollstocktaschen für 14 Euro. Zum gleichen Preis und in gleicher Farbe folgt als weiterer Top Hit ein halbhoher Herren-Arbeitsstiefel, antistatisch, der Sicherheitsnorm EN ISO 20345 entsprechend, dazu mit Zehenschutzkappe aus Stahl, gepolstertem Schaftrand sowie Leder als Obermaterial. Und für 5 Euro findet sich ein kariertes signalrotes Baumwollarbeitshemd.

Zum umfangreichen Sortiment an Gartenutensilien gehören selbstverständlich noch Unkrautvertilgungsmittel der übelsten Sorte von BASF, HOECHST oder SPIESS-URANIA, die in einem verschlossenen Glasschrank angeboten werden. Leider gibt keine Mausefallen, weswegen ich auf dem Rückweg unbedingt noch einen Raiffeisen-Markt anfahren muss, in dem meinen Nachbarn treffe.

„Hallo, Klaus!
Ich wette, du willst Mausefallen kaufen."

„Du etwa auch?"

„Nein!
Mein Problem ist die aktuelle Maulwurfbekämpfung."

„Maulwurfbekämpfung?"

„Lass dich gleich beim Blick in unsere Gärten überraschen!"

„Hä?"

„Bis später! Tschüss!"

„Tschüss!"

Das Rasenmähen mit dem Elektromäher will ich ganz locker und entspannt angehen, doch das Stolpern über einen frisch aufgeworfenen Maulwurfhügel direkt vor der Souterrain-Tür erinnert mich spontan an Maulwurfbekämpfung, zumal ich hinter Klausens frisch gestrichenem Zaun eine wahrlich aufgereihte Wagenburg von Maulwurfhügeln erspähe.

Nach verrichteter Arbeit findet eine Schaufel und ein Blecheimer mit Deckel zu mir, doch einsetzender Hunger mit einer handlichen Plattform vor Augen, gefüllt mit einer musterhaft braun bis tiefbraun changierend durchgebratenen Wurst, badend in einer scharfen roten Sauce, daneben die original Pommes Schranke und flankiert von einer kalten Bierdose, lässt den Maulwurfhaufen ruhen – schließlich kann das Abtragen bis morgen warten!

Direkt neben der Pommesbude an einem Stehtischchen mit Blick auf eine Doppelkreuzung lasse ich mal alle Fünfe gerade sein.

Abebbender abendlicher Verkehr mischt sich schon vereinzelt mit den Playern der Nacht auf heißen Öfen oder in offenen Cabrios. Für einen besonderen Moment wird die Kreuzung zur Kulisse der besonderen Art, als ein spiegelber tiefer gelegter Manta wie von einem Faden gezogen auf quietschenden Run-Flat-Reifen durch die lang gestreckte Linkskurve schnürt, sich filmreif wie eine Banane um die Kurve schält, mit Vollgas verschwindet und dabei einen illegalen Feuerfetzen aus dem Auspuff schleudert.

Whow!
Damit steht mein Abendprogramm fest:
Rennvideos gucken, die ich gestern in der Bibliothek hinter

dem Buch mit dem Titel "Die Pest" entdeckte. Mein Filmabend wird allerdings nicht im Souterrain stattfinden, wo es inzwischen komatös nach Käse auf drei scharf gespannten Mausefallen riecht, sondern in der Wohnküche, wo ich wiederholt die Pritsche zum Schlafen neben den Kühlschrank schiebe.

Die Haushüteragentur wünscht einen kurzen Zwischenbericht am Telefon!
Sie stellt mir gleichzeitig einen anschließenden Auftrag in Aussicht, jedoch führe ich persönliche Gründe für eine mindestens vierwöchige Pause ins Feld, auf die ohne weitere Nachfragen eingegangen wird.

Mit Spannung sehe ich meinem möglichen "Catch of the Day" im Souterrain entgegen. Es riecht bereits auf der Kellertreppe gewaltig nach Käse, während linkerhand meine Mülltüte baumelt, in der ich die zugeschnappten Mausefallen abtransportieren möchte.
Leider Fehlanzeige!
Außer Spesen nichts gewesen!
Nur ein penetranter Käsegestank, weswegen ich beide Fenster zum Lüften weit öffne, die Tür sehr wohl verschlossen halte und den Garten durch die seitliche Garagentür betrete. Kein Bello und kein Herr Klaus in Sicht. Vögel zwitschern, flatternde Schmetterlinge taumeln und Tauben machen Pause mitten auf dem Rasen. Mir knistert ein Spinnennetz am Schuh, schon stoße ich eine holophrastische Äußerung hervor, nämlich *Huch, Hoppla* und *Oha*, denn aus dem Maulwurfshaufen neben der Souterraintür schaut der Meister höchst persönlich hervor:

NaNuNaNa!

Dich dunkelbraunes Tier mit deinen rosigen fünffingerigen Grabeschaufeln, deinem dichten Wollhaarfell und deinem vollständigen Gebiss der Plazentatiere für angepasste mögliche fleischliche Ernährungsweise, dich, ja dich, frühstücke ich hier und jetzt direkt vor meinem eigenen Frühstück!

Ich schaufele blitzschnell ein fettes, 120 Gramm schweres und 18 Zentimeter langes Tier mit nur einem spärlich behaarten 5 Zentimeter langen Schwanz mitsamt seines kompletten Aushubs in den Blecheimer und deckele meine Garten-Jagd-Trophäe, die mich nachfolgend begleitet bei einer kurzen Autofahrt zur Schloss-Gastronomie am Kaisergarten von Oberhausen, wo ich im Grand Café in rustikaler Atmosphäre mein Frühstück einnehmen möchte, um danach in den nahe gelegenen Emscher-Wiesen dieses urtümliche Grabetier auszusetzen.

Während der Maulwurf in den Emscher-Wiesen gerade heimisch wird, stelle ich mir die Frage, wie sich wohl eine Maulwurftrophäe im Souterrain machen würde:
Diskret von mir eingeschmuggelt und diskret platziert, um danach, womöglich beim nächsten Jägertreffen, durch Zufall entdeckt zu werden.

Meine schräge Idee lässt mich nicht zur Ruhe kommen!
Ich vertiefe mich daher im Trophäenkeller in der einschlägigen Literatur und stolpere zuerst über Taxidermie (Griechisch für *Gestaltung der Haut*) als eine Kunst der Haltbarmachung von Tierkörpern.
Ich erfahre dabei, dass seit Mitte des 19. Jahrhunderts Tiere nicht mehr ausgestopft wie Kopfkissen werden, sondern

entsprechend ihrer Anatomie und natürlicher Haltung in Position gebracht werden. Und ich erfahre Besonderheiten über das zweite Leben der Tiere:
»Um Tiere zu präparieren, müssen sie frisch sein für das Abbalgen und für das nachfolgende Gerben (siehe Anleitung zum Gerben!). Danach formt man einen Kustkörper (ein *Kustkörper* ist die Nachahmung des Tierkörpers z.B. aus Holzwolle, Maschendraht u.a. Materialien), zieht den gegerbten Balg über, setzt passende Augen ein – und fertig!«

In einer professionellen Annonce werde ich weiterhin fündig:
»In meiner Werkstatt werden Exemplare sämtlicher Wirbeltiere bis hin zu kleinsten Fauchschaben, Skorpionen oder Stabheuschrecken präpariert.«

Das reicht!
Reicht mir voll und ganz, denn das ist ganz und gar nicht mein Beritt.
Hoffentlich bringt der Hausherr nicht ein ähnliches Souvenir als ein Geschenk für mich aus Namibia mit!

Vorerst werde ich mir alle vorhandenen Rennvideos ansehen, denn die aufgespürte Sammlung hat es in sich, da die spannendsten DTM-Videos vorliegen wie sie im beiliegenden gefalzten Flyer angepriesen werden:
»Die drei Buchstaben DTM standen einst für „Deutsche Tourenwagen Meisterschaft". Heute bilden sie das Markenzeichen der populärsten internationalen Tourenwagen-Rennserie, deren Geschichte in der Saison 1984 mit seriennahen Produktionswagen begann und 1996 in einer weltweit ausgetragenen Serie für Hightech-Tourenwagen gipfelte. Nach einer dreijährigen Auszeit

feierte die DTM im Jahr 2000 mit einem richtungsweisenden Konzept und faszinierender Technik bei vertretbaren Kosten ein erfolgreiches Comeback. Heute gilt sie als die „Königsklasse" der Tourenwagen-Meisterschaft und sie verkörpert einen der populärsten und garantiert spannendsten Sportevents in Europa.«

Klare Ansage!
Mit den Rennstrecken Oschersleben, Hockenheim, Mugello und Brands Hatch – exakt in dieser Reihenfolge, geht gleich die Post ab: Wawawumm!

„Oha!
Danke!
Danke vielmals, das war wirklich nicht nötig, mir ein Souvenir aus Namibia mitzubringen."

„Nur ein kleines Souvenir!
Eine grazile Kopf-Statuette aus poliertem Hartholz aus dem Norden von Namibia.

Von unserem abenteuerlichen Ausflug zu den Epupa-Fällen, wo die jahreszeitlich massiv einsetzende Wasserflut uns überraschte und Grundlage für überbordendes Tierleben bildete.
Unversehens bewirkten die Wassermengen eine starke Vegetationsdichte, gepaart mit tierischen Aktivitäten, wobei ein Krokodil sich vor unseren Augen den Jack Russel unseres Jagd-Farm-Besitzers schnappte, mit ihm als Beute die Drehung einer perfekten Todesrolle vollzog und in den Fluten verschwand. Ein Highlight der besonderen Sorte, Sie verstehen?"

„Da kann ich leider nicht folgen."

„Sagen wir's mal so: Noch nicht!"

„Na ja, äh!"

„Jedenfalls spielt im vierten Koffer die Musik, die Buschmusik, hahaha!
Diesen besonderen vierten Koffer werden wir bei der Ankunft in unserem Haus zu allererst öffnen und dann die neueste Rap-Version auf einer ultimativen B-CD (*Busch-CD*) abspielen, wobei Sie das Wort am richtigen Ort begreifen müssen, nämlich Afrikaans in Alltagskultur:

„Bum, bum!
Kom join ons!
Wo ist die Kühl-Box?
Die Jon-Meister-Moer-Box?
Bum, bum!
Kom join ons!"

„Da kann ich leider nicht folgen."

„Sagen wir's mal so: Noch nicht!"

„Na ja, äh!"

Gebe ich hier gerade den begriffsstutzigen Haushüter in Reinstform ab oder kann ich wirklich nicht wechseln?

Oder kann ich mich nicht einbringen, weil ich nicht just aus dem Urlaubsland Namibia komme?

Aber hallo, das wird sich sehr bald ändern!

Beim Thema "Hund" halte ich mich nachfolgend gleich zweifach bedeckt. Selbstverständlich habe ich das Mauseloch im Gehörgang sorgfältig mit Holzwolle ausgestopft und die mit Draht gestützten Riesenohren des afrikanischen Wildhundes wieder in Form gebracht.

Die Sache mit dem Bello wird Herr Klaus sicherlich bei stolzer Präsentation der Zeitung seinen Nachbarn baldigst stecken und, wie dem auch sei, gegenwärtig genieße ich die nächtliche leere Autobahn, während im Autoradio Staumeldungen schlafen, schöne Schlagerstimmen säuseln, säuseln und säuseln – während ich leise "Servus" summe und aus dem Felde meiner ersten Haushüter-Nummer gehe.

„Also, Klaus, nun gib' mal einen aus!"

„Was denn, schon wieder?"

„Klaus, dich ham'se gefilmt", wiehert Wirt Willi, kaum dass ich am Tresen angedockt habe.

„Gefilmt?"

„Jedenfalls befüllst du filmreif einen auswärtigen Kombi aus Bottrop mit einem kleinen roten Spritkanister direkt hinter der Ausfahrt vom Breitscheider Kreuz."

„Hä?"

„Du meinst wohl, wir spinnen!?"

„Meine ich glatt!"

Willi grinst, Willi grinst ganz breit von einem Ohr bis zum anderen und schaltet dabei das Fernsehgerät ein. Er schiebt seitlich einen USB-Stick ins Gerät und während seines maliziösen Mephisto-Grinsens sehe ich in der Tat, wie ich leicht vornüber gebeugt mit meinem sprotzenden Benzinkanister im Anschlag am Kombi stehe – aha!

„Na und?
War ja schließlich nicht mein eigenes Auto mit einem beinahe leer gefahrenen Tank, ich bin doch nicht blöd!"

„Detlef Durchleuchter steuerte diese Nummer von seinem Foto-Handy bei, garniert mit einem Zeitungsausschnitt, der über dem Tresen klebt mit dem Titel:
KLAUS IM HAUS

„Mann, Klaus!
Nun gib' noch einen aus!"

„Mache ich doch glatt!"

Sieben Wochen später... Schon wieder Düsseldorf... Schon wieder Flughafen Düsseldorf.
Um sieben Uhr siebzehn beim Einchecken am Terminal 21 nach Windhoek:

Vorneweg Klaus mit Rucksack, zwei Hartschalen-Koffern und einer leichten Camouflage-Sportkappe.

Hinter ihm Susanne mit Rucksack, zwei Hartschalen-Koffern und einem breitem Strohhut.

Und dichtens gefolgt von Siggi mit Rucksack, zwei Hartschalen-Koffern und einem Südwester-Hut mit Sturmband und Ohrenklappen.

„Ich wünsche Ihnen einen angenehmen Flug mit unserer Airline sowie erlebnisreiche Tage in Namibia!"

„Danke!"

„Danke!"

„Danke!"

Im Flugzeug ordert Siggi zur Einstimmung einen guten Tropfen mit den Worten:

„Lasst uns jetzt gemeinsam anstoßen!
Hoch die Tassen – in Namibia ist Muttertag!"

ENDE

DAS BREITE GRINSEN DES DIETRICH VON OHM

JO ZIEGLER

Roman

Männer-Modeschöpfer Dietrich von Ohm möchte sich nach seinem 50. Geburtstag mit seiner letzten Collection RIND zur Ruhe setzen.

Es kommt aber anders als gedacht!

Sein junger Lover wie Sekretär Sasha wechselt während eines Interviews in München mit Cloe die Seiten.
Deren gemeinsamer Sohn Reimundo nennt Dietrich anfangs Onkel RIND und später Dieta, nachdem Dietrich von Ohm sein Vormund wurde.

Dietrich, Telefon!

„Was, bitte schön, soll ich dieser Münchener Modemagazin-Schreiberin sagen, die mich überaus freundlich und in beinahe theatralischer Sprechlage anruft?
Ihre Sätze rauschen wie ein Luftzug. Sie setzt mich dabei auf einen Dachdeckersitz der gemeinsten Sorte, wahrhaftig frei schwebend, quasi als grausame Attacke auf meine sehr wohl gehütete Höhenangst!"

„Es läuft mit Verstand!
Folgendermaßen werden wir unsere Aktion durchführen:
Wir beide begeben uns nach München, begeben uns in die Höhle der Löwin und suchen dort das direkte Gespräch in Augenhöhe.
Also, vereinbare bitte mit der Dame einen Interviewtermin am späten Vormittag, besser noch wäre ein früher Nachmittagstermin.
Und noch etwas:
Wir fahren nicht mit dem Porsche!"

„Warum denn nicht?"

„Weil es von hier aus mindestens vierhundert und fünfzig Autobahnkilometer sind, und bei deiner hoppeligen Fahrweise muss ich am Ende womöglich vomieren.
Ergo schweben wir mit dem Jet ein, wobei die Flugstrecke von vierhundert Kilometern fast ein Katzensprung ist."

„Huch!
Und das bei meiner Höhenangst.
Nein, Die-te-rich.
So läuft das nicht!"

„Bevor du ich weiter echauffierst, arbeite doch bitte beständig deine heutige Aufgabe ab und liefere mir bis 18 Uhr präzise zehn Hautzeichnungen von Kühen, gleichwohl begleitet von griffigen Wortgebilden.
AHI!
Attacke!
Alles im Angriff erledigen, wie eine alte Wikinger-Weisheit besagt."

„Hui!
Zehn Zeichnungen schaffe ich keinesfalls. Bin noch sooo groggy von der letzten Nacht.
Bin völlig durchgedreht und total lustlos.
Nein, Die-te-rich!
So läuft das nicht!"

„Na gut!
Dann eben nur sieben Zeichnungen Und bei dieser magischen Zahl erwarte ich Spitzenqualität.

Gleichwohl wartet heute Abend die Vernissage "Arithmetic by Smell" auf mich, die dich deinen Worten nach total anätzt. Also begebe ich mich aufopfernd in diese Abendgesellschaft und, mal sehen, ob ich bei der Journaille, breit grinsend, Desinformationen streuen kann. Natürlich poppe ich im grünen Overall auf!

Das Aufbügeln des feinen Seidenballongewebes ist angebracht. Bitte sei vorsichtig bei deiner Tätigkeit!
Ich möchte keinen Brandfleck am Knie, im Schritt oder am Gesäß sehen.
Du verstehst?
Natürlich verstehst du!

Hingucker sollen meine schlanken Cowboy-Stiefel aus Schlangenleder sein – wusch! Du weißt ja, wie sexy Schlangenhaut raschelt, mein Hase, nicht wahr nicht?"

– Ha!
Diese gefühlte Gereiztheit meines Hasen gefällt mir ganz und gar nicht.
Vielleicht nervt ihn die viele Arbeit, was ich mal hoffen will.
Na ja!
Ein kleiner Klimawechsel in München, ein Zug durch die Szenekneipen und anschließend, auf dem Heimweg, ein Zwischenstopp in Baden-Baden mit Besuch des Etablissements Snyder – dort einmal Sugaring, Sonnenbank und anschließend an die Sushi-Bar im Radar-Love – all das, wird ihn hoffentlich wieder handzahm machen!

Dietrich schaut auf seine Taschenuhr: Vier Uhr – das kann doch wohl nicht wahr sein!
Zum Zeitvergleich zückt er sein Handy, ruft zusätzlich zur weiteren Absicherung die Zeitansage an – und ist zufrieden mit der soeben bestätigten Uhrzeit fünfzehn Uhr fünfzehn, nicht jedoch mit dem offensichtlichen Defekt seiner Taschenuhr, einem Erbstück seines geschätzten Vaters, der ihm immer verbunden war, egal, was seine persönlichen Neigungen, seine beruflichen Eskapaden oder seinen luxuriösen Lebensstil betraf.

Darüber hinaus war er ihm eine hilfreiche Stütze sowie ein besonderer Lehrmeister im Hinblick auf den dezidierten Umgang mit dem Finanzamt.
Basierend auf seinen beruflichen Erfahrungen als Privatbankier, zielten seine Ideen dahin, einem pekuniären Seiltanz gleichend, höchst kompliziert gelagerte monetäre

Umschichtungen im Allgemeinen sowie daraus resultierende Verschleierungen des Geldflusses im Besonderen zu gestalten, natürlich nur zu dem Zweck, um Steuern zu sparen und gleichzeitig Gelder unsichtbar werden zu lassen.

Dietrich erinnerte in diesem Zusammenhang die lakonischen Bemerkungen seines Vaters:
»Dicht an der Wahrheit vorbei ist am besten gelogen.«

Oder:
»Betriebswirtschaftlich ist dieses Handling effizient, volkswirtschaftlich schädlich und moralisch eher verwerflich. Mit einem Talent allerdings nicht zu wuchern, eine Gabe einfach unter den Scheffel zu stellen, steht konträr im Raum, wie Tick, Trick und Track bereits vom Großvater lernten – mit den besten Grüßen aus Entenhausen!«

Demnach wurden sieben nationale Konten eingerichtet bei namhaften Geldinstituten in sieben deutschen Großstädten.
Dann folgte die Gründung einer Stiftung in Liechtenstein und Luxemburg sowie einer Holding in den Niederlanden mit einem dazu gehörenden Offshore Konto auf den Niederländischen Antillen.
Abschließend krönte das Firmenkonstrukt ein sehr effizienter Splitter in Form eines speziellen Verrechnungskontos – wirklich sehr speziell, weil untergebracht in einer separaten Geschäftsstelle der Handels- und Industriekammer der Russischen Föderation, in der Pelze stringent gehandelt wurden und unbedingt in seinen Einkaufskorb zur Erstellung von Modekollektionen mit nordischem Touch gehörten. Dieses Russen-Konto führte er spielerisch unter dem Kürzel PMF (PerMaFrost).

Von einem Jahr zum anderen durchschaute er mehr und mehr diese geniale Verschachtelung in ihrer Gesamtheit. Nach fast fünf Jahren bediente er voll und ganz das virtuose Versteckspiel von Zahlenkolonnen, und mit verhaltenem Stolz und gleichwohl mit Genugtuung belobigte ihn sein Vater mit den Worten: Mein Sohnemann Dietrich!

Da wartet als sichtbarer Beweis in der Tiefgarage ein kleiner Strolch von Porsche, den sein Hase ab und zu umschleicht, doch beim Handling die manuelle Sechsgangschaltung bis zum heutigen Tag nicht richtig in den Griff bekommt. Eine Automatik wäre wohl besser gewesen, doch im Autosalon von New Orleans stand eben nur dieses augenstechende Exemplar und, den Worten seines Vaters folgend "komm mit, du frierst", wurde der Kauf spontan getätigt – und gut so, denn nur wenige Monate später wäre dieses Wunderwerk deutscher Ingenieurskunst aus Zuffenhausen womöglich dem Hurrikan Katrina zum Opfer gefallen und unfreiwillig baden gegangen.

Es war übrigens ein lange gehegter Wunsch seines Vaters, diese Südstaatenreise mit ihm anzutreten. Die Freude an den Cowboy-Stiefeln, an dem Aktenköfferchen aus Alligatorenleder und an dem perlmuttfarbenen Porsche als Reimport wurde bald danach getrübt durch die Diagnose eines Hirntumors, an dem sein Vater einige Monate später qualvoll verstarb.

Und jetzt, kaum ein Jahr weiter, sind schon die Einladungen zur Feier seines runden fünfzigsten Geburtstags verschickt worden!

Seine Trauerzeit veränderte ihn schleichend, und schleichend erwachte in ihm eine Neubewertung seiner

Lebensumstände. Zuerst langsam, wie erste Tröpfchen eines Nieselregens und dann, im weiteren Verlauf, umfassend in kritischer persönlicher Bestandsaufnahme und aktuell hinterfragt angesichts seines runden Lebensabschnittes.

Seltsam!
Alle anbrandenden unverschämten Prämienerhöhungen seiner Berufshaftpflicht-, Brandschutz- und Betriebsversicherung berührten ihn überhaupt nicht, allerdings folgte er ohne Umschweife der angesagten speziellen Prämienaufstockung seiner privaten Krankenversicherung, wobei Hinweise auf alsbaldige Gesetzesänderungen in Hinblick auf Sterbehilfen den Ausschlag geben, untergebracht in einem ergänzenden Passus des Vertragswerkes.

Nicht von ungefähr – dabei die Leiden seines qualvoll dahin sterbenden Vaters vor Augen – suchte er in dieser Phase Aufklärung und Rat bei der Schweizer Sterbehilfe-Organisation Exit. Dabei erfuhr er in aufklärenden Worten des Vize-Präsidenten der Organisation, was bei der aktiven Sterbehilfe passiert:
(Zitiert aus der WAZ v. 13.09.2010)
»Der Patient bekommt das starke Schlaf- und Narkosemittel Natrium-Pentobarbitat. In maximal fünf Minuten ist er sanft eingeschlafen, in etwa 15 bis 20 Minuten tritt der Tod ein. Er spürt keine Schmerzen. Die meisten Menschen wollen zu Hause sterben. Es sieht dann meist so aus: Eine unserer Freitodbegleiterinnen sitzt neben dem Bett, ein Angehöriger auf dem Bett. Meistens finden noch Gespräche statt. Dann sagt der Patient, wann er das Mittel einnehmen will.
Wie kann man eine Sterbehilfe-Organisationen wie Exit in Anspruch nehmen? Man muss Mitglied sein. Eine Mitgliedschaft bei Exit kostet pro Jahr 35 Euro. Wer noch

nicht drei Jahre lang Mitglied ist und aus dem Leben treten möchte, muss 699 Euro zahlen. Bedingung ist, dass man unheilbar krank ist. In der Schweiz ist der assistierte Suizid erlaubt«

Seltsam!
Während des ganzen vergangenen Jahres kam ihm kein einziger Gedanke zum Thema Verlustangst in seiner Beziehung in den Sinn, obwohl er sich in den vergangenen Jahren durchaus mit dem Gedanken beschäftigte, welchen Weg wohl sein Hase Sasha eines Tages einschlagen könnte, was angesichts des bestehenden großen Altersunterschiedes von fast zwanzig Jahren keinesfalls von der Hand zu weisen ist und durchaus im Bereich des Möglichen liegt. Doch deswegen aus dem Fenster springen, das gehörte nicht zu seinem Beritt, nein, für ihn wäre es der Schritt in ein neues autarkes Leben.

Unter den Büchern, die nach dem Tode seines Vaters in seinen Besitz gelangten – davon einige versehen mit einem vergilbten Ausrufungszeichen auf ihren Buchrücken – befassen sich zu seinem Erstaunen einige mit dem Thema der Verlustangst, wobei er ahnte, auf welch emotionalen Achterbahnen sein Vater offensichtlich nach dem plötzlichen Tod seiner Ehefrau damals abfuhr.
Warum jedoch nach dem Tod seiner Mutter in keinem einzigen Vater-Sohn-Gespräch auch nur ansatzweise dieses Thema angesprochen wurde, führt Dietrich als Antwort und Erklärung ganz allein darauf zurück, dass sein Vater als integrer gestandener Mann und als Privatbankier sich keinesfalls ratlos oder gestört gezeigt haben wollte. Und offensichtlich wollte er diese speziellen Lebensumstände ganz alleine für sich verarbeiten!

Wohl doch nicht so ganz alleine und ohne Hilfe, denn in einem dieser besagten Bücher entdeckte Dietrich die Visitenkarte einer Frankfurter Psychotherapeutin namens Elvira Hertz, ansässig am Sachsenhäuser Mainufer, heute als Museumsufer wohl bekannt, wo zwischen 1980 und 1990 bestehende Museen ausgebaut, neue errichtet sowie teilweise umgebaute ehemalige Patriziervillen integrierend eingefügt wurden. Dort befand sich also ihre Praxis!
In unmittelbarer Nähe, und ihm wohl bekannt, steht das Museum für Angewandte Kunst (früher: Museum für Kunsthandwerk) mit der Villa Metzler, die malerisch am Museumsufer gelegen ist und linksmainisch die Bauepoche des Klassizismus dokumentiert.

- Kehrte etwa damals mein Vater vom Mainufer des Öfteren am frühen Nachmittag heim?
-

Wirkte er deswegen irgendwie aufgedreht und versprühte quirlende Energie?

Lag dort der Grund für sein fahriges Abfragen meiner schulischen Leistungen?

Und die eigens zur Überwachung meiner Schularbeiten engagierte pensionierte Studienrätin Frau Malgowski durfte dann vorzeitig und möglichst lautlos entschwinden. Da ich sie insgeheim Tante Malgofi titulierte, schien sie mir in dieser Situation wie eine Montgolfiere aus dem Salon zu entschweben.
Danach deponierte Vater die von der Haushälterin vorgekochte warme Abendmahlzeit im Kühlschrank und wir zogen los.

Zogen, wie mir manchmal schien, planlos durch die Altstadt oder mehrfach ums belebte Domkarree – und dort durch die Entrées diverser Kinos mit Fotos des heutigen, morgigen und besonders des angesagten Films zum Wochenende.

Große glänzende Schwarz-Weiß-Fotos, selten schwammig kolorierte Aufnahmen, waren ausgestellt in verglasten Schaukästen.
Waren jedoch derart hoch angebracht, dass mir die Annäherung und die begierige Betrachtung nur auf Zehenspitzen stehend gelang.

Irritierende Posen spärlich bekleideter Frauen und Männer sprangen mich an, beflügelten meine Phantasmagorien ob ihrer wahnsinnig aufreizenden Körper, geschnürt in Bonds, getoppt von Boas und von extravaganten hauchdünnen wie durchsichtigen Fummeln, wie Vater anmerkte.

Diese Utensilien adelten in meiner Imagination die schönen Körper, hoben sie auf einen Thron empor, kurz vorm Entschwinden ins Unendliche des Modehimmels und waren, wie im Nachhinein gesehen, die Weichenstellung in Richtung meines Berufes als Modeschöpfer.

Dass dabei besonders männliche Attribute zu mir fanden, mich magisch ansprangen wie inspirierten, war die andere besondere Erfahrung und, als am gleichen Tag in einem flimmernden Schmalspurfilm mit dem Titel "Willy de Luxe" veritable Sequenzen über die Leinwand huschten, da war ich initiiert beim flüchtigen Blick auf die andere Seite des Ufers, während in dem nur zimmergroßen muffigen Vorführraum, den ich vor Eintritt durch Teilen eines steifen roten bodenlangen Vorhangs passierte, ausschließlich männliches Publikum von Jung bis Alt vertreten war.

Anschließend immer Imbissbude, immer Cola, später Dosenbier – und immer umgeben von maulfertigen miefenden Gestalten, deren Wortdurchfälle ich begierig aufsog und denen mein Vater, wie aus der Hüfte geschossen, Paroli bot.
In der Tat, da gab es einen verbalen Schlagabtausch, niemals Handgreiflichkeiten.
Halleluja!
Was waren das damals beinahe für präparadiesische Zeiten, völlig anders und völlig konträr zum Dschungel heutiger Gewaltsequenzen allerorten!
Warum nur liegt heute die Schwelle von Gewalttätigkeiten so niedrig?
Leider ist diese negative gesellschaftliche Entwicklung nicht von der Hand zu weisen!

Da kreuzte zum Beispiel mein Webdesigner Kai Uwe aus Essen gestern bei mir auf, vibrierend wie immer und dabei die WAZ, die "Weiß-Alles-Zeitung", unterm Arm. Daraus, mit Datum vom 11. September 2010, zitierte er passend aus einem ganzseitigen Beitrag, in dem sich sogar die Polizei konfrontiert sieht mit wachsender Respektlosigkeit und Gewaltbereitschaft sowie einer sinkenden Bereitschaft, sich Normen zu unterwerfen.

Dabei schien er sich irgendwie Luft machen zu wollen und, als wir dann oben auf der Dachterrasse in den bequemen gepolsterten Rattan-Sesseln versanken, ließ er ganz unverblümt vom Stapel:

„Du, Dietrich, fahr auf keinen Fall mit deinem Porsche in die City Nord, das ist eine prekäre Ecke!

Stell dir vor, da lieferte ich heute Morgen bei einem Neukunden eine CD mit seiner Homepage-Gestaltung ab. Nach einem kurzen Gespräch bei einem dünnen Kaffee, finde ich meinen Porsche halbnackig vor ohne seinen zusätzlichen zweiten Heckflügel, also ohne dieses universale Zusatzteil mit umlaufender LED-Leiste."

„Danke für deinen Hinweis, Kai Uwe!
Doch erstens kommst du zu mir nach Düsseldorf zu Besuch und zweitens habe ich in Essen mit dem RUHR.2010-Rummel schon abgehakt. Stell dir vor, Sasha und ich haben vor zwei Wochen an einer geführten Bustour teilgenommen. Dabei bleibt mir rückblickend nur die Gastronomie des Casinos auf der Zeche Zollverein in bester Erinnerung."

„Hätte ich mir fast denken können!"

Aktuell gab es für Dietrich nun wirklich keinen Grund, sich gedanklich mit einem weiteren Trip ins Ruhrgebiet zu beschäftigen.
Aktuell bewegte sich alles im überschaubaren vorgegebenen Rahmen.
Mehr oder weniger:
Seinem Hasen gönnte er kürzlich beinahe die ganze Flasche Champagner, konsumierte selber nur ein einziges Glas, dafür aber recht zügig, und kurze Zeit später rauschte in seiner Erinnerung der Ablauf seines fünfzigsten Geburtstags vorbei, wobei ihm ursprünglich eine Sause in einem Club erst gar nicht in den Sinn kam und er die Gästeliste derart reduzierte, dass die Feier hier in seiner Penthauswohnung stattfinden konnte, ohne dass sich dabei seine dreißig geladenen Gäste

beengt fühlten, denn der mit einem Partyzelt bestückte Dachgarten bot zusätzlichen Raum mit angenehmen Sitzmöglichkeiten.

Nun ja!
Der Partyservice überzeugte perfekt in der Abfolge von Speisen und Getränken und sorgte mit zwei Butlern für einen reibungslosen Ablauf. Die clowneske Einlage von Pippo und Nino während des Nachtischs half über ein Verdauungstief hinweg und, nach dem Super-Saxophonsolo von Mister BO, ließ dieser eine Duftwolke der besonderen Art im Salon zurück, die reichlich Diskussionsstoff bot und damit bereits den heutigen Event "Arithmetic by Smell" thematisierte.
BO, BO – hey!

Beim Blick auf die Taschenuhr, kehrten weitere Erinnerungen in Bruchstücken zurück:
Da winkte er letzten Gästen hinterher, leicht schwankend, stolperte am Treppenabsatz der Dachterrasse und fiel seitlich in die Botanik der gärtnerisch aufwendig gestalteten Kübel und Wannen.
Schmerzen?
Fehlanzeige!
Nein, nur sein Brummschädel und ein kleiner Kratzer am rechten Oberschenkel waren summa summarum Zeugen seiner nächtlichen Feier angesichts seines runden Geburtstags.
So so.
Das war's also.
Aber jetzt:
Immer munter in den Keller runter!

In diesem Sinne drückt Dieter im Aufzug den untersten Knopf, die Tiefgarage avisierend, um den Porsche einmal oder auch zweimal um das Messeareal zu bewegen, und um danach in der Blixagasse beim Italiener einen doppelten Cappuccino, möglicherweise begleitet von einem alten weichen Grappa, zu genießen.

Im umlaufenden Haltegriff der Aufzugskabine ist eine zerfledderte Tageszeitung eingeklemmt, aus der ihn eine reißerische rote Schlagzeile anspringt:

Verpuffung in Willis Szene-Kneipe!
– Eine Verpuffung?
Ausgerechnet gestern an meinem runden Geburtstag am 30. Juni! Ausgerechnet am Ultimo!
Eine Verpuffung! Was für ein unsägliches Unwort, das wie folgt erklärt wird:
Eine Deflagration (von lateinisch *deflagrare* = abbrennen) ist ein schneller Verbrennungsvorgang, bei dem der Explosionsdruck nur durch die entstehenden und sich ausdehnenden Gase hervorgerufen wird. Beispielhaft sind Verpuffungen in Feuerungsanlagen, in denen bei fehlender Belüftung eine gefährliche explosive Atmosphäre auftreten kann, etwa an einer heißen Oberfläche multipler Herdfeuer im Großküchenbereich.

Dabei war ich doch noch vor kurzem zu Gast bei Willi, war sein letzter Gast bis zum Absacker beim frühmorgendlichen Vogelkonzert und Willi war gut gelaunt und sehr zufrieden mit dem Fortgang der Geschäfte, insbesondere nach Fertigstellung urbaner Residenzen und Firmenansammlungen unterschiedlichster Branchen im gehobenen Dienst-leistungsbereich gegenüber der Rheinuferstraße im agilen Rheinauhafen mit Sitz des südlichsten Seemannsamtes der Republik. Aus diesem urbanen neu erschlossenen Areal kamen viele neue Gäste in Willis etablierte Kneipe, ein-gebettet im beschaulichen Bereich einer mannigfaltigen gutbürgerlichen Gastronomie und installiert im Ambiente großzügiger Gebäude einer bürgerlichen Wohnarchitektur. Warum also sollte dort der Willi womöglich wiederholt warm ausziehen wie anno dazumal?

Denn nur Insider wie Dietrich wussten, dass fast vor zwanzig Jahren der Willi in der lokalen Tagespresse niedergemacht wurde. Damals, als sein erstes aus der Taufe gehobenes Unternehmen, eine Rock-Kneipe namens "Wir sind Freunde", unisono auf negativen Schlagzeilen des Establishments abfuhr, gegeißelt, gefesselt, geknebelt und gewürgt in der Aura eines schwarzen Domschattens.

Welch irre geleiteten Geister auch immer, egal ob Badliner, Graffiti-Schmierfinken oder herbe Reaktionäre ihr "Apage, Satana" (wörtlich: Weiche Satan! Weiche fort von mir, Satan! Heb dich weg, Satan!) in subversiv kardinalsroten Lettern auf die Kneipentür pinselten – Willi konterte tags drauf gekonnt als Kölscher Jung, indem er mit Hilfe einer Schablone viele neckische rosa Teufelchen aufs Türblatt sprühte.

Zeitnah gab es im Heizungskeller der Rock-Kneipe eine Gasexplosion mit einem Brand, wobei ein nicht identifizierter Mann mittleren Alters mit Hund ums Leben kam. Dass ein dingfest gemachtes Einbrecher-Duo die Explosion mit ihren Schneidbrennern verursachte, verhalf dem offensichtlich Obdachlosen mit Hund zwar nicht wieder zum neuen Leben, bescherte aber Willi eine sechsstellige Summe aus seiner Betriebs-Versicherung, mit der er sich seine neue Existenz in der links-rheinisch gelegenen Altstadt aufbaute und, geläutert angesichts explodierender Gasrohre im häuslichen Heizungskeller, sein privates Domizil auf einem umgebauten ehemaligen Kutter mit permanentem Liegeplatz im Rheinauhafen bezog.

Angekommen auf der Kellersohle der Tiefgarage, drückt Dietrich deregulierend den Knopf der höchsten ausgewiesenen Etage, von welcher er vermittels eines separaten Liftes noch weiter in seine Penthausregion entschweben kann.
Dabei meint er, gerade wieder wie auf frühkindlichen Fahrstuhlfahrten abzufahren, fühlt sich wie vormals früher im Kokon einer summenden Aufzugskabine hoch getragen, muss das Scherengitter manuell bei Seite schieben, dann links gehen, nein, eher federnd auf rotem Teppichvelours bis hin zum Ende des hohen langen Korridors schweben, definitiv begrenzt vom Gummibaum vor Milchglasfenster auf einem ovalen Intarsientischchen mit nur drei Beinen.

Richtig!
Links daneben die heraldisch geschwungene Messingklinke im rechten Teil der durch weiße Holzkassetten unterteilten Zimmertür herunter ziehen, um dahinter, im respektablen Abstand einer Doppelspann-breiten Holzfußleiste den runden Messingknauf auf schlichter gleichfarbiger Holztür mit einem leichten Klick nach links drehen, um definitiv die doppelte Hotelzimmertür zu öffnen mit Blick auf eine direkt dahinter liegende riesige Bettstatt mit einem bewegten Ensemble von Mutter und Vater inmitten bauschender Kissen, zerwühlter Tages- und bauschiger Bettdecken, unter denen er den sonoren Satz seines Vaters vernimmt:

„Liebling, dein Breitfroschmaul bringt mich um!", und im gleichen Moment über abgestreifte Skistiefel, Skibrillen, Mützen, Schals, Handschuhe und Skioveralls stolpert, strauchelt und in die Hartschale eines offenen Koffers stürzt, daraus schreiend mit einem ausgeschlagenen vorderen Milchzahn zwischen den Fingern auftaucht und primär in den Armen seiner Mutter Trost findet – eher im Gespinst ihres Nachtgewandes, wobei sie ihm vollends neu wie eine betörende Supernova, umrauscht von kitzelnden Bordüren und Blütenspitzen inmitten einer Wolke betörenden Parfüms, erscheint.
Und der Schmerz kennt keinen Namen mehr!

Ein ganz anderer Schmerz drückt wenige Monate später wie ein Felsbrocken auf die Brust, als Sanitäter durch die häusliche Wohnung poltern:
„Ihr Herz, ihr Herz!!!"

Dann Karneval.
Kölner Karneval!
Eine willkommene Gelegenheit, Vater um eine Verkleidung als "Zorro" anzugehen.
Endlich!
Ein Cape, ein Umhang, ein "Fummel"!
Dazu ein schwarzes schwabbeliges Gummischwert.
Elendes Beiwerk!
Dazu die Brillenmaske als elegante Tarnung!

In dieser gedanklichen Reihenfolge durchfährt Dietrich Lebensstationen wie Etagen im Wohn- und Geschäftshaus, bis er federnden Schrittes im Hier und Jetzt aussteigt und in Richtung des Arbeitszimmers ruft:

„Du, Sasha, ich muss unbedingt etwas gegen meine Kopfschmerzen tun, ich brauche frische Luft!
Sei so lieb und lege mir meinen roten Freizeitanzug in der Ankleide parat, denjenigen für Soloszenen und Trottoir, natürlich zusammen mit den schwarzen schwabbeligen Rennstiefeletten und meiner dynamischen goldrot verspiegelten Fahrradbrille.
Danke!"

Geht geschmeidig auf die Dachterrasse und schiebt im silbernen Material-Container eine aufgeladene Batterie für mindestens fünfzig Kilometer Aktionsradius in den Schacht am Rahmen seines Elektro-Bikes.

Doch ganz so weit soll ihn dieses schicke neumodische Zweirad nicht bringen! Er will nur im sportlich schicken Drive vom Rande des Messegeländes über die Rheinbrücke in die Altstadt rollen. Kurze Wege – Mittelfeld, wie die Fußballregel besagt.

Tauscht Porsche gegen Pedelec und erinnert, dass die Akkuladung nach Angabe des Herstellers ungefähr 60 Cent kostet – und damit ein Drittel einer Stange Kölsch. Der Verbrauch von Superbenzin, dazu noch im Stau stehend, würde bestimmt das Zehnfache beim Trip im Porsche ausmachen.

Greift nach Helm und Foto-Handy. Schiebt federnden Schrittes sein E-Bike wie auf Wolke sieben in Richtung des Fahrstuhls, ganz in der Gewissheit, gerade ein besonderes, ein neu zu dokumentierendes Projekt anzugehen, während er die ultimative Option seines Smartphones im Submenu "Voice-Recorder" antippt und dann, beinahe konspirativ, in den seitwärts liegenden Lochschlitz zischelt:

„Erster Juli 2010. Fünfzehn Uhr. Äh, fünfzehn Uhr zehn.
Ich starte gleich mit meinem E-Bike.
Destination Altstadt.
Nehme dort Willis Wirtschaft ins Visier.
Sonniges, warmes Wetter.
Toll!
Doch nicht ganz so toll, da tickende Kopfschmerzen.
Ende der Aufzeichnung.
Scheiße...!"
– Upps!
Ob denn das letzte Wort noch dokumentiert wurde? Falls ja, habe ich nicht schnell genug abgeschaltet.
Egal!
Aber ohne Fahrradschloss kann ich mich ja wohl kaum auf den Weg machen – oder?

„Sasha, da bin ich schon wieder, habe das Fahrradschloss vergessen!"

Er vernimmt ein Feixen im Arbeitszimmer, ist geschwind wieder im Metallcontainer verschwunden und greift sich sein Granit-X-Plus Bügelschoss.
Aber, wo zum Kuckuck, ist der LED-Leuchtschlüssel?
Aha!
Findet ihn im Körbchen hinter der Schwenktür, rotiert um die eigene Achse und bleibt dabei am Schwenkriegel der Metalltür mit der rechten offenen Hosentasche hängen, fühlt hautnah einen Luftzug in seiner Leistengegend, begleitet vom gedehnten Reißen des Stoffes:

Raaatsch!
Ein kühles Metallteil in Schrittnähe stoppt ihn abrupt.
Kaum glauben!

Da zeigt der Freizeitanzug einen riesigen seitlichen Eingriff, nein, er zeigt vielmehr ein klaffendes großes Loch, wodurch mühelos ein Handball passen würde.

„S A S H A!!!"

Spontan ändert Dietrich seine Strategie. Sucht nun in der großen begehbaren Kleiderkammer nach seinem Tarnanzug im Vintage-Look.
Sucht sein Camouflage-Outfit fürs Überleben im urbanen Dschungel.
Genau!
So geht's!
Er schiebt schnell noch einen Notizblock mit Konterfei vom Che in die Cargohose, denn heute will er mit seinem Kölner Tagebuch beginnen, dem "Diario Cologne" des Dietrich von Ohm. Natürlich in Anlehnung an Ernesto Che Guevaras Bolivianischem Tagebuch, wobei Dietrich sich an einige schräge Passagen sehr wohl erinnert, vornehmlich wegen ihres eher Slapstick-haften Inhalts, getoppt von beinahe postdramatischen Zusammenfassungen des jeweiligen Tages oder des Monats:

«Die Bilanz dieses Tages ist negativ."

Oder:
«Der Tag hat nicht gehalten was er versprach.»

Oder:
«Die Bilanz der Operation ist äußerst negativ.»

Oder:
«Hasta La Victoria Siempre.»

Und was notierte Che sonst noch in seinem Diario? Dietrich erinnert sich an besonders tumbe Harmlosigkeiten des geschilderten revolutionären Kampfes im Bolivianischen Busch nach dem Motto:
Nur Trixxx!
Sonst nixxx!
Und die Litanei kennt keine Grenzen:

14. Dezember 1966
Der Tag verging ohne etwas Neues.
Rolando und ich haben eine Truthenne erlegt.
Später traf Marcos mit Pombo ein. Ersterer hatte sich eine Verwundung über dem Augenbrauenbogen zugezogen, als er einen Ast abschnitt; sie ist zweifach genäht worden.

14. Dezember 1966
Ein Tag ohne etwas Neues.

15. Dezember 1966
Nichts Neues.

17. Januar 1967
An diesem Tag ist nicht viel los.

23. Januar 1967
Ein schwarzer Tag.
Pombo kam nicht von seinem Beobachtungsposten zurück.
Wir gerieten in einen Hinterhalt.
Die Vorhut wurde aufgerieben und noch einige Männer verletzt. Die Bilanz dieser Aktion ist negativ.

27. Februar 1967
Ein schwarzer Tag.

Wir marschierten weiter entlang des Rio Grande bis wir aufsteigen mussten da der Fluss an einer Steilwand keinen Durchgang ließ. Urbano rutschte aus und fiel ins Wasser. Er konnte nicht schwimmen. Die Strömung war sehr stark und riss ihn weg. Wir liefen, um ihm zu helfen, und während wir uns auszogen, verschwand er in einem Strudel mitsamt 700 Schuss Munition in seinem Rucksack.
Wirklich, ein schwarzer Tag!
Ein trockener Knall lenkte meine Aufmerksamkeit an die linke Ufernase, wo ein Pferd über seine Vorderbeine zu Boden ging. Tuma gab ihm den Gnadenschuss. Offenbar hatte der Gaul sich beide Vorderläufe gebrochen.
Wir beschlossen, zu bleiben und das Pferd zu essen. Wir fanden weder ein Mais- oder ein Kürbisfeld, vertilgten also das Pferdefleisch pur.

1. März 1967
Tag des Rülpsens, Furzens, Kotzens und der Durchfälle, ein wahres Orgelkonzert. Wir blieben völlig bewegungslos.

2. März 1967
Nichts Neues.

3. März 1967
Gerade als wir losziehen wollten, bekam ich eine heftige Darmkolik, begleitet von heftigem Brechen und einem knatternden konvulsiven Durchfall. Man verabreichte mir ein Mittel und ich verlor die Besinnung, während man mich in einer Hängematte abhängen ließ. Als ich aufwachte, fühlte ich mich erleichtert, war aber voll geschissen wie ein kleines Kind. Einer lieh mir seine Hose, aber ohne Wasser stank die Scheiße meilenweit. Wir blieben noch den weiteren Tag – ich ziemlich kraftlos. Dann empfingen wir die Botschaft Nr. 77.

Weit nach unten vorgebeugt, beim bedächtigen Schnüren seiner Kampfstiefel, schießt Dietrich vermehrt Blut ins Hirn und beschert ihm eine rauschhafte Kurzvision vom bösen Ende des Che im Bolivianischen Dschungel:

Im Hintergrund sehe ich die Alte mit ihrer meckernden Ziege.
im Vordergrund – ganz nah – einen angesoffenen gedrungenen Mann mit Gewehr im Anschlag und ich sehe mich am Ende meines Regenbogens.
Gebückt, gedrückt, gefangen und eingepfercht im stinkenden Schweineschuppen, ochalmente, eben schweinemäßig.
Gleich werde ich abtreten, ich hätte nie lebend gefasst werden dürfen!
Heute am neunten Oktober 1967 summe ich im Gleichklang mit ZARA LEANDER das AVE MARIA:
Heute am neunten Oktober bin ich für immer mitgerissen vom warmen Klang ihrer dunklen prägnanten Altstimme.
NUNC, ET IN HORA MORTIS NOSTRAE...AMEN!
Allein diese meine letzten Worte sollen ihm Albträume bis hin zu seinem elenden Tod bescheren, sowie mich auf einen unsterblichen Ruhmessockel meiner revolutionären Mission stellen und ich sage daher zu ihm:
Ich weiß, dass du gekommen bist, um mich zu töten.
Schieß, du Feigling!
DU TÖTEST NUR EINEN MENSCHEN!

Dietrichs Kampfstiefel sind nun geschnürt. Er richtet sich auf, erblickt im Panoramaspiegel das Konterfei vom Che auf seinem T-Shirt, grinst breit vor sich hin, steht stramm und salutiert vor der Medienikone eines kollektiven Bildgedächtnisses:

Dietrich salutiert zackig wie erlernt während seines Grundwehrdienstes und erinnert sich:
Schöne Zeiten, damals!

Knackige Jungmänner in der Truppe.
Blöde Sprüche feister fetter Vorgesetzter wie:
Wir verteidigen unser Vaterland.
Welches denn?
Gehört die Ostzone gleich Ost-Deutschland nicht auch zum Deutschen Vaterland?

Einen außergewöhnlichen diesbezüglichen Kommentar vernahm er kurze Zeit später:
„Unser schönes Deutschland, unser ganzes schönes Deutschland!"

So tönte damals lautstark ein fast gleichaltriger Animateur während einer Jeep-Tour auf der Insel Fuerteventura – damals, im zweiwöchigen Heimaturlaub im Jahre 1986 während eines unerlaubten Urlaubs außerhalb der BRD.
Dietrichs Erinnerungen kommen hoch, als wäre es gerade gestern gewesen.

«Eine erlebnisreiche Reise!»

So wünschte man mir damals im heimatlichen Hapag-Lloyd Reisebüro.
Und im Hapag-Lloyd Airbus A-300 B 4 lag eine Info-Ausflugbroschüre, die unter anderem eine Jeep-Safari anpries mit den Worten:

«Schwer zugängliche und wildromantische Gebiete und unvergessliche Gesichter der Insel wollen entdeckt werden und sind nur im Geländewagen zu bewältigen, wobei die Fahrzeuge auch mit Geländegang an ihre Leistungsgrenzen stoßen.

Es geht durch Schluchten und auf Berge, von denen aus man die wunderbarsten Aussichten hat. Abenteuerlustigen kann diese Tour besonders empfohlen werden!

Sie sollten allerdings die Kamera gut am Körper festschnallen, da man bei diesen "Geländeritten" oft kräftig durchgeschüttelt wird.»

Ganz nach meinem Geschmack, wird sofort gebucht!
Am Morgen darauf der Start am Strand von Morro Jable. Aufstieg durch schroffe Bergklüften bei Cofete, wo über die Passhöhe ein kompromissloser Wind fegt.

Von dort ein grandioser Blick auf anbrandende Wogen des Atlantiks sowie auf die oberhalb thronende sagenumwogene Villa Winter.

Dabei wundert nicht, dass der mysteriöse Gustav Winter, ein polyglotter Deutscher mit besten Verbindungen zum Dritten Reich, gerade dieses riesige Areal aussuchte.

Über die Rolle der Kanarischen Inseln als U-Boot Stützpunkt der Deutschen Kriegsmarine gibt es einige Hinweise und die strategisch günstige Lage deutet auf einen möglichen Ausgangspunkt für militärische Aktionen hin.»

Der Leiter der Jeep-Safari im Camouflage-Hemd und gleicher Materialhose hatte eine Berliner Schnauze und eine Matte mit Vollbart. Er hisste die Trikolore am Stander seines vorausfahrenden roten Jeeps, während am letzten Fahrzeug des Konvois der Iberische Wickel in rot-gelb-rot knatterte. Vor dem Start wickelte er sich noch ein befeuchtetes Palästinensertuch um den Kopf.

Am umtosten Atlantikstrand von Barlovento war Vollgas mit Allradantrieb im gold-gelben Sand angesagt, einer Strandgegend mit intensiver Atmosphäre.
Bestens geeignet für mittägliches Grillen am Strand inmitten einer Ansammlung schwarzer Gesteinsbrocken, während Flaschen die Runden machten und Tacheles geredet wurde.

Ja ja!
Er war in Algerien aufgewachsen, sein Vater Arzt, und dann, zwei oder drei Jahre nach der Unabhängigkeit von Frankreich, ging es zurück nach Deutschland, nach Berlin, Deutschlands wahrer Hauptstadt!
Das Brausen des Windes, das Rauschen der brutalen Brandung brachten die brisanten Worte noch nicht wirklich ins Ziel, aber dann:

„Es war einfach nicht mit anzusehen, wie die Leute mit den Hinterlassenschaften der Franzosen umgingen. Das Mobiliar aus den französischen Regierungs- und Verwaltungsgebäuden wurde auf die Straßen geschleift und das Volk bediente sich. Alles wurde vernachlässigt, ein Schweinestall war das – aber so etwas wird es in unserem schönen ganzen Deutschland mit Berlin als Hauptstadt niemals geben!"

Und weiter:
„Der Zeitfaktor verhilft uns zum Sieg bei der Wiedervereinigung, denn die ostzonalen Bonzen werden an ihrer eigenen Scheiße verrecken."

Schon irritierend, woher diese Denke genährt wurde, damals Mitte der 80er Jahre.
Nun ja!
Fünfzehn Jahre später fiel die Mauer in Berlin.

Und heute, zwanzig Jahre später, kommen nach und nach die Details ans Licht – oder auch nicht!

Wiederholt steht Dietrich vor dem Panoramaspiegel stramm und salutiert noch einmal. Setzt sodann seine silbrig verspiegelte Sonnenbrille im Pilotenstil auf, stülpt ein Army Cap über, ergänzt gummigepufferte Knie- und Armgelenkschoner und, bitte sehr, wo sind denn die Stulpenhandschuhe?
Na klar!
In der Munitionskiste.

Hievt sodann für seine neu definierte Mission ein froschgrünes Cannondale-Fully-Mountainbike vom Haken, wirft das Winnie-Kabelschloss über den Lenker und sprintet los, schneller als die Polizei erlaubt.

Sprintet in Richtung Tanzbrunnen.

Vollzieht vor dem vergitterten Einlasstor den synchronen Test der Bremsen an Vorder- und Hinterrad, begutachtet breit grinsend die Bremsspuren, wird jedoch abgelenkt vom Wackelgang einer Joggerin.

Sortiert sein Gemächt auf Selle Royal und ist bereit, wieder in den Verkehrsfluss einzuchecken im scharfen Antritt, begleitet vom coolen knirschenden Sound der dicken Profilreifen auf unbefestigtem Boden im rechts-rheinischen Uferschatten, baldigst gefolgt vom schnellen Schwenk in Richtung Rheinbrücke, um dort eine kleine Eiskugel "Piccolino Rosario" an knackiger Waffel zu konsumieren, während auf dem Wasser des Rheins wie von Geisterhand bewegte sowohl stromauf- als auch stromabwärts gleitende Lastkähne lautlos vorbeiziehen – wie in einem Open Air Stummfilm am strahlend schönen späten Nachmittag.

Sodann das Kontrastprogramm vor Willis Kneipe:
Alle Fenster sind mit massiven Holzplatten vernagelt und dennoch herrscht das reinste Tohuwabohu!

Da wuseln in weiße Ganzkörperkondome verhüllte Figuren mit Atemschutzmasken herum, während muskelbepackte Robustos eines Unruhe-Umzugs-Unternehmens Hausrat verladen. Der Umzugslaster ist halb auf dem Gehweg geparkt, grell markiert von Warnblinkern einer bis zum Boden heruntergelassenen Laderampe und umgeben von einer Wolke ätzenden Brandgeruchs der besonderen Sorte, wobei Dietrich denkt:
Eigentlich ein Ort, auf den man…
Tatsächlich, ein Unort!

Dietrich vergisst, eine kurze Beschreibung nebst Uhrzeit auf seinen Voice-Recorder zu sprechen, so sehr fordert ihn die Situation, zumal er beinahe in einen gekringelten Hundehaufen neben der Laterne getreten wäre und dabei fluchend das Anschließen des Fahrrads abbricht, denn sein Winnie-Kabelschloss erweist sich definitiv als zu kurz geraten.

Beim alternativen Abstellen des Fahrrades mit abgeschlossenem Hinterrad an der Hauswand neben dem Umzugswagen schießt ihm die Textzeile eines Schlagers von Heinz Schenk durchs Hirn und zaubert gleichzeitig ein breites Grinsen auf sein Gesicht:

»Es ist alles nur geliehen hier auf dieser schönen Welt!«

Und er denkt:

Ja, ja, ja!
Und wer leiht sich hier von wem etwas, wie auch immer?

Ja, ja, ja!
Dazu gehört auch der dreiste Diebstahl im vergangenen Jahr mit einem Schaden in Höhe meines Super-Bikes, damals, als auf einer Mode-Messe bereits am ersten Tage elf Exemplare unrechtmäßig den Besitzer wechselten − ausgerechnet aus meiner brandneuen Lederhosen-Collection "Freedom".

Knapp geschnittene knackige Lederhosen, etwas kürzer als Boxershorts und vornehmlich gehalten in grellen Farben wie knallrot, speigrün und senfgelb, aber auch in schwarz und weiß.
Nur zu gerne hätte ich gewusst, wo sie verhökert wurden. Doch der Agent meiner Versicherung bemerkte nur lakonisch: Die werden bereits auf dem afrikanischen Schwarzmarkt angeboten. Vielleicht in Mombasa oder Dschibuti oder im Kongo.
Diese Aussage inspirierte mich zusammen mit Sasha zu irrwitzigsten Szenarien, wobei Neger in gelben Lederhosen farblich mit der Serengeti verschmelzen, mit oder ohne Hosenträger.
Wobei Neger in weißen Lederhosen als Straßen-und Begrenzungspfosten fungieren oder wobei Neger in schwarzen Lederhosen zu Phantomnegern werden.
Oder...oder...oder.

Beißender Brandgeruch treibt Dietrich von dannen. Zügig wechselt er die Straßenseite, überquert die Trasse der Straßenbahn, nimmt aus sicherer Distanz den gesamten Ort des Geschehens in Augenschein, dokumentiert mit drei Aufnahmen das große Eckgebäude und nuschelt dann in den Recorder:

„Sechzehn Uhr zweiundzwanzig, ätzender Brandgeruch. Willis Wirtschaft ist zugenagelt."

Und denkt:
Das ist doch wohl auf den Fotos zu erkennen – oder nicht?
Macht ja nichts.
Macht ja nichts kaputt.
Kaputt und entzwei und zerstört war schon.
Dem Wort wohnt keine Steigerungsform inne.

Völlig konträr, pulsierend im Hier und Jetzt, bläht sich Dietrichs vage aufkeimender ultimativer Lebensentwurf, dem er sogleich Leben einhaucht. Er stellt dem nächstbesten Muskelmann in brauner Latzhose die Frage, wer denn da aus der ersten Etage direkt über Willis Wirtschaft gerade auszieht.
Und kombiniert haarscharf:
Aha!
Eine Großfamilie mit dem Namen Hoffmann.
Und der Herr Hoffmann wartet zusammen mit dem Hausverwalter schräg gegenüber "Im Scharfen Eck" auf den definitiven Leerzug der Wohnung mit abschließender Schlüsselübergabe.

Diesen beiden augenscheinlich ungleichen Menschen bei Tee und Kölsch entlockt Dietrich spielerisch seine gewünschten Informationen, denn ein Herr Dietrich von Ohm fackelt nicht lange herum.

Er brilliert spontan in der Chefrolle einer lokalen Immobilienfirma und geht mit der Telefonnummer des Besitzers der riesigen Immobilie aus dem Rennen.
Als Sprachnotiz für den Voice-Recorder resümiert er:
„Knapp einhundert und fünfzig Quadratmeter Altbauwohnung über Willis Wirtschaft werden gerade frei. Und den Mietern der Nachbarwohnung in gleicher Größe ist bereits gekündigt worden. Also stehen insgesamt drei hundert Quadratmeter Wohnfläche über einer gewerblich genutzten Basis mit optionaler Gehsteignutzung am Eck zu Verfügung. Ein echtes Zückerli mit Zukunftsmusik!"

Was ihn persönlich zeitnah und zunehmend beschäftigt, sind seine rapide angestiegenen Mietkosten mitten im Messegelände. Die sind astronomisch hoch sowohl für seinen Firmensitz mit Produktionsstätte von Prototypen als auch für seinen steuerlich verklausulierten Wohnsitz mit ausufernder Dachterrasse: Halli Galli in einer Extended Dance Version. Und damit treffgenau in Worte gefasst von seinem verstorbenen Vater.
In der Tat, er stieg mit einer Spielgut-Auszeichnung kometenhaft auf, propagierte gleichzeitig griffige, das Geschäft belebende Dummdeubeleien mit der Behauptung, dass Elefanten keine Erdbeeren oder Affen keine Limonen mögen, oder er platzierte ausgestopfte à la carte-fressende Ameisenbären mit Leibchen in Tüll und Spitze im Kreis um seine Sommer-Collection für Männerbademoden, wobei in jeder Badehose ein nachempfundenes afrikanisches Wurfmesser aus Gummi steckte.
Er gab den Badehosen fantastische Namen wie Asumbi, Banda, Mato, Mabo, Mongo, Tubu oder Zakara, und stilisierte sie hoch als heiße Kampfhöschen, zu Objekten der Begierde, zu Must-Have-Fummeln.

Mon Dieu!
Man riss ihm diese Fetische aus den Händen, gefolgt von weiteren Ordern im fünfstelligen Bereich. Und da war kein Ende in Sicht mit seinen weiteren ausgefallenen Kreationen.
Summ, summ, Bienchen summ herum!
Doch vom Honig verblieb immer weniger im Topf.

Bislang wollte er keine einschneidenden Sparmaßnahmen vornehmen, aber jetzt?

Jetzt lag eine Vision zum Greifen nahe, lag auf der anderen Straßenseite in Form von summa summarum 600 neu zu bespielenden wie neu zu gestaltenden Quadratmetern an Wohn- und Arbeitsfläche.

Doch zuvor gilt es, grundsätzliche Dinge zu eruieren, denn die Idee könnte wie ein Kartenhaus in sich zusammen fallen.

Demnach ist zur definitiven Klärung ein Trip ins Ruhrgebiet notwendig, und zwar nach Essen, denn dort wohnt der neue Besitzer der Immobilie, der Erbe, wie der Hausmeister betonte.

Dietrich zückt spontan sein Handy, macht Nägel mit Köpfen bei seinem Telefonat und rekapituliert zufrieden:
Na also!
Morgen am Mittwochnachmittag steht mein Termin fest um 16 Uhr bei Norbert Szymczyk in Essen, City Nord.

Und was meinte Kai Uwe kürzlich?
Prekäre Ecke?

Und überhaupt…

Wo ist denn mein Fahrrad abgeblieben?
Das habe ich doch an der Hauswand neben der heruntergelassenen Rampe des Umzugslasters abgestellt.
Scheißecke!
Wo sind wir denn?

Dietrich zückt wiederholt sein Handy.
Setzt sich auf die herabgelassene schräge Rampe des Umzugslasters und wichtet:
Zuerst den Hasen anrufen?
Oder zuerst die Polizei anrufen?

Er ist sich uneins, klinkt sich deregulierend in die Handy-Hitparade ein, setzt synchron ein Pokerface auf, passend zu Lady Gagas quakender Po-Po-Pokerface Blödelberieselung. Dabei schaut er diffus in die Runde, entdeckt sein Super-Bike auf dem Möbellaster und denkt:
Bingo!
Ein Glück für jeden nicht vorhandenen Robusto in Reichweite.

Glück auch für mich.
Habe Schmetterlinge im Bauch.

Morgen mache ich Essen.

Und übermorgen machen Sasha und ich München!

Schon rollen die Trolleys:
Dietrichs Maxi Multiwheel in Alu silber und Sashas Roadie in Chiemsee grün.

Dietrich, gewandet in ein tomatenrotes Leinensakko über einem zweiknopfoffenen blütenweißen Hemd, darunter weiße Jeans, und dann als augenstechender Abschluss rechts ein roter und links ein schwarzen Slipper mit seidenen Socken in Kontrastfarben.

Sasha hingegen trägt Fashion-Classics. Ein weißes Doc-Holliday-Hemd, klassische Jeans für knackigen Po, ein schlank geschnittenes Aero-Sakko mit Doubleface Retro-Schal und ist jahreszeitlich unpassend beschuht mit sandfarbigen Desert-Boots.

Wahrlich, ein beinahe karnevaleskes Duo auf Bahnsteig Nummer 1 des Kölner Hauptbahnhofs mit Destination München!

Um des lieben Frieden willens geht die Reise per IC nach München, natürlich 1. Klasse und auf reservierten Fenstersitzen.

„Du, sag mal, Sasha, das scheint ja ein besonderes Buch als Reiselektüre zu sein, darf ich mal sehen?"

Beinahe wäre Dietrich das abgegriffene Buch entglitten, also wirklich, da hielt er ein Buch der Gattung Schäferdichtung mit dem Titel "Schäferspiel" in seinen Händen. Ansatzweise wusste er die Schäferdichtung einzuordnen in eine Literaturgattung der europäischen Renaissance.
Warum?
Weil ihn entsprechende Kopfbedeckungen in diesem Genre für eine mögliche extravagante Collection bereits vor Jahren inspirierten.
Wraps, unter diesem Namen sollte seine Collection starten. Da jedoch zeitnah Wraps der Tex-Mex-Küche allerorten als neue kulinarische Fastfood angeboten wurden, verwarf er seine Idee.
Er erinnerte lediglich den Satz:

»Ein Schäferstündchen halten«
Was für Verliebte eine kurze erotische Flucht aus dem Alltag bedeutet.

„Dieses Buch hat mir die Münchener Modemagazin-Schreiberin empfohlen."

„Wie bitte, höre ich richtig?"

„Doch, doch, Dietrich, du hörst richtig!
Wirklich wärmstens empfohlen. Und gestern Nachmittag, als die Zeit schon knapp wurde, da habe ich das Buch tatsächlich im Antiquariat Bernstein gefunden. Dort, wo du dein Bolivianisches Tagebuch und deine siebenhundert Seiten starke Biografie von Che Guevara ausgegraben hast. Also, Die-te-rich, jetzt halt mal die Luft an!"

Anstelle seiner mitgeführten Reiselektüre nimmt Dietrich sein weißes Apple iPad aus dem Seitenfach des Trolleys zur Hand und googelt "Schäferdichtung" in extenso und erfährt dabei, dass die Schäferdichtung zeitlich einzuordnen ist in der europäischen Renaissance als eine beliebte Literaturgattung in der Tradition der Bukolik.
 – Bukolik?
Die Begriffe bukolische und arkadische Dichtung sowie Schäfer- und Hirtendichtung werden synonym gebraucht.
 – Aha!
Sie entwickelte sich ursprünglich aus der Schäferei, einer höfischen Rollendichtung, die durch die Verschmelzung von lyrisch-musikalischen Elementen, Prosa, Dialogen und kunstvollen Versen gekennzeichnet war und das Hirtenleben idealisierte.
 – Hirtenleben!
Wen inspiriert oder interessiert denn das Hirtenleben?

Ein beliebtes Thema dabei ist der Bericht von einer spröden, abweisenden Geliebten, der ein Liebhaber gegenübersteht, der ihr völlig ausgeliefert ist. Große Gefühle, große Liebe. Lobgesänge auf die schöne Schäferin, Lobgesänge auf's Schäferspiel und Lobgesänge auf die schöne Heimat, zählen zum typischen Gegenstand der künstlerischen Darstellung.
— Oh, Idylle, du — ick hör die trapsen!
Die Deutsche Schäferdichtung richtet sich an ein ausgesprochen bürgerliches Zielpublikum.
— Zack, zack, zielgerecht weiter suchen!
So wurde Giovanni Battista Guarinis Super-Schäfer-Roman Il Pastor Fido (Der getreue Schäfer) in alle europäischen Sprachen übertragen.
Die Übersetzung ins Deutsche erfolgte von Christian Hoffmann von Hoffmannswaldau (1652). Dieser gilt als Hauptvertreter des Deutschen Manierismus. Da ist Musikalität in der Sprache. Da gibt es Überraschungseffekte durch geistreichen Witz und inhaltlich kreisen vorkommende Gedichte zum großen Teil um Sinneslust und Lebensfreude. Beliebt ist die Häufung sprachlicher Bilder, ebenso eine Bevorzugung von Jamben wie zum Beispiel:
Wo sind die Stunden der süßen Zeit?

— Wie bitte, was?
Lese ich richtig: Jamben?!
Erwähnte nicht mein Hase vor wenigen Tagen diese Ausdrucksweise bezüglich seiner geführten Telefongespräche mit der Münchener Modemagazin-Schreiberin?
Und Hoffmannswaldau?
Der präsentiert prall die Rolle eines reisenden Cupido oder die einer Venus im Triumphwagen mit hübschem Mädchengesicht, nicht wahr nicht?

Bei seiner weiteren Suche im Internet findet Dietrich

viele Gemälde von William-Adolphe Bouguereau (*1825 La Rochelle) Auf seinem Display erwächst ihm digital die junge Schäferin "Young Shepherdess" (1868), gleichwohl posierend "At the Edge of the Brook" (1875).
 – Wie mag wohl ihr Name sein?
Womöglich Cloe?

Sodann eruiert Dietrich, dass Hoffmannswaldau als Manierist des barocken Schwulsts den Schwulstil pflegt.
 – Schwulstil?
Wie bitte?

Aha!
Schwulstil ist eine Bezeichnung der Literaturkritik, die sich im 18. Jahrhundert etablierte und der Literatur des Barock rückwirkend prunkhafte Aufgeblasenheit vorwarf. Gemäß Herkunft, Wortgeschichte wie Verwendung ist das Wort *Schwulst*, von mittelhochdeutsch. *swulst* zu *swellen* abgeleitet.
Anschwellung, war ursprünglich der Ausdruck für eine Schwellung oder für das Geschwollene. Das Adjektiv *schwulstig*, dem das heutige *schwülstig* entspricht, wurde bereits im Frühneuhochdeutschen von Luther in der übertragenen Bedeutung für *aufgeblasene* Worte verwendet.
Aha!

„Dietrich, ich muss mal müssen."

„Danach bin ich an der Reihe."

Dietrich beendet seine Recherche, deaktiviert sein weißes iPad und will einen Blick in Sashas aufgeschlagenes Buch werfen, bleibt jedoch auf der eingelegten Seite eines

Computerausdrucks einer Lyrik-Datenbank hängen, und zwar an der Druckversion eines Gedichtes von Hoffmannswaldau, betitelt:

Ein Haar so kühnlich

Ein haar so kühnlich trotz der Berenice spricht
Ein mund / der rosen führt und perlen in sich heget
Ein zünglein / so ein gifft vor tausend hertzen träget
Zwo brüste / wo rubin durch alsbaster bricht

Ein hals / der schwanen-schnee weit weit zurücke sticht
Zwey wangen / wo die pracht der flora sich beweget
Ein blick / der blitze führt und männer niederleget
Zwey armen / derer krafft offt leuen hingericht
Ein hertz / aus welchem nichts als mein verderben quillet
Ein wort / so himmlisch ist / und mich verdammen kann
Zwey hände / derer grimm mich in den bann gethan

Und durch ein süsses gifft die seele selbst umhüllet
Ein zierrath / wie es scheint / im paradieß gemacht
Hat mich um meinen witz und meine freyheit bracht.

Dietrich denkt:
Na ja, was soll's!
Hier, in diesem Gedicht, nimmt die Frau eine übergeordnete Rolle ein. Für die damalige Barocklyrik nicht ungewöhnlich, denn in diesem Rollenwechsel nutzt die Frau die Gelegenheit, mit dem Mann oder den Männern allgemein, zu spielen.

Das eingelegte Blatt beiseite schiebend, zerliest Dietrich eine im Buch markierte Textpassage. Doch diesem lyrischen Barock kann er nichts abgewinnen. Wenig später gähnt er gelangweilt und sagt:

„Zeit für ein Nickerchen!
Soll ich dir dein Nackenkissen auch aufblasen?"

„Nein danke, Dietrich!
Diese Lektüre lässt mich einfach nicht los. Sie fesselt mich. Bin hin und weg. Bin schon auf Seite siebenundneunzig angekommen, will weiter lesen, unbedingt – und da sind noch einige Seiten in Kopie von Original-Gedichten des Dichters Hoffmann von Hoffmannswaldau, die mir gestern per Bote in Kopie zugingen, versendet von der Münchener Modemagazin-Schreiberin. Extra per Express versendet von FedEx, du verstehst, das ist hot stuff, da muss ich unbedingt durch."

„Na gut!
Dann lies mal weiter. Ich zähle jetzt die Schäfchen."

Dietrich bringt sein besonderes Nackenkissen in Position, lässt spontan wieder Luft ab, da zu prall aufgeblasen. So! Jetzt erst ist es richtig weich und annähernd kuschelig.
Während der Schlafkragen als sanfte Unterstützung seinen Nackenbereich stabilisiert, zieht draußen die Landschaft zügig im Wechsel deutscher Naturschönheiten vorbei. Stichwort Rhein und Stichwort Schwäbische Alb. Summa summarum erstrahlend in Reinnatur unterm blauen Sommersonnenhimmel. Eingelullt vom sanften Dahingleiten im wohlig temperierten IC, reichen sich Sekundenschlaf und Halbschlaf abwechselnd den Staffelstab, zaubern dabei irregangelige Traumsequenzen in Dietrichs Hirnareale und beschicken wie folgt seinen Traumbildschirm inklusive Ton mit einem rabulistischen Dialog:

—Hallo Dietrich!
Hier sind wir, die Botenvögel.
Sieh mal!
Wir lassen uns dicht neben dir nieder im Hackabstand, also im Hackabstand festgelegter Normen.
Liebst du auch die Normen?"

—„Warum soll ich die Normen lieben?"

—„Weil du vielleicht NORMA liebst."

—„Wie kommt ihr denn auf eine solche Idee?"

—„Weil du immer konsequent den Discounter NORMA aufsuchst, der dich megagünstig und megastark versorgt. Stichwort: Aktionskühlregal + Feinstes aus Deutschland + Fruchtiger Herbst + Premium-Qualität aus dem Sortiment von Biobodymix nebst Biogartendung. Hattest du gestern etwa ansatzweise eine zu schnelle Verdauung?"

—„Gehört diese Frage auch zur Tagesordnung?"

—„Ja doch!
In deinem Einkaufskorb lagen nämlich NORMA-Normalverdauungs-Gelantine-Kapseln."

—„Höre ich richtig?"

—„Arrrgh!
Große Gelantine-Kapseln.
Im Six-Pack.
Schnell geschluckt und geschmeidig gleitend."

—„Stimmt sogar, habt ihr rabenscharf beobachtet!

—„Na klar!
Und dein persönlich dokumentiertes Erfolgserlebnis findest du prompt in der kommenden Woche im Newsletter unter der Rubrik Antikrank."

—„So etwas Bescheuertes hab ich noch nie gehört! Seid ihr etwa selber krank?"

—„Hoffentlich nicht, weil…"

—„Weil was?"

—„Weil wir kürzlich eine fette Ratte ausgeweidet haben – und die schmeckte so unerwartet süß."

—„Jetzt verstehe ich auch, warum ihr so merkwürdig riecht. Komisch!
Irgendwie hatte ich gestern am Vormittag einen ähnlichen Geruch in der Nase."

—„Wirklich?
Wo treibst du dich denn herum?"

—„Im Ruhrgebiet."

—„Aha!
Da kennen wir uns gut aus."

—„Wieso?"

—„Weil wir dort weit verzweigte Verwandtschaft haben."

—„So weit weg?"

—„Allerdings!
An dem Tag nämlich, da Dieter auf Brautschau ging, wurde er vom starken Westwind abgetrieben und ging ganz irritiert in Essen nieder."

—„Dieter?"

—„Ja!"

—„Ich heiße auch Dieter.
Werde allerdings in einer allgemein Deutschen gebräuchlichen Variante Dietrich genannt."

—„Das werden wir gerne Dieter, dem Dominanz-Raben aus Essen, dem Ruhr-Chef, ausrichten."

—„Na schön!
Und wo genau in Essen?"

—„In Essen-Nord. Kennst du doch. Warst doch gestern selber unterwegs im heiklen Norden. Prekäre Ecke, was?"

—„Sagt ihr."

—„Du nicht?"

—„Wie lange fliegt ihr denn von Köln bis Essen?"

—„Eindreiviertel Stunden, bei normaler Wetterlage."

—„Dann seid ihr genauso schnell wie ich im Porsche."

—„Kannste mal seh'n, völlig verkehrte Welt."

—„Dafür hab ich aber den Tiger im Tank."

—„Nun mach mal halblang."

—„Was macht denn der Dominanz-Rabe beruflich?"

—„Der leitet das Raben-Luftgeschwader Essen-Nord."

—„Was ihr nicht sagt!"

—„Kannst du selber nachlesen."

—„Wo denn?"

—„Im Internet bei RUHR.2010 Einfach die Infos für Touristen anklicken. Beim Link auf Service geht's weiter bei Literatur und dort wirst du fündig."

—„Literatur im Ruhrgebiet – wollt ihr mich verarschen?"

—„Keineswegs!
Lies mal, was dort auf der genannten Internet-Seite geschrieben steht."

—„Schnarrt es mir doch geschwind!"

—„Gerne!
Bis 1892 besaß das Ruhrgebiet kein Theater, bis 1902 kein Kunstmuseum und erst Anfang der 1960er Jahre wurde die Ruhr-Universität gegründet. Innerhalb von nur drei Generationen wandelte sich das Ruhrgebiet zur dichtesten Kulturlandschaft Europas, prägte ein atemberaubender Wandel in Kultur und Wirtschaft Europas legendäre

Kohle- und Stahlregion zu einer polyzentrischen Kulturmetropole neuen Typs."

—"Stammt das etwa aus spitzen Raben-Federn?"

—"Nein!
Sehen wir so aus? Unsere Berichterstattung ist definitiv anders geartet!"

—"Und wo finde ich letztendlich die Literatur-Hinweise?"

—"Dieter!
Die sind sortiert und aufgelistet nach ihrem Erscheinungsdatum."

—"Ihr macht es aber wirklich spannend!
Wie lautet denn der Titel der besonderen Buch-Publikation?"

—"DIE RUHR-MAGIER"

—"Aha!
Macht ihr etwa öfters einen magischen Kulturtrip ins Ruhrgebiet?"

—"Du scheinst den Knall nicht gehört zu haben."

—"Nein?"

—"Nein!
Wir machen einen auf Verwandtschaftsbesuch. Und zwar vordergründig, denn die Wahrheit, die reine Wahrheit, ist eine andere."

—„Dann packt mal aus und rabbelt euch einen Heißen!"

—„Als du meinst, Die-te-rich."

—„Hört auf, mich Die-te-rich zu nennen. Das darf nur mein Hase."

—„Holla!
Du hast einen sprechenden Hasen? Ist der obendrein noch handzahm?"

—„Noch so ein schräger Einwurf, und ich ziele ich mit meinem roten Slipper auf euer rabenschwarzes Spottgefieder!"

—„Dietrich, wirklich, wir wollen dich eigentlich nur vorwarnen."

—„Vorwarnen? Wovor denn?"

—„Vor der reinen Wahrheit."

—„Und die wäre?"

—„Ist dir bekannt, dass gemäß Statistik auf jeden Deutschen zwei Ratten kommen?"

—„Tatsächlich?"

—„Tatsächlich!
Auf Köln ist das zutreffend, denn da reguliert das Hochwasser den Bestand. Aber in anderen Städten gerät die Statistik voll aus den Fugen. In Bochum, Castrop-Rauxel,

Herne, Dortmund und explizit in Essen sieht das völlig anders aus. Da liegt das Verhältnis bei eins zu drei, und in Essen sogar bei eins zu dreikommafünf."

—"Was denn! Ratten im RUHR-Rausch 2010?"

—"Entschuldigung! Du hast wohl wirklich noch nicht den Schuss gehört!"

—"Welchen Schuss?
Im Moment reden wir vom RUHR.2010-Schuss. Wir reden vom Millionen-teuren Bohei für fragliche Großprojekte wie Sing-Sang, wie die längste Idiotie auf der A 40 oder wie die Auf-Ruhr-Atolle im Essener Baldeney-Ruhrstausee mit seiner tiefbraunen Vergangenheit zu Füßen der Villa Hügel, dem ehemaligen Wohnhaus mit 269 Räumen und 8100 Quadratmetern Wohn- und Nutzfläche der von Krupp, Halbach und Bohlen, äh – die bleiben uns sowieso gestohlen!"

—"Davon hab ich schon mal gehört!"

—"Da hast du richtig gehört! Jetzt aber einen 360°-Schwenk auf die Kohle."

—"Kohle?"

—"Ja, Dietrich, wir reden gerade von vergeigten Unsummen im Rahmen von RUHR.2010"

—"Vergeigt, finde ich grell!"

—"Wir reden jetzt weiter Tacheles!"

—„Einverstanden!"

—„Also, die Kohle war vergeigt, folglich schrumpfte für städtische Kammerjäger das Budget gegen Null, und die städtischen Ratten feierten fröhliche Urstadt im Geiste Rudolfs von Schreckenstein. Wuselten hernach herum ohne Furcht vor schnell oder weniger schnell wirkenden Erlösungsmitteln."

—„Kombiniere, daher der Faktor dreikommafünf!"

—„Gut mitgedacht!
Und an diese prekären Fleischtöpfe führt uns dann der Dominanz-Rabe, womit wir Fressorgie und Familientreffen vereinen."

—„Donnerwetter!"

—„Und der Hammer ist, dass wir auf einem kleinen sehr wohl überschaubaren Areal von überfahrenen Exemplaren fündig werden. So eine breit gewalzte Ratte konserviert noch viele Stunden danach den unverwechselbaren Odeur von Gummireifen."

—„Sicherlich hinterm Bahnhof oder an einer anderen Drecksecke!"

—„Weit gefehlt!
Wir reden hier vom angrenzenden südlichen Teil der Essener Innenstadt, gelegen im Ortsteil Essen-Rüttenscheid."

—„Hä?"

—„Dort drängeln sich nämlich auf engstem Raum mehr als

einhundert Restaurants, Bars, Kneipen und Imbissbuden. Wir schweben dort bevorzugt am sehr frühen Morgen ein – wir sind die Herren des Morgengrauens."

—„Da werde ich niemals mit meinem Porsche hin fahren!"

Dietrich sieht als nächste Traumsequenz hüpfende Raben, hört ihr raues Krächzen und das Hacken ihrer Schnäbel auf dem Blech der Balkonbrüstung, tack-tack-tack und klack-klack-klack. Sodann branden Klopfgeräusche an und werden lauter. Dietrich blinzelt und denkt im Halbschlaf:
 – Aha!
Hinter der gläsernen Schiebetür begehrt ein Uniformierter Einlass.
Der sieht ähnlich aus wie derjenige, der mich gestern in Essen stoppte angeblich wegen zu schnellen Fahrens.
Ha!
Da schiebe ich ihm breit grinsend einen Geldschein durch das geöffnete Seitenfenster, weil er mich als uniformierte zweibeinige Zecke nervt.
Gleichzeitig sehe ich durch den oberen geöffneten Fensterspalt ein Hinweisschild mit Richtung zum Stadtteil Rüttenscheid.
Essen-Rüttenscheid?
Und überall schwarze Botenvögel!
Wahrlich, ihr schrägen Vögel, was wollt ihr von mir?

Und der Uniformierte steht jetzt im Abteil und er beendet meinen Traum.
Aha!
Er bietet heißen Kaffee und Tee, kalte Getränke und Snacks an. Salzige Snacks, die so schmecken wie meine Lippen?

Oder die so schmecken wie ein türkisches Erfrischungsgetränk, das ich gestern gegen Mittag, kurz vor Abfahrt in Richtung Essen im 0,5 l-Format gut gekühlt als gesunden Drink auf der Basis von frischem Joghurt konsumierte. Denn Ayran, Kefir und weitere Buttermilchgetränke stehen ganz weit oben auf dem wohldurchdachten Speiseplan, erstellt von meinem persönlichen Trainer des "Wellness- und Sportclubs von und zu Wohlmannshausen", idyllisch gelegen am oberen Rheinauhafen in meiner nächsten Nachbarschaft.
So!
Und deswegen pflege ich noch zusätzlich den Ritt auf dem Elektro-Bike oder auf dem Fully, wie ich provokativ mein teures Offroad-Bike ins Feld führe, um in Zirkeln abgefahrener stylistischer Events schwadronierend abzuheben und dabei aus dem Felde zu gehen mit einem breiten Grinsen im Gesicht – wie jetzt bei meiner aktuellen Bestellung:

„Ich nehme eine kaltes Bier und die FAZ."

„Für mich bitte ein Mineralwasser ohne Kohlensäure."

„Ach ja!
Zum Knabbern fehlt noch eine Tüte mit gesalzenen Erdnüssen."

„Bitte sehr!"

„Alkohol macht Birne hohl. Wenn Birne hohl, ist Platz für noch mehr Alkohol. Dein Spruch, Dietrich!"

„Gemach, gemach!"

„Und dazu gehört: Niemals Alkohol vor 18Uhr! So predigst du doch immer – stimmt was nicht, Die-te-rich?"

„Ich hatte gerade einen sehr unruhigen Traum, den spüle ich jetzt 'runter."

„Habe ich bemerkt, du zucktest mehrfach im Schlaf, was war denn los?"

„Vor mir stand ein Polizist, der mich gestern in Essen wegen zu schnellen Fahrens anhielt und abkassierte."

„Huch!
Wie unangenehm."

„Sag ich doch!
Gut, dass wir hier und heute ganz entspannt im IC unterwegs sind. Dabei sehe ich, du bist mit deiner Lektüre schon beachtlich weit vorangekommen."

„Im Moment habe ich das spannende Kapitel erreicht, wo ein Reisender vom schön schwulstig beschriebenen Mädchengesicht einer Schäferin bezirzt wird und…"

„Und?"

„Nix und!
Lass mich bitte in Ruhe weiterlesen."

„Ja doch!"

Kurz darauf schließt Dietrich erneut seine Augen und sofort flimmern ihm wieder seine gestrigen mannigfaltigen Eindrücke über den Hirnschirm:
- Eigentlich hätten meine inneren Warnleuchten rot leuchten sollen, denn eine doppelspurige in die Stadt Essen hineinführende Hauptverkehrsstraße, dabei

abschüssig auf der gesamten Distanz, schreit ja förmlich nach polizeilichen Blitzgewittern, doch meine Gedanken waren ganz woanders, die waren ganz weit weg und die besondere Umgebung wirkt irritierend.

Das Navi-Gerät wird neu programmiert mit Destination City Nord und weiterführend in prekäre Stadtteile mit krimitauglichen Kulissen, wo Kampfhunde doppelt so groß sind wie kleine Kinder, die im Mülleimer am Ampelmast eingesetzt wie abgesetzt werden oder im illegal entführten Einkaufswagen aus Drahtkorbgestell über vier selbstlenkenden Castor-Rädern angeschnallt geparkt werden, derweil die weiblich-männlich gemischte Blase sich vor der Trinkhalle bereits am frühen Nachmittag die Kante gibt. Dabei schleudern aufgemotzte BMWs mit heruntergelassenen Seitenfenstern die harten wummernden Tekno-Bässe bum-bum-bum in gnadenloser Monotonie heraus, passend zum konvulsiven Dünnschiss eines an hoher Bordsteinkante abgehalten Minis.
Also, hier den Porsche parken?
Dann der Ampelstopp in Zielnähe, in einer Tempo-30-Zone in Nähe einer Schule im sozialen Brennpunkt.
Da zieht gerade geschlossen der vordere Orient vorbei, um auf die mittig gelegene Plattform einer Straßenbahn-Haltestelle zu gelangen.
Gelangweilte Gesichter.
Kein Aufblitzen von Neugierde angesichts meines kleinen Porschestrolches.
Nein!
Dort vibriert etwas Anderes.
Dort vibriert unter Kopftüchern, Kopfhören und Handy-Knöpfen in Ohrmuscheln Deutschlands neue Parallel-Gesellschaft.

In der Tat, Albert Camus Buch "Der Fremde" war meine einzige wie auch letzte Konfrontation mit anderen Ethnien – dabei sehr weit zurückliegend im nebulösen schulischen Französischunterricht.
Da scheiterte gemäß meiner Erinnerung ein Franzose als tragische Hauptfigur im Konflikt mit einer andersartigen arabischen Mentalität, einhergehend mit ihren Sitten und Gebräuchen.

Eine Lautsprecherdurchsage wegen möglicher Zugverspätung kupiert Dietrichs starke Erinnerungen an seine gestrige Autofahrt in Essen.
Er lenkt jetzt seine Gedanken gezielt auf seine Vita und muss sich eingestehen, in seinem sozialen Umfeld keine diesbezüglichen Situationen, keine thematischen Ansätze oder Berührungspunkte gehabt zu haben, jedenfalls so lange, als unlängst sein Webdesigner Kai Uwe aus Essen bei ihm aufkreuzte.
Kai Uwe, dem am sonnig strahlenden Montagmorgen in der City Nord sein zusätzlicher Heckflügel mit ultimativ umlaufender LED-Leiste abhanden kam.
Wie immer schien ihm die WAZ=Weiß-Alles-Zeitung unterm Arm angewachsen zu sein, doch da lugte noch ein weiteres Zeitungsblatt in blauer Farbe hervor, betitelt als "Mavidialog", was von der türkischen in die deutsche Sprache übersetzt bedeutet:
"Der Blaue Dialog"
Warum denn ein blauer Dialog?
Kai Uwe aus Essen hatte sich schon schlau gemacht und sagte, dass blau im türkischen Sprachgebrauch und vom Gefühl her durchgehend positiv besetzt sei, vergleichbar mit unserer blauen Stunde am Kamin oder dem Himmelblau.

Hat demnach nichts zu tun mit Blau machen, Blaumann oder anderen eher negativ besetzten sprachlichen deutschen Begriffen.
Anfänglich bestehe diese erste Ausgabe nur aus acht Zeitungsseiten, deren Inhalt sehr lesenswert sei, wie Kai Uwe meinte, und zitierte einige rot markierte Stellen, beginnend mit einem Statement aus der Redaktion über interkulturelle Medien und Vielfalt, Integration und Migration.
Verfasst von der Verlegerin Gülcan Ayvalik:
»Ich denke, die Einwanderer aus der Türkei sind schon längst angekommen. Maßgeblichen Einfluss auf die Integrationsdebatte haben immer noch die Deutschen Medien. Der so genannte integrationsunwillige Migrant ist seit Jahren ein Phantom, das in allen Sparten der Deutschen Medien herumgeistert. Die Rollen und Bilder, die man dem Einwanderer zuschreibt, sind bekannt. Diese Bilder verkaufen sich gut, weil kein Raum für andere Bilder vorhanden ist. Diesen Raum schaffen wir mit "Mavidialog". eine Zeitung, die über andere Kulturen informiert, die Kultur und die Herkunft des Anderen würdigt und transkulturelle Kommunikation auf Augenhöhe schafft.«

Kai Uwe aus Essen hatte unter diesen in roter Farbe markierten Artikel einen gelben Poster gepappt, wendete die Zeitungsseite, um seine dort notierten Wortsplitter wie nasses Gold zu heben und fuhr fort mit seiner besonderen Bemerkung:
„Dietrich, wenn es denn so weit ist, dass du nicht mehr als ungläubiger Kartoffelfresser angemacht wirst, sondern als andersgläubiger Pommes frites Fresser tituliert wirst, dann sind die Ethnien im Hier und Jetzt angekommen und können auf einer neu gewonnenen Ebene bei Ketchup, Majo, Börek- und Sarmarezepten oder speziell angemachten wie eingelegten dicken Bohnen gemeinsam weiter abfahren."

Kai Uwe, inzwischen zur Höchstform aufgelaufen, legte sofort nach mit weiteren markierten Sätzen aus einem anderen Mavidialog-Artikel von Christian Scholze, Dramaturg und Regisseur beim Westfälischen Landestheater:
»Mit den Jahren ist in mir ein Gefühl dafür entstanden, dass gerade im interkulturellen Bereich mit dem Theater ungeheuer viel zu erreichen und zu initiieren ist. Das Theater ist der Bereich, der schon immer Debatten ausgelöst und kanalisiert hat. Selbst in der heutigen Zeit ist das noch möglich, weil es einen Raum bietet, in dem Menschen mit den unterschiedlichsten Hintergründen sich nach einer gemeinsamen Erfahrung miteinander auseinandersetzen können.
Eines der zentralen Probleme ist natürlich die furchtbare Ignoranz!
Die meisten Leute haben keinerlei Vorstellung von den Lebensrealitäten, in denen sich Menschen mit Migrationshintergrund befinden, bzw. umgekehrt wie Menschen ohne Migrationshintergrund andere wahrnehmen! Aber alle sind grundsätzlich überzeugt davon, genau zu wissen, was die Realität des jeweils anderen ausmacht, und verteidigen ihre Sicht mit einer Leidenschaft, die jedes Maß verlieren kann.
Dementsprechend schockiert sind sie, wenn sie etwas hören oder sehen, was diesem Bild nicht entspricht.
Eingefahrene Bilder aufbrechen!
Genau das ist die Aufgabe, der sich das Theater zu widmen hat, und daher stehe ich zum Titel meines Beitrags mit den Worten:
Mein Tarif heißt Fight, Fight und nochmals Fight.«

Eine weitere Lautsprecherdurchsage wegen einer möglichen Zugverspätung lenkt Dietrichs Gedankengänge um:

Er memoriert wiederholt seine gestrige Autofahrt in Essen, hat dabei seinen etwas längeren Ampelstopp vor Augen, währenddessen er sich mit einigen Klicks den rohen Sound vom Street Fighting Man der Rolling Stones aus dem Speicher in die Rundum-lautsprecheranlage holt.

Beim satten Ampelgrün biegt er von der Hauptstraße ab und hört dabei in der dritten Liedzeile:
»Because summer's here and the time is right for fighting in the street, boy«, geht dabei brutal in die Eisen, zermatscht dennoch bei rüttelnder ABS-Lenkung das urplötzlich über die Straße schnürende Kleintier und fixiert zeitnah im Panoramainnenspiegel vermutlich eine geplättete Ratte – was sonst schon!
Dieser Uni-Graufaktor und dieser sehr lange dünne unbehaarte Schwanz, einhergehend mit anormal tiefbraun verfärbten Zehen und Krallen an allen vier Füßen, legt nahe, dass dieses Tier vermutlich vormals vielfach auf fetten Fäkalienbrocken durch die Kloake surfte. Er setzt den Blinker links, setzt den Blinker rechts, wiederholt links, rechts. Passiert kleinere Seitenstraßen, peilt die Lage, kehrt sodann zurück auf die breite Straße mit den mittig verlaufenden Straßenbahnschienen und stellt sich wiederholt die Frage:
Hier den Porsche parken?
Hier, im Brennpunkt ungünstiger Bedingungen, wo hinter Autofriedhöfen, Abdeckereien, Kokereien, Sozialbauten, Schrottplätzen, Lagerhäusern, Bodu-, Kick- und Fitness-Tempeln, China-, Döner- und Tandoribuden zwischen Spielhallen, Sex- und Piercingstudios sich ihren Einstand geben, und wo auf der anderen Straßenseite ein Förderturm der Zeche Zollverein in den Himmel ragt, ein Symbol für wirtschaftlichen Niedergang gleichwohl erstrebten kulturellen Aufstiegs – dazu garniert vom bunten Strauß kultureller wie neuer sozialer Probleme drum herum.

Und hier wohnt der Erbe?!

Er wirft einen raschen Blick auf seine Armbanduhr und auf die Anzeige des Navi-Gerätes und schließt daraus:
Die Zeit ist ausreichend – auf geht's auf zum Porschezentrum Essen!

„Bitte sehr, ich wünsche eine spezielle Reifenwäsche, eine Außenwäsche mit Nanowachspflege sowie eine Motorölkontrolle."

„Wird eine Stunde dauern. Derweil ein Kaffee oder ein Snack in unserer Lounge gefällig?"

„Nein danke!
Benötige schnell ein Taxi."

„Kein Problem, kommt sofort."

Drei Minuten später, im gasbetriebenen Taxi von HORST, wie eine breite Plakette hinter der Windschutzscheibe ihn als Fahrzeugfahrer auslobt, ähnlich gehandhabt wie bei LKWs der Müllabfuhr, der Schrotthändler oder der Zementmixer, also immer einen maximalen Einsatz propagierend, nämlich männlich hart, wundert sich Dieter, dass der Taxifahrer exakt den Weg seiner vormaligen Fahrtroute nimmt. Wahrscheinlich benutzt er das gleiche Navi-Programm wie ich in meinem Porsche, denkt er und hört:

„Aha!
Da wollen Sie hin?
Heiße Ecke!"

„Heiße Ecke?"

„In Echte!"

„Ist mir damals gar nicht so aufgefallen!
Damals, also vor einigen Monaten, als mir im Rahmen von Ruhr.2010 die Stadt Essen als Kulturhauptstadt Europas präsentiert wurde, erfahren während einer kulturellen Stadtführung und einer geschmeidig geführten Bustour inklusive Bordbar und Toilette."

„So so!
Offensichtlich schwebten Sie damals im bequemen Luxus-Bus in mindestens zwei Metern Höhe über der Basis. Jedoch hier im Taxi, da sitzen sie in Klotopftiefe von fünfundvierzig Zentimetern beinahe mittendrin im Basisgeschehen."

„Hört sich an, als reden Sie im Maßstab 1 zu 1!"

„Darauf können Sie einen lassen, mit Verlaub gesagt!
Ich bin nämlich ehrenamtlich tätig als Quartiersmanager in der City Essen Nord. Sicherheit und Sauberkeit im Viertel gehören zu einem zweijährigen Förderprogramm des Landes Nordrhein-Westfalen, einschließlich eines Integrationsbeauftragten."

„Interessant!"

„Lassen Sie mich kurz erklären: Hier im Ruhrgebiet hat sich mit Beginn der Industrialisierung ein weiter Blickwinkel aufgetan hinsichtlich fremder Kulturen. Hier sind Menschen, die Toleranz nicht predigen, sondern leben. Bescheiden, ehrlich, gerade heraus, offen, vorurteilfrei, mit Herzensgüte und sie sind pragmatisch geprägt.

Seit ab 1880 Werber durch die preußischen Ostprovinzen zogen, um Arbeitskräfte an Ruhr und Emscher zu locken, weil dort Zechen wie Pilze aus dem Boden schossen, einhergehend mit der Eisen- und Stahlverarbeitenden Industrie, wuchs eine multikulturelle Gemeinschaft heran und, nachfolgend auf dem Zeitstrahl eines aufbauenden Nachkriegsdeutschlands erfolgten ab 1955 diverse Anwerbeabkommen zur Arbeitskräfterekrutierung, beginnend mit Spanien und Griechenland, gefolgt von Marokko, Portugal, Tunesien, Italien und Jugoslawien.
Diese Arbeitskräfte aus den umliegenden europäischen Ländern befolgten weitgehend das per Abkommen festgelegte Rotationsprinzip, wobei junge ledige Männer nach einem Zeitraum von rund zwei Jahren gegen frische Kräfte ausgetauscht werden sollten."

„Stimmt!
Das Stichwort ist Rotation. Meines Wissens wurde und wird diese Einwanderungsregel in der Schweiz strikt durchgeführt."

„So ist es!
Damit umgeht das Gastland praktisch seine womöglich geforderte Aufgabe einer Integration und schließt Konfliktpotential einfach aus."

„Hat nicht in diesem Zusammenhang der Schweizer Schriftsteller Max Frisch geäußert und im gleichen Atemzug kritisiert:
Man hat Arbeitskräfte gerufen – und es kamen Menschen."

„Richtig, hat er!
Aber jetzt sage ich Ihnen mal was wirklich Sache ist, was in Deutschland in den vergangenen dreißig Jahren schief

gelaufen ist. Das Rotationsprinzip wurde auf Drängen der aufstrebenden Deutschen Wirtschaft schon 1962 faktisch sowie 1964 formell fallen gelassen. Gleichzeitig schloss gemäß eines statuierten Abkommens über soziale Sicherheit die Kindergeldreglung jedes nach dem zweiten, dem dritten sowie aller weiteren geborenen Kinder ein, und stellte damit auch die nachfolgend angeworbenen türkischen Arbeitnehmer mit den deutschen sozialrechtlich weitgehend gleich. Ab hier begann eine unvermeidbare Übernahme von Rollen der Gastarbeiter in einer funktional differenzierten Gesellschaft."

„Schön formuliert!"

„Ist ja auch ein häufiges Thema bei unseren Treffen der Quartiersmanager und in zunehmendem Maße auch von Vertretern der Politik."

„Ich höre gerne weiter zu!"

„Also, eine weitere Anwerbung endete 1973 mit dem von Bundesregierung beschlossenen generellen Anwerberstopp, der sämtliche Anwerbeländer betraf. Grund dafür war die Rezession von 1967 und die Ölkrise von 1973. Allerdings bewirkte der Anwerberstopp einen entgegengesetzten Effekt, gepaart mit einem gleichzeitig massiv einsetzenden Familiennachzug, weil eine Zuzugsreglementierung befürchtet wurde, derweil sich ein neuer Wendepunkt am 12. September1980 durch den dritten Militärputsch in der Geschichte der Türkei darstellte, da nun zusätzliche Regimegegner – Türken wie Kurden – als Asylbewerber in die BRD kamen; und man bezeichnet dabei die achtziger Jahre als Phase der faktischen Niederlassung.

Wer sich hier nun millionenfach nieder ließ, sollte schon 1978 ein erster Beauftragter der Bundesregierung, zuständig für Integration ausländischer Arbeitnehmer und ihrer Familien, vermittels Start eines Regierungsprogramms, vorausschauend bearbeiten.

Hier genau siedelte Inkompetenz im Quadrat hoch drei oder, womöglich bewusst geriert, wurde Symbolpolitik betrieben. Denn wichtige Fragen nach kulturellem, religiösem, oder familiär-sozialem Hintergrund blieben in Fakt Fremdwörter, gleichermaßen die Integrationsfrage auf gesellschaftlicher, auf rechtlicher, auf kultureller sowie auf säkularer Ebene, und ich meine dabei Muslime mit dem Anspruch eigener Religionsausübung."

„Wo?"

„In neuen, hier errichteten Moscheen, finanziert von der türkischen Staatsregierung, die auf diese Art und Weise versucht, in Deutschland reinzuregieren. Glauben Sie keinesfalls den Märchen der Medien, dass diese aufwändigen großen und teuren Bauwerke aus Spenderhand von anatolischen Ärmsten der Armen stammen."

„Na!
Das war ja ein 1A-Nachhilfeunterricht in Zuwanderungspolitik und Integration."

„Ja ja!
Wir können hier im Ruhrgebiet aufgrund eigener Erfahrungen breit und offen mit dem Thema umgehen und ich bin guter Hoffnung, dass wir das diffizile Miteinander schultern."

„Hoffentlich!
Sehen Sie die dort nächste Ampel neben der Straßenbahnhaltestelle inmitten der Straße? Da steige ich aus. Danke, das war's!"

Dietrich steht auf dem Gehweg gegenüber einer Haltestellen-Plattform inmitten doppelspuriger, von Schienen durchfurchter Fahrbahnen, die offensichtlich erst vor längerer Zeit vom städtischen Reinigungsdienst heimgesucht wurden. In einer voluminösen Staubwolke mit aufgewirbelten Papierfetzen verschwindet die startende Straßenbahn mit einem verdreckten Logo:
KULTURLINIE 107
ESSEN ENTDECKEN!
Gleichzeitig sieht er eine auf dem Boden liegende bäuchlings gestrandete Postkarte.
Er entziffert EVAG (Essener Verkehrs-AG) und darunter:
WIR BEWEGEN ESSEN!

Er denkt spontan:
Mit einer derart banalen Werbung wäre mein Unternehmen schon längst den Bach runtergegangen, aber was soll's!
Die Macher hier scheinen offensichtlich voll und ganz von ihrem Werbeauftritt überzeugt zu sein.

Er liest weiter:
»ESSEN!
Eine Stadt mit Geschichte und Geschichten, Kultur- und Wirtschaftsmetropole des Ruhrgebiets.
Essen hat alles, was eine europäische Stadt ausmacht: Eine Geschichte, die so weit zurückliegt, dass nur Archäologen Auskunft geben können. Fürstäbtissinnen, Kaiserbesuche, einen auf das Mittelalter zurückgehenden Stadtkern mit dem zentralen Gebäudeensemble des Essener Doms am Burgplatz.

Zahlreiche kunsthistorisch bedeutende Sakralbauten aus den Epochen Ottonik, Romantik und Moderne. Eine Stadtplanung, die Stadt und Natur vereint. Dazu große Söhne und Töchter, bedeutende Museen und Theater, Weltkonzerne. Kurzum: Essen ist eine europäische Metropole mit vielen Besonderheiten«.

Am überquellenden Papierkorb des Ampelmastes klebt ein Flyer für eine Open Air Kinoveranstaltung. Ein neongreller Kommentar darunter verkündet:
HIER BIN ICH HELD!
Dietrich lässt seine Blicke im 360°-Schwenk schweifen und entscheidet spontan:
HIER BIN ICH HELD IM EIGENEN FILM!

Und er sieht sich im eigenen Film, der spontan abläuft:

Filmklappe, die siebte:
Ein Mann mittleren Alters verlässt ein Taxi vor einer Ampel. Inmitten der doppelspurigen Straße erhebt sich eine erhöhte Straßenbahnhaltestelle. Hinter der Windschutzscheibe des Taxis prangt ein Schild mit fetten Lettern in breiter Großschrift:
H O R S T
Früher Nachmittag.
Sommerlich wolkenloser Himmel unter diffuser Dunsthaube.
Gehsteig in doppelter Kinderwagen-Breite.
Unrat auf grober Kleinpflasterung.
Segmental unterbrochen von vorgelagerten dreistufigen Treppenaufgängen an geschlossener Häuserfront braunschwarzer Reihenhäuser in zweigeschossiger Bauweise.
Stimme aus dem Off:
Werks-Reihen-Häuser mit hintan liegendem Gärtchen und Klo, offensichtlich verschont von alliierten Bombardements,

vornehmlich durch die englische Luftwaffe, die mehr als 80 Prozent der Fläche im Gebiet von Essen in Schutt und Asche legte.

Filmklappe, die achte:
Der Mann hält vor einem Haus inne. Er zückt einen Notizzettel, schaut auf die Hausnummer und steigt langsam drei Steinstufen hinauf. Hinter dem Fenster links neben der Hauseingangstür wackelt eine Gardine. Der Mann dreht sich noch einmal um, steckt den Notizzettel in seine Hosentasche und drückt mit dem Zeigefinger auf den Klingelknopf neben dem verbeulten Blechbriefkasten.
Er macht einen Schritt links zur Seite.
Die Tür öffnet sich langsam nach innen.
Er nickt in Richtung der nunmehr weit geöffneten Tür.
Verschwindet im Haus.
Die Tür fällt ins Schloss.
Der Mann ist eingetreten.
Und steht mitten im Wohnzimmer.

„Guten Tag!
Von Ohm."

„Guten Tag!
Szymczyk.
Bitte, nehmen Sie doch Platz."

Er versinkt im angebotenen durchgesessenen braunen Ohrensessel, direkt links neben der Hauseingangstür mit Fenster zur Straße und vernimmt:

„Von dort aus hat man alles im Blick. Ich habe Sie schon kurz vorher von links her kommend ausgemacht", wobei das Wort ausgemacht untergeht im knirschenden und quietschenden Fahrgeräusch einer Straßenbahn in der Mitte der außerhäusigen zweispurig ausgebauten Fahrbahn, einhergehend mit einem diffusen Klirren im Fensterglas sowie des Porzellans in der Eckvitrine zu seiner Linken.

„Kann ich Ihnen einen Kaffee anbieten?"

„Kaffee, klar, das passt!"

Der junge Mann, Mitte zwanzig, in Röhrenjeans und einem geringelten Kapuzenpulli, steuert den rückwärtigen Teil des Raumes an, den eine mit Resopal beschichtete rote Theke mit zwei Barhockern davor, sowie eine dahinter liegende Küchenzeile in gleicher Optik begrenzt und befüllt die Kaffeemaschine rechts außen auf der Theke.
Linkerhand streift sein Blick entlang eines grünen Ledersofas, eines ausladenden Doppelsitzers, teilweise bedeckt mit diversen Aktenordnern. Darüber Dürers gefaltete Hände an der Wand als Messing-Relief auf Holzplatte. Direkt daneben, elegant gerahmt, brilliert ein surrealistisches Gemälde mit fliegenden Pferden in gleicher Höhe eines benachbarten Fernsehapparates auf dem äußersten linken Thekenende.

Irritiert zieht er seinen Blick vom Gemälde ab, sieht zeitgleich den jungen Mann rechts neben der Küchenzeile lautlos durch einen braunen Flauschvorhang verschwinden, wohin auch immer.

Schon steht der junge Mann wieder mit einer Schachtel Würfelzucker im Raum, platziert die aufgerissene Schachtel links neben sich auf einer rotbraun furnierten Anrichte mit drei Schiebetüren und holt geschmeidig passendes Kaffeegeschirr daraus hervor.
Im gleichen Augenblick springt eine dicht daneben stehende Wurlitzer Jukebox 3500 Zodiak in Größe einer mittelgroßen

Tiefkühltruhe ins Auge, die ein überquellender Garderobenständer teilweise verdeckt, während drei nebenaneinander gereihte Garderobenhaken am Inneren der Eingangstür noch zusätzlichen Garderobenplatz bieten.
In der Tat ein verqueres Ensemble, das beim Eintreten ins Haus durch die zur rechten Seite in den Innenraum aufschwingenden Tür verborgen war!
Sein Blick, nunmehr rückwärts rotierend, verharrt vorerst auf den Lochmustern seiner geschnürten schwarzen Full Brogues über dem abgewetzten braunen Läufer auf breiten Bodendielen mit Astlöchern, offensichtlich naturbelassen – und gleichzeitig meint er, noch tiefer im Sessel zu versinken.
Er fühlt ein lähmendes Gewicht auf seiner Brust, atmet schwer und fragt sich gleichzeitig:
Wie kann man nur so wohnen und so leben?
Derart umtost vom stählernen Lindwurm auf Schienen und Autoverkehr beinahe in Wohnzimmerhöhe?
Mit Dreck draußen vor der Tür, den die städtische Reinigung wie ein Stiefkind handhabt gemäß des eingestielten Mottos:
Gefegt und gepflegt wird zuallererst in Bredeney!
Er nimmt diesen Essener Stadtteil als Aufhänger für seine Frage:

„Apropos Bredeney!
Liege ich richtig in der Annahme, dass die Straßenbahn, also die Linie 107, im exklusiven Stadtteil Bredeney endet?"

„Richtig!
Ein lokaler Kultur-Witz der Marke Ruhr.2010"

„Aha!
Und wie erleben Sie dieses Jahr 2010 in der Kulturhauptstadt Essen?"

„Ganz peripher, denn meine eigenen Angelegenheiten stehen im Vordergrund."

„Verstehe!
Deswegen ja auch unser heutiges Treffen."

„Klaro!
Und in diesem Zusammenhang erinnere ich mich an einen Aufdruck auf einer Kraftpapiertüte mit folgendem Wortlaut:

»Wenn der liebe Gott sich im Himmel langweilt, dann öffnet er das Fenster und betrachtet das Ruhrgebiet«.

So viel zum Verständnis und zur lokalen Sichtweise auf die Kulturhauptstadt Ruhr.2010."

Der junge Mann gießt Kaffe ein, bietet Würfelzucker aus der aufgerissenen Originalverpackung an, dazu Dosenmilch mit Bärenlogo, arrondiert auf einem ausladenden Nierentisch mit drei Beinen, wo er dann vis à vis in einem zweiten braunen Ohrensessel, tief ausatmend, einrastet.

„Und nun?"

„Ganz einfach, nun klären Sie mich umfassend auf."

„Mache ich gerne, dauert aber etwas länger, denn:
Life Is Life!
Sie verstehen?
Und dabei läuft nichts nach Plan, rein gar nichts."

„Nun denn!
Vorab können Sie mir noch einmal meine Tasse mit Kaffee auffüllen, denn der schmeckt mir nämlich sehr gut!

Welche Sorte verwenden Sie denn?"

„Freut mich zu hören!
Sie haben das Besondere herausgeschmeckt.
Der Kaffeegeschmack rührt her von der besonderen Provenienz der Kaffeebohnen sowie deren Röstung. Ein besonderes Aroma, das mich nachhaltig zum Kauf animierte, ausgerechnet erstmals gekostet bei der Trauerfeier nach dem Begräbnis meines Vaters im hiesigen Lokal Zum Langensiepen.
Sie müssen wissen, mein Vater starb bei einem tragischem Unfall untertage."

„Untertage?"

„Ja!
Mein Vater und mein Onkel waren zwei Jahre auseinander, beide arbeiteten hier in Essen als Bergbauingenieure, bis es meinen Onkel nach Süddeutschland verschlug, nämlich durch Einheirat in eine fleischverarbeitende Dynastie, und somit in eine sozial ganz und gar anders geartete Welt entschwindend. Und hierhin, in unsere Werkswohnung, verirrte sich nachfolgend auch mein Onkel nicht mehr.

Wir waren die buckelige Verwandtschaft aus dem Ruhrgebiet, und ich erinnere nur einen einzigen Onkel-Besuch in Süddeutschland zusammen mit meinen Eltern, wo ich weißlackierte Limousinen und offene Karossen mit Stern vor einem breiten Bungalow mit bunten Teppichen, langen Esstischen und ledernen Sitzgruppen bestaunte, und ich war darüber hinaus fasziniert von schrillen Bildern an strukturierten Stoff-Tapeten, während ich meinem Onkel zu verstehen gab, so etwas Ungewöhnliches noch nie gesehen zu haben, insbesondere keine fliegende Pferde. Offensichtlich hatte sich mein Onkel diese Äußerung bis zum Verfassen seines Testamentes sehr wohl gemerkt."

„Chagall?!"

„So ist es."

„Und wie ging es weiter?"

„Leider dauerte meine Schulzeit auf dem Gymnasium nur bis zum Einjährigen. Dieser Abschluss bedeutete für mich als Absolvent die Eingangsklasse zum höheren Schulabschluss, nämlich dem Abitur. Und damit die Voraussetzung sowie Befähigung zum Studium.
Schüler Szymczyk konnte zwar sehr gut rechnen, jedoch alle anderen Fächer waren nur ausreichend benotet, was schon irgendwie zum damaligen Schulabgang des "Einjährigen" passte.
Somit stand ein Lehrberuf auf der Tagesordnung – ich hatte ja keinen Vater mehr, der die Dinge womöglich anderweitig gerichtet hätte, während meine Mutter ganz praktisch meinen Abschluss eines Lehrberufes mit Aussicht auf einen soliden Broterwerb vor Augen hatte.
Und wissen Sie was?
Danach folgte das große Nix."

„Das große Nix?"

„Allerdings!
Wenige Straßen weiter, bei Runkel-Elektrik, wurde ich Lehrling aufgrund städtischer Ausbildungsvermittlung. Der Runkel soff. Den Runkel fand ich schnarchend und eingenässt vorm geschlossenen Firmentor. Den Runkel fand

ich inmitten von blutig Erbrochenem vorm offenen Firmentresor. Der Hund daneben schniefte. Der Runkel nicht mehr.
Von da an nahm ich erstmals bewusst das Heft in die eigene Hand, erklärte dem Mann in der Ausbildungsvermittlung, dass ich meine Elektrikerlehre in keinem anderen Betrieb fortsetzen wolle, denn eigentlich sei das Handwerk nicht mein Ding, eher schon Zahlen, und wies ihn auf meine Eins im Fach Rechnen im Abgangszeugnis hin.
Verstehe, murmelte er, verstehe! Hatte offensichtlich richtig verstanden, denn keine drei Wochen weiter startete ich als Steuerberater-Gehilfe, wobei mein damaliger noch sehr junger Chef mir gleich zu Beginn erklärte, dass der Beruf sehr viel mehr als nur Knicken, Lochen und Heften beinhalten könne."

„Hört sich doch gut an!"

„Schon richtig!
Aber auf einmal waren meine Kumpels weg, bis auf einen, den Willi, den Wurlitzer-Willi, der unbedingt nach Beendigung seiner Elektrikerlehre am Abendgymnasium sein Abitur nachholen wollte, und dann...
Dann holten wir zusammen das Abitur nach, alldieweil mein Chef schon sehr bald das in mir schlummernde Potential erkannte und mich wohlwollend auf die breite berufliche Schiene eines Steuerberaters setzte.
Nun denn, kurz darauf kam die Achterbahn des Lebens wieder voll auf Touren und ich kam aus dem schwarzen Beerdigungsanzug nicht mehr raus. Zuerst starb meine Mutter, wenige Monate später mein Onkel."

„Das tut mir leid für Sie."

„Nun ja!
Dann kam am Montag der Brief der Liegenschaftsverwaltung. Letztendlich sei der Tatbestand einer Werkswohnung nicht mehr erfüllt – so der Inhalt. Dann folgte am Mittwoch der Brief einer Stuttgarter Anwaltskanzlei mit dem Termin für eine Testamentseröffnung.

Tja!
Demnach bin ich nunmehr nach einer kinderlosen Ehe meines Onkels gesetzlicher Erbe einer Kölner Immobilie, eines großzügigen Geldbetrages für Erbschaftssteuer, für Gerichts- und Behördenangelegenheiten sowie eines Chagalls mit fliegenden Pferden."

„Mit Verlaub gesagt:
Werden Sie eins mit diesem Traumgebilde!"

„Ehrlich!
In diese Richtung gehen tatsächlich auch meine Gedanken und Zukunftspläne, denn während meiner Vorstellung beim Verwalter in Köln, den ich sofort mit der Weiterführung seiner Geschäfte beauftragte, erfuhr ich vom Freiwerden einer Dreizimmerwohnung im großen Gebäudekomplex, etwa im gleichen Zuschnitt wie seine Hausmeisterwohnung. Ich beschloss, baldigst nach Köln zu ziehen, um dort mein Studium der Betriebswissenschaften aufzunehmen."

„Dazu gratuliere ich Ihnen!
Sie werden sehen, das studentische Leben wird Sie voll und ganz erfüllen. Neue Menschen, neue Kontakte, neues Glück. Ich denke, jetzt sind Sie auf dem richtigen Weg nach oben."

„Nach oben!
Da muss ich jetzt mal hin, um einige relevante Akten zu

holen, die mir der Verwalter gleich bei meinem ersten Besuch zur Einsichtnahme mit auf den Weg gab, aus gutem Grund, wie Sie gleich erfahren werden."

Jungmann Szymczyk schnellt hoch, verschwindet wiederholt durch den braunen Flauschvorhang.

Zu vernehmen ist diffuses Getrappel hinterm Vorhang, dann auf einer Holztreppe und dann über ihm, einhergehend mit knackenden knarzenden Dielen, und wiederholt untergehend im gleichzeitigen Getöse der 3-Klang Fanfare eines LKW nebst quietschenden und greinenden Schienengeräuschen und mit einem nachgelagertem Klirren der Fensterscheiben sowie des Porzellans. Dieses Mal sogar begleitet von einem Vibrieren des Fußbodens – offenbar bedingt durch diesen vorbeidonnernden Schwertransporter.

Filmklappe, die neunte:
TÜR AUF!
WEIT AUF!
RAUSSPRINGEN!
AUS UND ENDE!!!
Nein!
Die-te-rich, so läuft das nicht.
Wirklich nicht!
Kaum zu Ende gedacht, steht der junge Szymczyk wieder im Raum, beladen mit einem Aktenstapel der Marke Urbanprofi.

„Sehen Sie, diese Akten bilden das Kernstück unseres anberaumten Treffens, und dabei ziehe ich vorab die Akte von Willis Kneipe. Die rot gesetzten Sticker markieren Eckpunkte brisanter Vorfälle. Ich fasse mal kurz zusammen:

2005 viermonatiger Rückstand an Zahlungen von Miet- und Nebenkosten und erst beglichen am Anfang der zweiten Jahreshälfte.
2006 wiederholter Rückstand an Zahlungen wie im Vorjahr mit Androhung erster anwaltlicher Schritte zur Geldeintreibung.
2007 gleiches Szenario wie im Vorjahr.
2008 eine Kündigung bzw. Nichtverlängerung des Pachtvertrages seitens meines Onkels.
2009 im Frühjahr ein Protokoll der behördlichen Gaststättenüberwachung mit sofortiger Anordnung von Tätigkeiten seitens der Kammerjäger mit besonderem Augenmerk auf gemeine Küchenschaben in den Vorratskammern und gleichzeitiger Androhung der Schließung des Gewerbebetriebes bei nicht termingerechter Befolgung und Einhaltung der auferlegten Anordnungen.
Jetzt, Mitte 2010, eine Verpuffung, die definitiv das Ende von Willis Kneipe bedeutet."

Er glaubt, seinen Ohren nicht zu trauen.
Er überfliegt die amtlichen Schriftstücke und denkt:
Was für ein Dreck.
Was für ein Sumpf.
Verkehrte Welt!
Was hat denn wohl der Willi mit seinem Geld gemacht angesichts einer derartig desaströsen Zahlungsmoral?
Und dann diese Viecher!
Dieses Ungeziefer!
Diese Armada von Krabbeltieren!
Wo sind wir denn?

Er schauert, ihn schüttelt es und er stößt sauer auf wie damals bei seinem letzten Absacker in Willis Kneipe beim frühmorgendlichen Konzert der Vögel.

„Würden Sie mit mir einen neuen gewerblichen Mietvertrag abschließen wollen?"

„Oh!
Wohl aber nicht zur weiteren gastronomischen Nutzung. Sie sind doch in einer anderen Branche tätig, richtig?"

Das breite Grinsen des Dietrich von Ohm hyperstrahlt im durchgesessen Ohrensessel, brilliert wie silbrig glänzender Glitter im nachmittäglichen Sonnenlicht, umgeben von tanzenden Säulen aus Staub vor schwebenden Chagall-Pferden eines Originalgemäldes der Klassischen Moderne.

„Ihr Hausverwalter hat Sie schon richtig informiert. Also, ich bin Modedesigner für Männermoden und möchte meinen Betrieb verkleinern und zurückfahren. Die Räumlichkeiten sollen mir als Werkstatt, Büro, Ausstellungs- und Konferenzraum dienen. Wir sprechen von rund dreihundert Quadratmetern gewerblich zu nutzender Fläche, richtig?"
„Von dreihundertfünfundzwanzig, zuzüglich zweihundert Quadratmetern Lagerfläche im Kellerbereich, jener prekären Räumlichkeiten, die besonders im Protokoll der behördlichen Gaststättenüberwachung beanstandet wurden."

„Gut!
Reinlichkeit vorausgesetzt, in welchem Bereich liegen denn Ihre Mietpreisvorstellungen?"

„Einverstanden!"

„Und die Miete für die darüber liegende Wohnung?"

„Einverstanden!"

„Gilt dieser Mietpreis ebenfalls für die daneben liegende, bald frei werdende Wohnung?"

„Jawoll!"

„Einverstanden!
Hand drauf!"

„Hand drauf!"

„Unsere soeben vereinbarten Absprachen möchte ich schriftlich fixieren. Einen entsprechenden Entwurf werde ich erstellen und Ihnen zukommen lassen. Sofern einverstanden, zeichnen wir nachfolgend gemeinsam beim Notar und, selbstverständlich werde ich die anfallenden Kosten dafür übernehmen."

„So ein Tag, so wunderschön wie heute!"

„Genau!
So ein Tag, der dürfte nie vergehen, während Wolken ziehen. Ja, während Wolken ziehen, zum Beispiel über den Außenbereich vor dem Lokal, also auf dem Bürgersteig, was ein weiterer permanenter Zankapfel mit den Behörden darstellte. Möchten Sie dementsprechende Protokolle einsehen?"

„Nein danke!
Vielmehr interessieren mich die Grundrisse des Lokals und der darüber liegenden Wohnungen. Wäre schön, wenn Sie mir kurzfristig dementsprechende Kopien schicken können."

„Klaro!"

„Ich gedenke, die bestehende Bestuhlung des Gastro-Außenbereiches sehr wohl im Einklang mit den Behörden zu entfernen und sodann nur auf zwei Objekte zu minimieren, nämlich in Form zweier durchsichtiger Säulen, in denen sich männliche Schaufensterfiguren auf einem Sockel drehen, dekoriert mit meinen aktuellen Entwürfen."

„Finde ich absolut angesagt und passend."

„Tzzz!
Möglicherweise schocke ich Sie jetzt mit einem gerade angedachten sehr schrägen verkaufsfördernden Event. Doch wer weiß, ob das städtische Ordnungsamt überhaupt eine Genehmigung zum Aufstellen der beiden Säulen erteilt."

„Ich bin dennoch ganz Ohr!"

Er wächst in seinem Ohrensessel um eine Etage in die Höhe, breit grinsend, dabei vibrierend vor Ohmscher Energie.

„In größeren Abständen wird in den Medien eine einmalige abgefahrene Show vor meinem Firmensitz angekündigt, gefolgt von einer sich nahtlos anschließen Versteigerung."

„Sie machen es aber spannend!"

„Stellen Sie sich vor, einer der beiden durchsichtigen Zylinder hat eine innen liegende Mechanik einer Spritze, wobei durch vorwärts Schieben eines darin beweglichen Kolbens die Flüssigkeit herausschießt.
Also, die Säule füllt sich von der Basis her mit Wasser, eventuell eingefärbt. Unter der Bodenplatte mit den darauf stehenden ausstaffierten Schaufensterfiguren steigt das

Wasser und schiebt sie langsam nach oben. Mittels einer plötzlichen Wasserdruckerhöhung schießt sodann die Figur im hohen Bogen aus der Röhre und zerschellt am Boden."

„Wahrlich, eine schräge Nummer!"

„Und sofort danach werden die noch nassen extravaganten Kleidungsstücke meiner aktuellen Collection mit einem Euro als Limit in meinen Räumen versteigert. Mister BO im goldenen Astronautenanzug bläst sein Saxophon als Solo-Nummer, Prosecco-Gläschen gibt's gratis bis zum Abwinken und, glauben Sie mir, die Presse und die Leute werden sich danach die Mäuler zerreißen. Einen Gag mit einem äußerst publikumswirksamen Werbeeffekt wie diesen, kann ich mir bestens vorstellen!"

„Da höre ich den Profi predigen!"

„Wir werden sehen!
Jetzt möchte ich unser sehr aufschlussreiches wie positives Treffen beenden."

„Soll ich Ihnen ein Taxi rufen?"

„Nein danke!
Die Linie 107 passiert doch sicherlich den Hauptbahnhof, nicht wahr, nicht?"

„Genau!"

„Auf Wiedersehen!"

„Auf Wiedersehen!"

Die Straßenbahn ist nur spärlich besetzt und beschert ihm einen Platz in vorderster Sitzreihe – wiederum mit Blick auf das pulsierende Nordstadtleben. Er wird kräftig durchgerüttelt, erreicht den Hauptbahnhof und steigt dort um ins Taxi mit Destination Porschezentrum, wo sein wachsgepflegte Auto blitzt. Schwer geschafft, rastet er im ledernen Sportsitz ein, Köln vor Augen, seinen Hasen vor Augen und München vor Augen.

Und hier und jetzt liegt München in Reichweite, dazu wabert ein wohlbekannter Handyklingelton herüber, gefolgt von Sashas gehobener sprachlicher Stimmlage:
„Oh!
Das ist aber eine Überraschung."

Dietrich legt das Titelblatt der großen Wochenendzeitung bei Seite, sieht Sasha, der in diesem Augenblick das Handy regelrecht in seine Ohrmuschel implantiert, und vernimmt:
„Super!
Ein Fotoshooting vor dem Interview, das passt schon.
Nein!
Der Zug hat keine Verspätung, wir werden höchstwahrscheinlich pünktlich ankommen.
Fingerfood?
Selbstverständlich!
Fisch?
Ausgezeichnet!
Sechzehn Uhr!
Honkidonki und tschüss!"

„Wer war denn das?"

„Na, wer wohl!
Hast du die Stimme nicht vernommen?"

„Nein!
Habe ich nicht.
Wie denn auch?
Mir schien, du würdest dein Handy vom linken zum rechten Ohr parallel durch deinen Schädel schieben. Liege ich richtig in der Annahme, da flötete dir gerade Cloe etwas ins Ohr. Cloe, äh, wie war noch mal ihr Name, äh, ihr Hausname?"

„Mittermeier!
Und Meier mit einem weichen Ei!"

„Für bayerische Verhältnisse eigentlich eine ungewöhnliche Schreibweise, findest du nicht auch?"

„Mag sein!
Vielleicht ist sie ja auch eine Zugereiste, jedenfalls verstehe ich sie sehr gut."

„Scheint mir auch so!
Du erwähntest Fingerfood und Fotoshooting, tack und tick, um was ging es denn da?"

„Kann ich mir denken, dass du explizit in dieser Reihenfolge rekapitulierst und mit einem Freudschen Dreher die Fingerfood an erster Stelle nennst."

„Bitte sehr!
Und dabei sollte keinesfalls ein fein perlenden Champagner vergessen werden, kredenzt in dünnwandigen Flöten!"

„Die-te-rich!
Steigt dir dein Bier bereits zu Kopfe?"

„Absoluter Killefit!
Jetzt aber bitte dein kurzes Briefing."

„Wir werden in einem Vip-Raum des Münchener Verlages von ihr persönlich empfangen. Vorab ein Fotoshooting, dann entspannen wir bei Snacks und bei Fingerfood, exakt so, wie ich gerade im Gespräch wiederholte. Es gibt auch Fisch-Häppchen, die du so gerne magst. Dazu passende Getränke und, derart gestärkt, gehen wir danach gemeinsam das Interview an."

„Danke für deine präzisen Informationen!
Gehe ich richtig in der Annahme, dass ich dir ein guter Lehrer war?"

„Tsss!
Dietrich, uns verbleibt nur noch eine halbe Stunde Fahrtzeit. Vielleicht schaffe ich es noch, meine Lektüre zu Ende zu bringen."

„Na denn!
Auf mich wartet noch das Feuilleton der großen Zeitung, das will ich mir jetzt zu Gemüte führen."

Dietrich raschelt demonstrativ im Blätterwald und verschwindet hinter den Seiten des Feuilletons, klassischerweise gehalten in journalistischer Berichterstattung über kulturelle Ereignisse, Entwicklungen und Neuheiten, wobei der Begriff des Feuilletons eine von ihm bevorzugte journalistische Darstellungsform beinhaltet, um Berichte,

Essays, Kommentare und kritische Besprechungen zu schildern und zu präsentieren, wie sie hier und jetzt vorzufinden sind:
In betont persönlicher Weise vermittelt Axel Renner einen erbauenden Bericht über seinen mehrtägigen Aufenthalt im Ruhrgebiet, wobei sich das Ruhrgebiet in diesem Jahre 2010 als Europäische Kulturmetropole darstellt.
Dietrich sinniert:
Was denn, schon wieder unterwegs im Ruhrgebiet?
Das scheint mich offensichtlich zu verfolgen. Dann bin ich mal gespannt, was der Journalist Axel Renner hier zu berichten hat.

RUHR.2010
Kulturhauptstadt Europas
14. Juni 2010
Ein Bericht von Axel Renner

Auf **Gustav Sack** im lichten Frühsommer in der gediegenen Duisburger Schifferbörse zu treffen – also wirklich, so weit haben mich meine literarischen Träume bislang noch nicht getragen!

Kurz vor Erreichen der Schifferbörse werde ich belohnt von einem früh morgendlich strahlenden Blick auf die leuchtende Skulptur "Rheinorange" von Lutz Fritsch, exakt platziert am Zusammenfluss von Ruhr in Rhein, beinahe zu Greifen nahe und dabei eine mehr als tausendjährige Geschichte illuminierend.
Dort, vis à vis der Mündung des Ruhrflusses in den Rhein, exakt an dieser strategisch wichtigen Stelle, zeugen linksrheinisch gelegene Grundmauern ehemaliger Römischer

Kastelle von geschichtlicher Brisanz. Beim Weidegang ihrer Schafherden in diesen üppigen Auen, entdeckten dort 1899 die legendären Schäferinnen BLACK HELINGA, JONA JONDÓTTIR und SMILLA diese Ruinen jener aufgelassenen römischen historischen Kastelle.

Einfach in diese ausgedehnte linksrheinische Flussidyllen-Landschaft eintauchen und dabei hautnah historische Momente spüren, ja, genau damit stimme ich mich ein während meiner Wartezeit bis zum Beginn der heutigen wissenschaftlichen Tagung mit dem Thema:

»Von Flussidyllen und Fördertürmen − Literatur an der Nahtstelle zwischen Ruhr und Rhein.»

Denn dies ist ein Blick auf weit zurückliegende Begebenheiten, auf wenig bekannte Umstände und teilweise bewusst verschwiegene Tatsachen, wozu auch die Geschichte eines post-neuheidnischen Zwerges namens TT zählt, dessen vielschichtige Vita in einem Bühnenstück namens RUORA LEGEND RELOADED als Premierenvorstellung in der DEUTSCHBURG uraufgeführt wurde, jedoch vom Klüngel degoutiert und hernach durch eine fragwürdige einstweilige gerichtliche Verfügung mit einem Aufführungsverbot belegt wurde.

Was aber keinesfalls bedeutete, dass es gelang, sämtliche Manuskripte in konspirativer Weise zu vernichten.
Oh, nein!
Ganz im Gegenteil!
Abschriften von ihnen wurden und werden noch heutzutage an sehr verschwiegenen Orten wie ein Gral gehütet. Der nachfolgende exclusive Teilabdruck führt Sie direkt an den Ort brisanter historischer Geschehnisse.

Bleiben Sie also gespannt!

Nähern wir uns imaginär an Bord einer Ruhr-Aak unter dem Kommando des Schiffsführers Léon, von Krefeld (Krähenkamp) her kommend und linksrheinisch abwärts gleitend, bis auf Höhe der östlichen Einmündung des dunklen Ruhrflusses. Schiffsführer Léon läutet persönlich dreimal die Schiffsglocke und holt sieben Ruhrschmiedeknechte aus ihrem Verdauungsschlaf an Deck, denn ihr ausgedehntes Gelage im Wirtshaus von Krähenkamp mit anschließender Rauferei, musste erst einmal verdaut werden.

Gegen die tiefer stehende Sonne anblinzelnd, erkennen sie im Ufer-Einerlei plötzlich geordnete Strukturen: Schnurgerade Weidezäune, Heuschober, Pferche, Wassergräben, Tränken, Stallungen und Weideland, übersät von Schafen wie Wollknäuel, dazwischen Gruppen von Kleinpferden, gut bemuskelt, mit vollem Schweif- und Mähnenhaar. Während die Ruhr-Aak an Fahrt verliert und ganz nahe am Uferbereich entlang gleitet, wächst vor aller Augen auf einem ausgedehnten Areal ehemaliger Römischer Kastellruinen die revitalisierte DEUTSCHBURG, geduckt hinter einem Silberauenwäldchen und gut getarnt in einem naturbelassenen Idyll.

Eine riesige runde Halle zeigt sich im dezenten graublauen seidigen Glanz des Moselschiefers, welcher für eine naturnahe Wandfassade in Altdeutscher Deckung mit Sechseck-Formaten eine handwerklich meisterhafte Verarbeitung erfahren hat; dazu behütet von einem begrünten Flachdach, auf welchem – und da muss man wirklich zweimal hinsehen, um es zu glauben, sich ein dunkelbraunes Mutterschaf mit zwei Lämmern lümmelt.

Beidseitig von breiten Wassergräben umgeben, führen diese zu geschätzten zwanzig inlandig gelegenen ungewöhnlich großen Heusilos, deren Inneres jedoch geräumige Gästezimmer im Lavahöhlen-Ambiente beherbergen, denn die DEUTSCHBURG ist nicht nur Firmensitz von BLACK HELINGAS ZUCHTSTATION, sondern auch ein illustrer Spielort für Theater- und Musikaufführungen mit integrierter Erlebnis-Gastronomie als eine Erfindung der Mitbetreiberin JONA JONSDÓTTIR, die ihre ausgefallenen Ideen aus dem Dunstkreis mythischen Sagenkults ihrer isländischen Heimat einbrachte.

Eine eiserne Phallus-Skulptur, die die Ruhrschmiedeknechte im Übermut kreierten und, um Dichtigkeit und Schwimmfähigkeit zu testen, diese im Ruhrfluss zu Wasser ließen, wobei sie ihnen in den unberechenbaren Ruhrfluten abhanden kam – Künstlerpech – war der ungewollte Auftakt irregangeliger Begebenheiten. Zwar verschwand der erektile Hohlkörper nicht für immer in Ruhr und Rhein und nachgelagert im Meer, nein, wie ein Wunder schoss er torpedogleich an der Ruhrmündung geradeaus und dümpelte dann direkt zwischen den Anlandestegen vor der DEUTSCHBURG.

Versehen mit den hammerharten Signaturen der Ruhrschmiedeknechte, benötigte es nur eine Woche bis zur Kontaktaufnahme. Die diesbezügliche Korrespondenz ist leider nicht erhalten, auf jeden Fall aber schienen die Frauen BLACK HELINGA, JONA JONSDÓTTIR und SMILLA neugierig zu sein auf die forsch vorwärts stürmenden Jungmänner. Sehr wohl passend nach deren hammerharten Prüfungen mit nachfolgender Lossprechung durch ihre kritischen Meister, erhielten sie eine Einladung zur Premiere eines frechen Bühnenstücks auf der DEUTSCHBURG.

Dass sie, vereint in magischer Anzahl von sieben Schmieden, der Einladung Folge leisten würden, stand außer Frage. Dass darüber hinaus aber noch eine robuste Schiffsmannschaft einer stolzen Ruhr-Aak unter Führung von Léon de Winter mit von der Partie sein könnte, sprengte den Rahmen einer diskreten Einladung im engeren Kreise, weswegen die Frauen beschlossen, diese einmalige Soirée um weitere zwanzig geladene illustre Gäste zu erweitern, um somit die Veranstaltung in einen progressiv quirlenden Event umzumünzen. Immer die Frauen!

Bereits nach Anlandung und nach Durchschreiten des Haupttors hinein in den gepflasterten Vorhof der DEUTSCHBURG, spitzt primär Léon seine Ohren, denn einige vage aufgefangene sprachliche Wortfetzen gehören gemäß seiner Erfahrung zweifelsohne zum Sprachschatz eines grönländischen Kajakfahrers, genauer gesagt, eines Screlingers vom Frobisher-Fjord, der ihm vor zwei Jahren den Issel-Cup vor der Nase wegschnappte, wobei ihm nachfolgend seine flügge Tochter Augen machte, in flinker Zeichensprache XX signalisierte und ihm in unmissverständlicher Lautfolge zurief: Yerrà! SMILLA wul dit endi töldtit! (SMILLA, ich will Dich. Und will Dich hoppelnd reiten!). Ähnliche Sprachfetzen in glockenhellem Klang wehen aktuell vom Flachdach herunter:

Yerrà! Chède Knikkeri! Runter vom Dach, ihr kleinen knickerigen Chaoten, ihr lümmeligen Lämmer, benehmt euch, denn die RUHRMAGIER kommen, und sie werden geführt von meinem Traum-Mann Léon de Winter, den ich aus meiner Flachdach-Perspektive, halb versteckt unterm braunen Mutterschaf mit meinen schräg gestellten Augen als "Waldsee Müller" oder "Runde Ranzentüte" ethnographisch für mich selber neu entdecke.

Zügig wurde das schwere Haupttor mittels Seilzug von vielen flinken, schwarzweiß gekleideten Wackernagels geschlossen.

Zum nachfolgenden Stehempfang standen optisch einladende, sehr gesund aussehende Getränke aus geschichtetem Erdbeer- und Gurkenmus in tulpenförmigen Gläsern auf blau-weiß schimmernden Eisblöcken und, da offensichtlich angereichert mit Eismeerzutaten nach SMILLAS Mixtur, breitete sich baldigst bei allen Gästen ein wohliges Schwebegefühl aus. Das gesamte Ambiente schien hyperstrahlend und vibrierend in eine neue Dimension abzuheben, während die vermeintlichen Wackernagels vexierten – wirklich, da pulsierten plötzlich scharf verkleidete, sehr geschminkte, höllisch heiße Ballettratten.

Schnurrbärte schnuckerten um Schnütchen und Glutaugen glommen unterm maskulinen Schminketouch. Wohl gerundete Körper in enger Maskerade, schöne Kappen auf schwellendem Haupthaar, reißende Nähte, raschelnde Seide und betörend blumige Düfte aus souveräner Rose, prickelndem Citrus und einem Hauch von Mandarine, Ylang-Ylang und Puder und, mit einen sibyllinischen Lächeln auf den Lippen und gespielter Anstrengung, drückten sie die Doppelflügel des eichenen Eingangsportals langsam lasziv beinahe bis hin zum Anschlag auf.

Eine erwartungsvolle Gästeschar wurde majestätisch stumm begrüßt von zwei Würgfalken auf Holzpfosten, von imponierenden großen Vögeln, kompakt und kräftig gebaut und leicht raschelnd mit ihrem Gefieder.

Ruhrschmied Wunnibald, Hufschmied seines Zeichens und stolzer Besitzer eines typisch grauen Deutschen Hausesels und auch sonst tierisch versiert, begrüßte sie mit:

Hallo, Falco!
Hallo, Saker!
Und wünschte ihnen weiterhin einen guten Appetit beim Fressen der krallengebunkerten Mäuse.
Mehrere Gäste würgten, hielten sich Riechtüchlein unter die Nasen und schauderten, als ein Raubvogel geschmeidig das Ausweiden einer Maus fortsetzte und genüsslich ein langes Stück Darm heraus zerrte, das sich wie ein schnackendes Gummiband um den Schnabel wickelte, während weiße spritzende Vogelkotreste diverse Lackschühchen und Gamaschen einsprenkelten.

Im Wechsel der Eindrücke bestach das Interieur der DEUTSCHBURG doppelt und dreifach. Da öffnete sich ein heiterer Ballsaal. Auf dem Boden strahlte helles Mosaik, an den Wänden rotbrauner Marmor. Oben wölbte sich eine goldblaue Kassettendecke voller Sternchen aus Glas und poliertem Zinn. Fackeln in großen Lavabrocken erleuchteten zuckend die üppig gedeckten schweren Eichentische. Da blitzten Weinbecher, Bierhumpen, Bestecke, Kerzenständer, Etageren, Tabaksdosen, elegant durchbrochen von Mooskugeln als exquisiter Tischschmuck.

Die Männer der Schmiedekünste sowie die Schiffsmannschaft nahmen Platz an langen Tischen links und rechts des Entrées, die anderen Gäste an gleich großen Tafeln gegenüber. Allgemein verbindend, plätscherte mittig ein niedriger offener Brunnen, komplett gefüllt mit Flaschen viel versprechenden Inhalts.

Erst jetzt, nach langsamer optischer Eingewöhnung an diffuse Lichtverhältnisse, gelang es ihnen sowie den anderen geladenen Gästen, die ausgefeilte architektonische Bauweise sowie die Brillanz des besonderen Ambientes voll und ganz zu erfassen. Offensichtlich hatten sie am Eingang, irritiert durch das ungewöhnliche Vogelduo, gar nicht das Überschreiten eines drei Fuß breiten Gitterrostes bemerkt. Tatsächlich war das gesamte Tisch- und Brunnen bestandene Rotund von einem Graben umgeben, und von jedem Tisch führte ein ebenerdiger Übergang zu dahinter liegenden Räumen. Im vorderen Bereich zur Küche und den Garderoben und, richtig, die hinteren Bereich zu den Aborten und ins Freie.

Ins Auge sprangen vier natürliche sonnengespeiste Lichtquellen in den Wänden hinter den vier ebenerdigen Gitterübergängen, direkt neben den Türdurchlässen. Da brillierten vom Boden bis hin zur Decke reichende Glasbausteine, eine imposante, transluzide Säule bildend. Von unten nach oben im schwarz-rot-gold farbigen Fluss aufsteigend, um jetzt, am späten Nachmittag wie frühem Abend, befeuert von milden illuminierenden Sonnenstrahlen in vollem Glanz aufzugehen wie in einem einmaligen umarmenswerten farblichen Dreiklang.

Jetzt aber erzittert am vorderen Bühnenrand ein raumhoher naturbelassener Nesselvorhang vor dem dahinter liegenden halb runden Bühnenbereich. Nur scharfe Augen vermögen dahinter drei Personen, Trommeln, Musikinstrumente, Notenständer, Stehpulte und eine elefantöse Riesenkuh über einem Zwerg ausmachen. Bei geschärften wie angespannten Sinnen startet unvermittelt die abgedrehteste Show von anno dazumal. Wasser gluckst und in einem zunehmenden Schwall umrauscht ein Wasserstrom im Graben das Rotund, vorne rein, hinten raus – oder umgekehrt? Links- oder rechtsherum? Egal, Vater Rhein lässt genial grüßen!

Gleichzeitig wischt hinterm Bühnenvorhang sehr gefühlvoll ein Besen über's hart gespannte Trommelfell einer singulären Standtrommel, während von links und rechts einlaufend, zwei mal sieben schwarzweiß getarnt gekleidete Wackernagels sich dicht gereiht vorm Gazevorhang aufstellen.

Begleitet von einem Trommelwirbel, öffnen sie langsam und bedächtig den Bühnenvorhang, während BLACK HELINGA bis hart an den Bühnenrand hervor tritt. Eingefahren in ein anthraxglitzerndes Etuikleid, bodenlang, schulterfrei, und imaginäre vollschlanke Rundungen umfließend wie umschmeichelnd und liebkosend. Ein aztekbronzener Teint und eine rappenschwarze Hochsteckfrisur mit Dutt und silbernen Haarspangen runden ihre atemberaubende augenstechende Erscheinung. Sie verneigt sich andeutungsweise nach links und nach rechts und verharrt, kurz einhaltend in Richtung Ruhrschmiedtafel, und haucht hernach in eine gereichte Makro-Flüstertüte aus nahezu transparenter Tierhaut:

Sehr wohl begrüße ich unsere Gäste auf der DEUTSCHBURG. Zur Premiere des heute startenden Sommerprogramms möchte ich Ihnen das volkstümliche Duo LUST ORC aus Hamburg vorstellen in Begleitung des Malers PULS. Hören und sehen Sie hernach, was uns "varnde diet", also Spiel- und Fahrensleute, mit ihren besten und freiesten Geschichten und Liedern zu sagen haben, gewandet in glänzende und rutschige Wörterkünste mit zunehmender Wortwucht. Das LUST ORC DUO wird nun abwechselnd vorlesen aus ihren wohl gehüteten Spielmann-Manuskripten:

Zu Olims Zeiten, als die Weltengötter sich noch gegenseitig beharkten, da mischte auch der Erlkönig Alberich kräftig mit.

Als King der Düsternis, Obermacker im Geistreich aller Schad- und Neidgnome, plusterte er sich der Sage nach über Gebühr auf. Gegen den Verführer seiner Schwester riskierte er eine so dicke Lippe, dass es dem schandtätigen obersten Göttervater zu laut und zu bunt wurde. In einfältigem Beschluss schlug er den miesen unteren aufsässigen Krakeeler nicht etwa ruck-zuck drei Ellen unter den Boden, sondern er schrumpfte ihn sadomasomäßig, ließ ihm voll die Luft ab bis auf Zwergengröße und delektierte sich an diesem neuen Vertreter der verqueren Zwergenzunft, leerte seinen güldenen Becher vollschlucks, dehnte sich sehr auf seinem Lotterthron, griff zur Fiedel und fiedelte sich daselbst einen ALB ALBERICH ABGESANG.
Sehr schnell entfloh der neue Zwergenfloh der lästernden und feixenden Göttermischpoke, nahm ein Raben Luft Taxi, verabschiedete sich für immer von Midgards Weiten und ließ sich in Hamburg absetzen, um dort seine neue komplexe Zwergenweise mental festzuzurren.
Abgedrehte Spelunken und Etablissements, des Volkes Schandmaul und Aberrationen en masse, sorgten für Zwergenjucken und Zwerchfellzucken.
Einer Sumpffieberattacke gleich durchströmte ihn urplötzlich eine ganz neue wohlige Lust. Ja, er erkannte eine neue wilde Gier, eine beseelende Gier nach schädlichem Gewinn. Hirnkribbeln und wohlige Rückenschauer ließen ihn unterm Spelunkentresen halb komatös erzittern, abrupt gestoppt vom Donnerhall aus Schankwirts Koddermaul:
„CÄSAR, aus die Maus!"
Sowie durch eine anbrausende, animalisch stinkende, 37 Grad Celsius hoch kochende urinale Tsumamiwelle des Bellos, die ihn geradewegs gegen die Wampe eines schnarchenden Zechers spülte, tauverschnürt zu Füßen der dottergelben Soleiertonne.

Der Zwerg rettete sich quirlend auf die Brust dieses einäugigen, von Kopf bis Fuß gestochenen Seebären, unter dessen Gürtel ein Messer mit blitzender Klinge und einem damaszierten Schriftzug hervorlugte, den der Zwerg augen- und zugenrollend verbalisierte:
RUORA   LEGEND   REALODED

Maler PULS entrollt in diesem Moment hinter den beiden LUST ORCS ein formatfüllendes Bühnenbild, auf welchem zwei bärtige, wohl gekleidete Männer, Schlaumänner, vor

dem lodernden Kaminfeuer von ihren Aufzeichnungen aufblicken und, nachdem die beiden LUST ORCS sich wirkungsvoll davor auf Schemeln platzieren, wirkt die Szene auf das überraschte Publikum derart, als würden sie in den Bann eines raunenden Mediums gezogen:

Über die Herstellung dieses Messers mit seiner außergewöhnlichen damaszierten Stahlklinge wollte der Zwerg alles erfahren, denn ihm schossen bereits schändliche stählerne Geschäfte durchs Schadhirn, gingen bereits ab wie Zäpfchen in seiner schrägen Imagination.
Denn sein Zwergsein hat zu tun mit twer = quer und mit twerch = schräg, verkehrt sowie mit twern = quirlen, verdrehen.
Machte sich albhaft schwer auf der Brust des brabbelnden, nuschelnden Saufboldes und zog dabei alle Register. Entlockte Informationen, Wörtergeheimnisse. Wurde dreister im Nachfragen, im Nachspüren und schnappte Zauberworte auf, keckerte und fiepte:
Twerghaft
Twerig.
T T in Höchstform!
Und bekam zu hören:

Wonach es dich gelüstet, vermutlich in verquerer Zwergenweise, das findest du auf einem Ritt durch die Ur-Ruhr-Spuren.
Merke auf, Bewacher des Wissens um ruhrige Urkräfte, die Energiewissenden in ihren schwarz-rot-goldenen Sonnenschleiern, die kunstfertigen wie gewaltigen wie grauen wirtschaftlichen Eminenzen, kommen in feinen gediegenen wie verschwiegenen Runden zusammen, besprechen sich im Exklusiv-Zirkel der "Ruhrlade", ziehen die Strippen und sind sehr getarnt.
Ich sage dir: Verschwinde! Zisch ab!
Im AlbenRitt, AmokRitt, NeidGierRitt, HöllenRitt!

T T fetzte weg.
T T wetzte weg.

Nun, als Winzling, konnte er Bekanntschaft in tierischen und pflanzlichen Gefilden machen. Vagabundierend sorgte er sofort für tierischen Ärger. Zog Regenwürmer lang und ließ sie schnacken – dreimal Schnacken macht 'nen Tacken! Erzeugte Trommelwirbel mit Schneckenfühlern, neckte Lurchi Gelb wie Lurchi Rot und, nach einem Rutsch durchs Pilzmycel und einem Knoblauchknollenrausch, tauchte er quietschend mitten auf dem Marktplatz von Duisburg auf und machte sofort Bekanntschaft mit dem riesigen Ruhrraben, dem er steckte:
Eine Woche weiter, dann zeigst du mir die besten Stahl-Schmiede-Paläste im ruhrigen Rundflug. Treffpunkt wie hier und heute. Gleiche Stelle, gleiche Zeit!
Ward unmittelbar unsichtbar im mittäglichen Sonnengeflecht, einen verdutzten Dominanz-Raben zurücklassend.
Jetzt war es höchste Zeit für die Begehung uralter Gänge, hinein in Bergleiber mit ihren Erz- und Kohleadern, ganz tief hinab in den warmen Weltengrund.

Auf pechschwarzen Kohlenbrocken rutschte er ab, glitt über anthrazitgraue, silberschwarze Glattkanten, war voll in seinem Element.

Rabenschwarz und somit gut getarnt, begab er sich auf seinen Rundflug, landete unerkannt auf der mächtigsten Ruhrschmiede, der feurig vorwärtsstürmenden Waffenschmiede, wo er des ehrgeizigen Krupp'schen Ruhrschmieds gut gehütete Geheimnisse ausspionierte, nämlich, wie man Eisen mittels Anthrax-Kohle zu Stahl adelt. Machte sich mit seinem Wissen aus dem Staub, in der Gewissheit, in der Stahl-Vermarktung mit schändlichem Gewinn seine definitive Destination gefunden zu haben.

Stahl!

Stahl, dieser ultimative Blitz, potz Blitz, potztausendjähriger Langblitz.
Ganz nahe fühlte er gigantisches Gewinngewusel. Roch den Dunst der falben Herren des Morgengrauens.
Blähte sich puterig und okkupierte kurzerhand den höchsten Essener Energiehügel.
Gründete dort auf der Ruine ISENBURG seine Stahl-Schmiede für innovativ abartige Stahlderivate.
Sofort startete er seine innovative Herstellung von federnden Doppelklingen für Kurz- oder Langdolche und solche für Klapp- und Springmesser sowie für Wurfmesser und Wurfsterne.
Eine gierige Abnahme im Dunstkreis aller Beutelschneider, Messerstecher, Meuchler, Spitzbuben, Nachtjacken und perverser Messerfetischisten, ließen sein Schandsäckel unvermittelt schnell anschwellen.
Seinen gerafften Zaster, seinen Gier-Hort, wollte er baldigst extern und natürlich gewinnbringend anlegen. Dies tat er bei

den Züricher Gnomen, bei seiner Gier-Geier-Verwandtschaft, dieser Alb-Alpinen-Zins-Gier-Geier-Fraktion, der plötzlich schwindelig wurde ob des ihnen anvertrauten Gier-Hortes.

Man bot ihm sogleich einen Sitz im Bankenvorstand sowie die Aufnahme in die Geheimloge namens "Oktopus" an.
Bereits während erster Sitzungen erkannte er, dass er in neuen Dimensionen denken musste. Da schoss ihm ein neues Machtdenken, gezielte subtile Einflussnahme, globale Infiltration und Organisation durch sein Schad-Hirn.

Zurück in Essen, wurde er beim großen Konzern vorstellig. Bestand ab sofort auf eine prozentuale Beteiligung bei sämtlichen anfallenden Waffenlieferungen sowie bei jedem vermittelten Rüstungsdeal.

Eine stolze Protzjacht im "Mare Nostrum", im Mittelmeer, galt als operative Schad-Basis, gut bewacht von einem Raben-Luft-Geschwader mit vergoldeten Hack-Schnäbeln.
Sirrend und fiepend erahnte er eine allübergreifende Machtdominanz, träumte von einer tausendjährige ALB-ALLZEIT.
In dieser Stimmungshochlage holte er seine längst überfällige Einladung an den Donnergott Thor nach, der ihm als einziger Götter-Vater-Vertreter aus alten Zeiten die Stange hielt.
Wegen seiner infernalischen Blitz-Bums-Gewitter stand er außen vor – stand sehr weit außen vor – dabei das komplette schleimige Paket der Göttermischpoke degoutierend. Natürlich hatte der Zwerg weder Mühe noch Kosten gescheut, seiner Einladung Glanz zu verleihen. Im Kellergewölbe der ISENBURG wurde getafelt und geschlemmt, und nach der ersten Magnumflasche eines samtigen halbjahrhundertalten Rotweins, war Thor bereit, eine Reihe seiner ausgefallenen Bums-Blitz-Bastarde abzufahren.

Da zuckten in tiefer Nacht über dem Isenstein urplötzlich grelle Blitze und es stoben weithin sichtbare rotgoldene Funkenkaskaden. Der Donnerhall brach sich vielfach an den Ruhrhöhen, der Isenstein erzitterte und auf dem Ruhrwasser bildeten sich Kringel, hervorgerufen durch des Donners Druckwellen.

Als Höhepunkt feuerte der Zwerg auf seinem unterirdischen Schießstand eine Salve aus einer am Vortag fertiggestellten Vernichtungswaffe. Der Feuerstoß aus diesem Prototyp einer autorepetierenden, auf Sockel montierten Langwaffe, sorgte für das finale Inferno.

Fast ungläubig starrten beide auf ein unversehens größer werdendes Mauerloch, blitzartig durchlöchert, wohl zwei Fuß breit und, lochoffen, zuckte dahinter eine blendende weißgelb wabernde Wand.

TREFFER!
Das gesamte gelagerte Pulver sorgte unisono für
Good day, Sunshine!

Der Boden unter ihren Füßen senkte und hob sich fast gleichzeitig bei einem infernalischen Getöse und eine heiße fauchende Feuerkralle fegte beide hoch hinaus in die Ruhrhöhenlüfte. Dabei blickten sie auf die Stadt Essen zu ihrer Linken und schauten schaudernd auf den Klosterfriedhof von Essen-Werden zu ihrer Rechten. Thor zündete einen finalen Wackel-Donner und entschwand voll und ganz zufrieden nach Midgard.

Der Zwerg wurde vom Dominanzraben RUHRCHEF gepackt. Sengend heißer Rauch zog sie beide kaminartig hoch. Des Raben Federn verbrannten ätzstinkend und er fiel als Nacktvogel in die Waberglut, in der er zischend verbrannte.

TT trudelte in Schräglage ostwärts, während die ISENBURG spielkartengleich in sich zusammen fiel und sich als Schuttlawine ins Ruhrflusstal verabschiedete als ein nachgelagerter donnernder Abgang.

Sehr unsanft ging TT auf den fetten Ruhrwiesen nieder. Bettete sich auf einem weichen Wiesenhügel und träumte sich schaudernd durch den finalen Abgang von der ISENBURG.
Bodenvibrationen weckten den Zwerg. Er sah eine Kuh, die über ihm graste und er flippte aus. Er begann dissonant zu quietschen, zu vibrieren und irregangelig zu hüpfen. Sein gleichzeitiges Fiepen, Keckern, Sirren sowie sein Tanz unter dem ballonprallen Euter der Riesenkuh mit affengeil abstehenden tangerinrosaroten Zitzen, sein hampeliges Hochhüpfen, um endlich am Kuhschwanz auf- und abzuklettern, also wirklich, wie soll das enden?
Nicht von ungefähr bekam die Kuh einen akuten Kackreiz und schoss in T T's Richtung eine knatternde Breitseite spritzender und platschender Stinkmasse ab, welche dem Zwerg im Stakkato-Platsch seinen nachgelagerten Erstickungstod bescherte.
Requiescat in Pace!
Requiescat in Patsche!
Im Zwergenfeld.
Im zirkumskripten Zwergenfeld.
Vermaledeit verortet.
Bauer Bund-Schuh stolpert stante pede über sieben satte Hügel:
Ameisen-, Bmeisen-, Cmeisen-Hügel, Einschiss-, Maulwurf- sowie Wiesen-Hügel.
War auf der Heimspur, griffelte im Rupfensack nach Schwarzbrot, Schmalz mit Grieben.
Ließ einen fliegen und kippte dabei Becher Nummer sieben.

Dann flog ihm das Blech weg und er stolperte über einen Zwergenkopf aus Stahl.
Der Dichter nimmt den Hut.
Da, da, da!
Da stolpert er.
Da, da, da!
Dabei hält sich bis heute das Gerücht eines im Zwergenfeld verborgenen stählernen Zwergenkopfes. Nicht auszuheben, da weltentief verankert!

Bedingt durch das erwirkte Aufführungsverbot von RUORA LEGEND RELOADED auf der DEUTSCHBURG, stellte sich die Frage nach einem geeigneten Ersatz und, was lag näher, als im nahe gelegenen Örtchen Schermbeck bei Wesel, eines knapp 1000 Einwohner zählenden Fleckens im rheinisch-westfälischen Grenzbezirk gelegen, Herrn Gustav Sack zu kontaktieren, denn mit seinem Roman "Ein verbummelter Student", hatte er gerade den Nerv des Zeitgeistes getroffen, inspiriert im Örtchen Schermbeck, worüber er sich äußert:

«In einem flachen Kessel am Niederrhein liegt zwischen waldigen und heidigen Höhen ein Dorf, dessen Signum ein kurzer klobiger Backsteinturm ist und dessen Hauptstraße kurz und gut die Mittelstraße heißt, und die wird zu beiden Seiten begleitet von der Kaffeestraße und Kirchstraße und ist mit ihnen verbunden durch mehrere Sträßlein, deren offizielle Namen man nur in dem heimatkundlichen Unterricht der Schule hört; später vergisst man sie und bezeichnet die Sträßlein nach irgend einem irgendwie hervorstechenden Anwohner. Die Bewohner aber neigen ein wenig zum Kretinismus und haben insbesondere vor ihren Nachbarn einen eigentümlichen hämischen und bissigen Witz voraus – sonst leben sie wie diese in den Tag und wissen nichts von

der transzendenten Idealität der Zeit, der Vereinigung des Willens, dem Pathos der Distanz und wären so glücklich wie ihr Vieh, wenn sie eben nicht den hämischen Witz hätten und so eingefleischte Ebenbilder ihres Gottes wären.»
(Ein verbummelter Student. 1917. S.25-26).

Na ja!
Dieser zynische Umgang mit dem Wort, dieser burschikose Schreibstil, pionierhaft modern und in Ansätzen begleitet von Sprachzertrümmerung, ja, davon wollen BLACK HELINGA, JONA JONSDÓTTIR und SMILLA mehr erfahren, um sodann, gemeinsam mit den LUST ORCS, eine Bühnentauglichkeit zu eruieren.

Damit war der Vortrag mit dem Titel:
Zwischen Mühlenbach und Bergwerk. Eine Erinnerung an Gustav Sack (1885-1916), beendet.

Es ist 12 Uhr 30, Zeit zur Mittagspause, um zügig einen appetitanregenden Blick in den lichten Speisesaal mit bereit stehendem Mittagsbuffet zu werfen. Dort, bei leckerem Spargel in Schinkenröllchen ergeben sich Gespräche in Hülle und Fülle und gleichzeitig kommt dabei ans Licht, dass der alte Sack zum gefeierten Local Hero aufgestiegen ist, denn "Local Heroes 52 Wochen – 52 Städte" ist ein Programm von RUHR.2010, wobei jede Kommune der Metropole Ruhr jeweils eine Woche lang Mittelpunkt der Kulturhauptstadt ist und wobei die Städte das Programm ihrer Local Heroes-Woche eigenverantwortlich gestalten.

RUHR.2010-Geschäftsführer Fritz Pleitgen war in Schermbeck zu Gast und enthüllte dort gemeinsam mit Hans Zelle vom Heimatverein die etwa einen Meter hohe Basalt-Stele mit der bronzenen Erinnerungstafel von Gustav Sack.

Fritz Pleitgen war alsbald am 06.Juli 2010 wiederum aktiv, diesmal im Bochumer Haus der Geschichte, um im Beisein von Professor Günter Brakelmann dessen Buch über Fritz Thyssen mit dem Titel:
«Zwischen Mitschuld und Widerstand – Fritz Thyssen und der Nationalsozialismus», einem angemeldeten handverlesenen kleinen Kreis von engagierten Journalisten vorzustellen.
Fritz Pleitgen bemerkte eingangs:

„Dieses Kapitel in der Geschichte des Ruhrgebiets hat bislang im Programm von RUHR.2010 nicht die Rolle gespielt, die es spielen müsste. Denn nach dergleichen suchte man bisher vergeblich im Veranstaltungskalenders von RUHR.2010, somit ist dies ist ein wichtiger und ein sehr guter Beitrag über eine zentrale Figur der Geschichte unserer Region."

Und weiter:
„Günter Brakelmann rekonstruiert den politischen Prozess, der Fritz Thyssen erst zu einem Anhänger Hitlers und seiner Bewegung und dann zu einem entschiedenen Gegner gemacht hat. Seine öffentliche politische Wirksamkeit begann mit seiner Rolle im Mainzer Prozess der Franzosen gegen deutsche Industrielle. Im gleichen Jahr 1923 lernte er über General Ludendorff Adolf Hitler kennen.

Am Ende Weimarer Republik war Thyssen der bekannteste Unterstützer seiner Bewegung. Die Phase seiner Identifizierung mit der nationalsozialistischen Wirtschafts- und Sozialpolitik sollte nach der Machtübergabe aber nur sehr kurz sein. Mit einem Brief an Hitler vom Juni 1934 begann seine politische Absetzung vom real existierenden Nationalsozialismus. Thyssens ständestaatliches Modell zerschellte an den Widerständen, die sich aus der NS-Doktrin der Einheit von Partei und Staat ergaben. Später erfolgte seine Kritik an dem Abbau rechtsstaatlicher Verhältnisse und an der Religions- und Kirchenpolitik des NS-Systems. Im Mittelpunkt stehen viele unveröffentlichte Quellen, die wiedergegeben und kommentiert werden. Neben vielen Briefen sind dies auch die Unterlagen aus dem Entnazifizierungsverfahren nach Ende des Krieges.

Im Buch auf S. 121 wird von Verhören durch die Amerikaner berichtet: Schon am 6. Mai 1945 wurden die ehemaligen Sonderhäftlinge, die sich nun der besonderen Aufmerksamkeit der Amerikaner erfreuten, durch die Dolomiten bis Verona gefahren. Schließlich wurde der größte Teil der Gruppe auf die Insel Capri gebracht. Hier begannen dann am 31. Mai 1945 die Verhöre Thyssens durch amerikanische Offiziere über seine Rolle im Dritten Reich. Im Sommer 1945 wurde Thyssen in das amerikanische Lager Kornwestheim bei Ludwigsburg verlegt und nach einem längeren Krankenhausaufenthalt ins Lager Seckenheim bei Darmstadt gebracht, anschließend ins Gefängnislager Oberursel. Am 13. April 1946 kam er schließlich unter dem Decknamen GUSTAV SACK ins Taunusheim in Königstein."

Ende der Aussackungen!
Dietrichs Sinne sind maximal geschärft nach Abschluss dieser Feuilleton-Lektüre, während er folgende Durchsage vernimmt:

„Noch fünf Minuten und Sie erreichen München-Hauptbahnhof. Ihre nächsten Anschlüsse sind…"

Dietrich schaltet mental um.
Er wechselt geschmeidig ins nächste Thema. Er sieht seinen nahenden Business-Termin im Hause des Münchener Verlages. Und hat bereits die Top-Head-Line vor Augen für einen absolut angesagten medienwirksamen Artikel:

    Auf der Suche nach dem NEUEN MANN
    Von Dietrich von Ohm

Und er memoriert seine sorgsam kompilierten Textbausteine:

1. In diesem stylistischen Männermagazin hat die trendy angesagte Modemagazin-Marktnische meiner Meinung nach inzwischen sehr wohl ihren verdienten Platz gefunden!

2. Praktische Beispiele müssen brillieren, um potentielle Käufer-Kunden gezielt zu ihrem ultimativen Kaufwunsch zu führen. Dabei nicht vergessen: Unbedingt ihr Must-Have-Feeling pampern und priorisieren, eingebettet in griffige wie illustre Mode- und Beautytips zur Selbstbefriedigung.

3. Gleich ein verführerisches Six-Pack der besonderen Art anbieten, wie:
º Legere Hemden.
º Schnittige Sakkos.
º Urige Slacks.
º Ausgefallene Gürtel und Hüte.
º Richtig gute Boots.
º Lässige Parkas.

4. Hervorzuheben ist, dass nur hier die besten Modelle zum Ausgehen, Eindruck schinden oder gar zum Karriere machen zu finden sind. Poliurbaner Chic der Extraklasse. Getoppt

vom Sentinel, vom Chi-Chi-Man Dietrich von Ohm. Vom Männer-Modemacher mit seiner ultimativen Collection RIND!
Created im exquisiten Styling.
Created im exclusiven Kölner Altstadt-Kern.
Situated am schönen Deutschen Rhein.
Finished im langen Schattenwurf Ihrer Domherrlichen Majestät.
Whow!
Whow!!
Whow!!!
So, genau so, und nicht anders, müssen heiße Headlines perlen, prickeln und pulsieren!
Bin gespannt, wie die Modemagazin-Schreiberin so drauf ist. Ich meine mental wie verbal, denn irgendwie scheint sie ja schon meinen Hasen mit schwülstigen Worten eingewickelt zu haben.
Was passiert aber, wenn sie als knallig gestyltes mageres Modepüppchen, behaftet mit oberflächlichen Symbolen der heutigen Wertegesellschaft aufpoppt und Sasha derart verwirrt, dass ihm glatt die Spucke wegbleibt?

Na, was dann?
Dann bekommt mein Hase womöglich ihren unendlich spitzen Eye-Liner-Applikator-Pinsel hinter die Löffel gewichst.

Ha!
Und dabei begleitet vom breiten Grinsen des Dietrich von Ohm.

Da Dietrich auf eine gewisse Erfahrung zurück blickt und ihm sehr wohl bewusst ist, dass es für den ersten Eindruck keine zweite Chance gibt, denn kommuniziert wird in erster Linie durch das Erscheinungsbild, durch die Körpersprache wie durch den Auftritt, und nur zu einem geringeren Anteil durch den Inhalt der gesprochenen Worte – was natürlich auch ganz anders geartet ausgehen kann, wenn etwa eine überdrehte Stimme in quäkender Hochtonlage gleich zu Beginn zu Fluchtversuchen animiert.

So hatte er doch unlängst den falschen Bedienungsknopf bei der Senderauswahl seines Fernsehprogramms gedrückt und war bei einem Krawallsender gelandet. Hörte dort eine derart ätzende Ansagestimme, auf dass er zur Beruhigung unbedingt auf das Tierfilm-Programm umschalten musste, wobei ihm Unterwasseraufnahmen von bunten Riff-Fischen während langen Wasserglucksens zupass kamen. Sehr schön, diese stille Welt, in der nur die visuelle Sprache wirkt.

Ja ja!

Das Wirken der visuellen Sprache, die für den ersten Eindruck steht und die primär mit der Kleiderauswahl beginnt – genau das ist sein Beritt!

Und aus diesem Grunde steht an erster Stelle im Hotel ein Kleiderwechsel an, wobei Dietrich den Prototyp seines Hemdes im Kuhfell-Design in schwarz-weißer Optik anlegt, in einen seidig glänzenden anthrazitfarbigen Anzug springt, natürlich mit farblich passenden Socken, und sodann in schwarze Bello Boots einfährt, die sein Outfit abrunden, wobei ihm gleichwohl durch's Hirn schießt:

– Warum wohl glänzt mein Apple iPad rein weiß?

Warum wohl?

Weil nur wirksam im totalen S-W-Kontrast!

Weil lässig getragen als Eye-Catcher vor meinem maßgeschneiderten anthraxfarbigen Anzug!

Weil Reduced to the Max!

Weil angesiedelt im innovativen Konzept jenseits banalen Mainstreams.

Exakt im Sinne meiner Collection RIND als außergewöhnliches Konzept weltweiter Multiplikationen.
Ich bin die Marke.
Branding Dietrich von Ohm.
Always Ahead.
And...Tomorrow Never Dies.

Aha!
Text mit Biss.
Aha!
Weniger ist mehr.

Aha!
Meinte schon der smarte Alois Blümelständer und hat es den Schwaben auf's Blechkleid ihrer Asphalt-Blasen-Minis getextet – genial!
Dabei fällt mir gerade ein:
Was reimt sich denn auf Rind?
Nicht Mini!
Sondern Kind!
Ergo, wie könnte ich denn mein Unternehmen weiter ausbauen und gestalten?
Wie könnte ich mit Variationen weiterer Signalformen zu neuen Ufern aufbrechen?
Aha! Aha! Aha!

Always Ahead.
Let's go Worldwide.
And ...Tomorrow Never Dies.
Branding Dietrich von Ohm.
Kuhfelldesign, egal wohin man schaut!
Nicht wahr, nicht?
Let's go Future!
Rind für's Kind.

Strampler, Schmusedecken, Schnuller und Milchfläschchen, nicht nur in schwarz-weißem Design, nein, sondern auch in anderen ansprechenden Farben wie im tricolorfarbenen Kuhfell aus der Normandie.

Oder leuchtend wie das österreichische rotbraun-weiße Pinzgauer Kuhfell.
Oder gar klein-kleckerich wie im kolumbischen Kuhfell mit seinen gelb-roten Tupfen.
Rind für's Kind.
Futur 1
Und Rind für's pubertierende Kind.
Futur 2
Handysocken und Make-up. Und Lippenstifte, für's Küssen erlaubt!
Derma Boosters for Lips, megageile Präser-Sortimente, Nagelmodell-Schatullen, Kajal-Augenschminke und Lidschatten-Sticks.
Körperöle gegen trockene Haut und gegen Fischgeruch zu unpassenden Zeiten.
Booster-Sonnenbrillen, balkonienhohe BHs, Push-Ups-Slips für Po-Vergrößerung oder ultimativ einschnürende Miederhosen für Schlankung des üppigen Reiterarsches.

Und... noch nicht das Richtige gefunden?
Kein Problem!
Ganz easy einchecken bei www.dietrich-rind.com oder Dietrichs tierische 24-Stunden-Hot-Line zum Nulltarif anfonen.
Whow! Whow!! Whow!!!

Derart in Gedanken versunken, blendet Dietrich seinen Hasen vollends aus, der lautlos in seinen sandfarbenen

Desert-Boots neben ihm her läuft, während sie gemeinsam vom Hotel her durch den ansprechenden Arabella-Park zum größten Medienhaus Deutschlands herüberschlendern und in der Eingangshalle begrüßt werden:

„Grüß Gott, die Herren!", wobei es in Dietrichs Gehör und Hirn knistert wie Starkstrom in der Tapete und er sich deregulierend fragt:
- Sind wir hier richtig und werden wir gerade vom Obersten höchst persönlich begrüßt?

Nein, wohl doch nicht, obwohl die Uniform mit goldenen Epauletten, Knöpfen und Lametta am Revers dieses gesetzten graumelierten und gut genährten Mannsbildes hinterm Empfangstresen schon irgendwie an den Pomp mit pausbäckigen Engeln und barocken Heiligenfiguren im Dunstkreis des Obersten Herrn erinnern – oder reagiere ich gerade übersensibel?
Diese Uniform, die geht ganz und gar nicht!
Da zücke ich sofort die rote Karte.
Tzzz!
Das Teil ist mega-out.

Wobei ich gleichwohl ins Feld führe, was denn dieser gestandene bajuwarische Empfangs-Chef von uns beiden anbrandenden Früchtchen rheinisch karnevalesker Provenienz wohl denken mag.

Etwa:
Einmal altes Rind mit stylisch Kind?

Sasha pariert perfekt und sülzt kongenial, zumindest in den Ohren und nach Meinung seines Lehrmeisters Dietrich von Ohm mit seinem breiten Grinsen im Gesicht.

„Oh, hallo!
Einen schönen guten Tag, der Herr! Auf uns wartet ganz dringend Frau Mittermeier."

— Zum Glück kein Hinweis auf das weiche Ei!

Derweil Sasha gekonnt parlierend nachlegt:

„Wenn's denn so freundlich wären und täten uns dort anmelden, bitte sehr!
Also, den Herrn Dietrich von Ohm mit seinem Sekretär Sasha, angereist aus der Domstadt Köln und justamente eingetroffen."

Im Aufzug, kurz darauf, bemerkt Dietrich:

„Sasha, es gibt hier eine firmeneigene Journalistenschule. Das sind dann die Redakteure von morgen!"

„Was willst du damit sagen?"

„Vielleicht ist Cloe so ein Inzuchtprodukt!"

„Hör auf zu lästern!
Wir haben unser Ziel gleich erreicht. Die-te-rich, jetzt geh du voran!"

„Selbstverständlich!
AHI!
Attacke!
Alte Wikingerweisheit!"

Angekommen in einer höher gelegenen Etage des größten deutschen Medienhauses, bemerkt Sasha sehr überrascht:

„Die Zimmertür steht ja offen!"

„Dann ist sie wohl ausgeflogen!"

„Hallo!
Irgendwer hier im Raum?"

„Come in, I'm waiting for you!
Hello, my name is Nick, Nick Meyer, just call me Nick, ok?"
  – Der knödelt ja tierisch, mal hören, wo der her kommt!
  –
„Hi!
My name is Diiitaaa and where do you come from?"

„Tempe, Arizona. And what's your place to live?"

„Cologne!"

„Whow!
My great-grandma was living there. At home we still have postcards she sent from a labour camp in WWII!"

  – Hat mich doch schon damals bei der Südstaatenreise
    mit meinem Vater irritiert.
Irgendwer hatte da immer so eine Verwandtenstory auf Lager, wobei dann, bei näherem Nachfragen die Geografie querbeet gehandhabt wurde. Das Ursprungsland Deutschland lag dann in Belgien, bei Amsterdam, in Österreich oder sonst wo.in der Alten Welt.

Jetzt aber hacke ich bewusst die Kriegsstory seiner deutschen Großmutter ab, denn im Hier und Jetzt wird mit Dieterich von Ohm beim anberaumten Fotoshooting hart gearbeitet!

Und überhaupt:
Wo ist die Fingerfood?
Und wo ist Cloe?

„Excuse me, where is Mrs. Mittermeier, the journalist of a special fashion magazine?"

„She's having her hair-do."

„Sasha!
Ich glaub, ich bin im falschen Film. Sie ist beim Friseur", tönt Dietrich und, an Nick's Adresse gerichtet, prustet er:

„What shall I say to this? Let's get started, right now! Nick, we reserved all tickets in the name of "Viktor", you know what I mean?"

Nick versteht und legt los.
Legt los mit Quickshots vom Feinsten. Jagt dabei Dietrich vor und hinter eine mobile Fototapete mit satten alpinen Matten, zuerst im kompletten Anzug, gefolgt vom langsamen Ausschälen aus der Anzugjacke. Die Anzugjacke dabei schlenkernd und schleudernd, dann fort- und hinwegschleudernd, echt geil im Drive, und dabei breit grinsend im Format des Dietrich von Ohm. Er steht sodann posierend im angesagten Hemd mit Rinddesign, anthraxglitzernder Anzugshose und glänzenden Bello Boots – megascharf! Dann spielt Dietrich die Luftgitarre und jault synchron:

„Hey, Nick! What about another session with wide-angle-lenses?"

„Yeah!"

Dietrich versucht sich noch einmal in einer weiteren Luftgitarren-Nummer, verliert dabei das Gleichgewicht, strauchelt, taumelt, findet Halt am tonnengroßen Kübel mit riesiger Zimmerpflanze im Format einer Yucca Elephantipes und zeigt zwischen sattgrünen schlanken Blättern sein breites Grinsen des Dietrich von Ohm, geadelt im digitalen Blitzgewitter vieler Fotozips mit Breitwinkel-Objektiv.

Beinahe geblendet zwischen den Blättern hervorblinzelnd, registriert er auf der anderen Raumseite eine zur Seite geschobene Verbindungstür mit Blick auf eine Anrichte mit einem stilvoll arrangierten Buffet, wobei gleichzeitig eine junge Frau im langen Kleid mit einer Schürze darüber seitlich in den Raum eintritt. Offensichtlich die Bedienung, denkt Dietrich, verliert endgültig die Balance und rollt ihr am mobilen Pflanzenkübel mit zwei knackend abbrechenden parallelnervigen sattgrünen Yucca-Laubblättern entgegen, während ihm entfährt:

„Zapperment!
Im Raum wird's lichter."

„Enchanté!
Sasha, mein Name."

„Süüüß!
Cloe mein Name, sagen wir doch Du. Du, Sasha, das Buch, die Gedichte und….Du, sag mir doch, bist du darin eins geworden, hat es dir gefallen, hat es dir vollends zugesagt?"

„Von Ohm. Guten Tag!
Die Yucca für Sie."

Und in Richtung Nick quetscht er schlaff hervor:
„Nick, thank you!"

Überreicht breit grinsend seine Visitenkarte und finiert:

„Möglicherweise tragen demnächst die Arizona-Men meinen Retro-Schick, korrespondierend zu den Mode-Metropolen in der "Alten Welt" wie Wien, Lugano, Monaco, München, Paris und zwischen Zürich und Zuhaus. Denn hier, im Deutschen Schwarzwald, Nicky, hey Buddy, hier sind wir bei uns daheim! In sicheren Grenzen und in liebenden Umarmungen unserer Großfamilien. Bei uns selbst zu sein mit klarem Blick in den Augen tagein und tagaus."

Er lässt sich tief durchatmend in einen weichen ledernen Zweisitzer fallen, direkt neben dem Buffet. Mit einem beschlagenen Champagner-Kühler in Augenhöhe und dahinter mit Blick auf eine Frau mit Schürze, der vermeintlichen Bedienung, wobei ihm ein Licht aufgeht:

− Aber hallo!
Es ist Cloe:
Cloe!
Genauso gewandet wie meine vorhin gegoogelte junge Schäferin während rasanter Fahrt im IC entlang des Rheins und mit weiter südlich folgenden ausgedehnten Kornfeldern mit satten Wiesen dazwischen und einem imaginierten Werbespot mit Cloe. Cloe, verschmolzen mit einem süßen Kind. Am Arm ein Körbchen mit vivaktiver Weidebutter und direkt dahinter ein Maxi-Rind, echt super!

Dietrich wichtet Prioritäten und sitzt dabei auf dem weich gepolsterten Zweisitzer wie auf einem Dachdeckersitz der anderen Sorte. Sitzt strahlend im Hier und Jetzt. Sitzt im gediegenen Empfangsraum direkt neben dem exquisiten Buffet.
Er salviert.
Und er kann es kaum fassen:
Wie das?
So jung.
Und schon eine angesagte Modemagazin Schreiberin?

Er schätzt sie auf Mitte bis Ende zwanzig. Eine schlanke, hochgewachsene Erscheinung, weit offene Augen, heller Teint, hellbraunes gewelltes schulterlanges Haar mit Mittelscheitel, bedeckt von einem rot-braunen Paisley-Tuch, am Hinterkopf kreuzverknotet mit Enden in Schulterhöhe, eine rund geschnittene bauschige naturfarbige Baumwollbluse mit hoch aufgerollten weiten Ärmeln, zusätzlich ein Schultern bedeckendes Leinentuch mit rot weißen Blütenmotiven, die vorderen Enden gekreuzt gesteckt hinter verknoteten Bändern einer violetten knielangen Schürze über einem wallenden blauschwarzen Rock in Wadenlänge und dann…In gleicher Farbe hoch geschnürte Damen-Desert-Boots, mit Eye Catchern in Form von großen runden pinken Lochverstärkern gleich Einschusslöchern für schlabberige Schnürsenkel, halb offen wie ein träumender Falter.

Dietrich leert sein zierliches Champagnerglas vollschlucks, zerkaut zwei Oliven hintendrein, will unbedingt ein Gespräch in Gang setzen, knüpft daher deregulierend bei den Boots an und wirft seine erste kleine verbale Splitterbombe:

„Sasha, wird dir nicht warm in deinen Desert-Boots?"

Sasha, leicht errötend, jedenfalls kontrastreich errötend neben der sattgrünen Yucca im Rollcontainer auf Abwegen, schiebt beinahe besänftigend kleinredend nach:

„Oh, nein!
Ich liebe es warm. Liebe die Wärme rings herum und liebe es kuschelig wie das weiche Fell eines Schäfchens. Was gibt es Schöneres?!", während Dietrich sinniert:
Diese schwulstige Formulierung stand doch sicherlich in der Schäferlektüre, die er im Zug verschlungen hat.
– Mäh!
Sasha, du Schäfchen.

„Bin entzückt über den prompten Besuch aus Köln", flötet Chloe.
„Mein Chef spechtet bereits auf meinen Bericht, auf mein fertiges Interview sowie auf Nick Meyers Fotostrecken. Das war übrigens meine Idee! Wie ich sehe, lief da bereits eine fulminante Session. Nick macht hier sein Praktikum. Dauernd erzählt er mir, was er hier in München erlebt und sieht, offensichtlich ist er sehr angetan von "Der Alten Welt", na ja, und was er sonst so sagt, verstehe ich manchmal nicht und denke, das liegt wohl an seinem Südstaaten-Dialekt. Doch nun zu uns!"

„Tolles Outfit!", zetscht Dietrich zurück.
Er neigt den Kopf leicht zur einen Seite, dann zur anderen Seite, so, als suche er auf oder an den Kleidungsstücken einen Hinweis auf ein Mode-Label, findet aber nichts dergleichen und fragt dezent:

„Hier in München und Umgebung, gibt es da Geschäfte, die sich auf eine derartige Mode spezialisiert haben?"

„Jein!"

– Wie sehr hasse ich diese nichtssagende Floskel!
Weder Fisch noch Fleisch.
Völlig abgedreht.
Wie eine Scholle im Wienerwald!

„Wie, bitte?"

„Mein heutiges Outfit sowie zwei weitere Schäferinnen-Garnituren stammen allesamt aus dem Fundus des Bayerischen Staatsschauspiels mit seinem Hauptspielort am Residenztheater, ausgenommen meine Desert-Boots."

„Hoppala!"

Dietrichs dritte grüne Olive kullert vom Tellerchen, landet lautlos auf dem Boden vorm Buffet und verschwindet irgendwo auf der graugrün gemusterten Auslegware.

Und taucht zeitnah wieder auf:

„Meinem linken Desert-Boot wächst ein frontaler Spike", tönt Sasha.
Er bückt sich, popelt linkisch mit Hilfe einer Papierserviette die plattgetretene Olive mit Kern von der weichen Laufsohle, wickelt das Zermatschte ein, touchiert beim Aufrichten mit der Stirn die Kante der Anrichte, strauchelt, jault und jammert:

„Auaaa!!!"

Dietrich bringt es auf den Punkt und brummelt vor sich hin:

„Hasenalarm!"

„Sashaaa!
Oh, ich bin bei dir und helfe dir!
Nebenan in meinem Büro habe ich ein Erste-Hilfe-Köfferchen. Wurde erst gestern zertifiziert. Komm schnell, es blutet!"

Dietrich, nunmehr allein im Raum, wichtet:
Also:
Sie nimmt ihn mit.
Sie verarztet ihn.
Sie bemuttert ihn wie ein wehklagendes Sasha-Schäfchen.
Mal sehen, was dabei herauskommt!

Er begutachtet kritisch das appetitanregende sehr wohl ausgesuchte Buffet, aus dem er gleich seine Leckerbissen herauspicken will und resümiert:
Nun ja!
Deutschlands größtes Medienhaus hat sich offensichtlich nicht lumpen lassen!
Fühle mich sehr wohl bedient, denn kaum anders hätte ich meinen eigenen Empfang arrangiert als mit diesen angebotenen Speisen und Getränken:
Beginnend mit einem fein perlenden Champagner à la Deutz Geldermann, dazu Mineralwasser mit Kohlensäure und auch stilles Wasser. Frisch gepresster Apfelsinensaft, dann drei Sorten Smoothies, ein besonder Energy-Drink und als Abrundung Kaffee aus Guatemala in zwei zierlichen Alessi-Thermo-Kannen – nur so viel zur Liste der Beverages.
Arrondiert von drei Sorten fangfrischer Fische der Kategorie C auf Canapées, dazu feinkörniger Beluga-Kaviar im Eisbad,

geröstete Toastscheiben im Körbchen, begleitet von einer fein gesalzenen Beurre D´Isigny nebst Oliven, Weintrauben, Cheddar, Crottins und Bavaria-Blue, um keinesfalls zu vergessen, wo in Deutschland wir gerade schlemmen!

Wiederholt perlt in Dietrichs zierlichem Champagnerglas der dezidierte Monsieur Deutz mit Monsieur Geldermann als quirlendes Aufmischer-Duett, dazu der dritte Knäcketaler mit Kaviar – und dann hört er spitze Hasenpiepser von nebenan, gefolgt von:

„Aua!
Ah!
Jaaa!
Cloe!
Das tut gut!"

Funkstille.

Dann gedämpftes Getrappel in wechselnden Richtungen, Getrappel im wechselnden Rhythmus und kurz darauf die helle Frauenstimme:

„Gefangen!"

Wieder Funkstille.

Sodann ausgelassenes Kichern, während sich die Tür langsam öffnet und Sasha im geöffneten Türrahmen erscheint. Er hyperstrahlt, hat einen Satz roter Ohren, geadelt von einem Wattebausch in Walnuss-Größe auf der Stirn, fixiert von hellgrünen Pflasterstreifen in Kreuzform.

Er rastet links neben Dietrich auf dem Zweisitzer ein, schlägt seinen linken Unterschenkel auf seinen rechten Oberschenkel, hebt und dreht seinen linken Fuß, wobei er die Schuhsohle präsentiert und sich selbst lobt:

„Perfekt designed!
Findest du nicht auch, Dietrich?
War meine spontane Idee.
Jetzt kann das Öl aus der zermatschten Olive keine weiteren Flecken mehr auf dem Teppichboden hinterlassen."

Bevor Dietrich die zwei gekreuzten hellgrünen Pflasterstreifen auf der Schuhsohle loben kann, summt Sasha:

„Hmmm!
Cloe ist sehr fürsorglich, findest du nicht auch?"

„Absolut aseptisch!"

Das nunmehr komplette Trio wechselt ins Arbeitszimmer nach nebenan, wobei Voice-Recorder, iPad, schnackende Kugelschreiber, große Notizblöcke und ein Skizzenbuch spontan die Szene beleben.
Zur Einrichtung dieses Arbeitszimmers der Münchener Modemagazin-Schreiberin Cloe Mittermeier möchte Dietrich von Ohm, bitte sehr, mit einigen gezielten Hints and More, viel, viel mehr erfahren und er provoziert zeitnah:

„Haben hier im Haus alle Arbeitszimmer die gleiche Ausstattung?"

„Oh, nein!
Dieses Arbeitszimmer besitzt einen solitären Charakter.

Meinem Chef habe ich von Anfang an klar gemacht, dass ich nur in einem persönlichen Wohlfühlambiente fähig bin, in dichtester Form inspirierende Artikel zu verfassen. Immerhin, er setzte zeitnah die Vorstellungen meiner einzigartigen Einrichtung an entsprechender Stelle durch und zwar dahingehend, dass mein erstes dreizehntes Gehalt einfließt in die Anschaffung der Ausstattung und dass nach meiner fünfjährigen Verlagszugehörigkeit die komplette Einrichtung in meinen Besitz übergeht. Und in einigen Monaten ist es schon so weit."

„Donnerwetter", entfährt es Dietrich, begleitet von Sashas Lautmalerei:

„Huiii!"

Dietrich nickt aufmunternd in Richtung Cloe, nickt wiederholt, um endlich den Weg frei zu machen für den Start eines ausgedehnten Informationsaustausches, nämlich seine ultimative Collection RIND betreffend. Er gleitet flink über die Tastatur seines iPads und, was er nun notiert, mag zum Thema gehören – oder auch nicht! Denn seine Speicherungen von Eindrücken und von besonderen Details, die die Inneneinrichtung betreffen, gehen synchron von statten mit sehr wohl formulierten Sätzen während des Interviews, in dem Dietrich zur Höchstform aufläuft und meisterhaft von einem Film in den anderen wechselt. Diesen mentalen Spagat notiert er nachfolgend abwechselnd in Normal- und Kursivschrift.

„Männer und Mode."
Diesen Satz wie Sachverhalt stellt Cloe zu Beginn des Interviews in den Raum, wobei sie ergänzt:
„Keine ganz einfache Kombination."

„Da könnte ich mir als Aufmacher sehr wohl folgende Headline vorstellen", tönt Dietrich. „Ich denke da an einen griffigen Satz wie:
Auf der Suche nach dem NEUEN MANN."

„Ein excellenter Vorschlag, wird sofort notiert! Darüber hinaus sind wir der Meinung, dass stylische Männermagazine inzwischen ihre Marktnische gefunden haben."
– *Stylisch!*
Klingt gut!
Und extrem stylisch finde ich die komplette Wand hinter ihrem Schreibtisch, die mit einer in Ahorn-Optik gehaltenen Naturfasertapete brilliert.

„Deswegen gilt als nächster konsequenter Schritt, ein Männer-Modemagazin auf den Markt zu bringen. Dieses Projekt habe ich meinem Vorgesetzten präsentiert und unserer Chefredakteurin überzeugend dargelegt, denn gerade jüngere Männer interessieren sich heute für Mode, ohne dass es ein Geschmäckle hat."
– *Geschmäckle!?*
Dem besonderen Geschmäckle sind dann wohl auch die ausgestopften Schafe in beiden Zimmerecken als Ensemble von Mutterschaf mit Schäfchen zuzuordnen!

„Diesem Statement kannst du doch wohl auch beipflichten, nicht wahr, nicht, Sasha?"

„Natürlich!
Voll und ganz."

„Also!
Junge Männer um die dreißig kennen ihre T-Shirt-Lables, wissen, welche Jeans gut sitzen und könnten über die besten Sneaker ganze Bücher füllen."

„Oder über Desert Boots!"
— *Süüüß!*
Sehe ich richtig?
Da prangt ein Anflug von Erröten in vier Wangen gleichzeitig. Was jetzt?
Sie steht auf, öffnet linkerhand die Tür eines halb Meter breiten und zwei Meter hohen Bücherschranks in weißem Schleiflack, entnimmt mittig ein Magazin, zieht es zielgenau hervor aus der diesjährigen Jahressammlung.
Lässt die Schranktür offenstehen mit Blick auf sehr wohl sortierte Buchreihen wie diverse Folianten, die zentral eine 50 x 100 cm große Reproduktion namens "Die junge Schäferin" von William-Adolphe Bouguereau einrahmen.

„Jedenfalls gibt es bislang noch kein Modeheft für Männer, in dem man (Mann) sich seriös orientieren kann. Und hier genau setzen wir an."
— *Allmählich ahne ich, dass weit vormals wegen dieser außergewöhnlichen Arbeitszimmereinrichtung erhebliche Sträuße gefochten wurden.*
Alle Achtung!
Offensichtlich war Chloe die souveräne Siegerin.

„Dabei wollen wir in der vorerst halbjährlich erscheinenden Ausgabe als Hingucker einen properen Mann in einem neu kreierten Modestil präsentieren. Einen Entwurf, einen schon sehr weit gereiften Entwurf, wie ich meine, haben wir bereits gelayoutet."
— *Was geschieht denn jetzt?*
Sie steht schon wieder auf!
Sie öffnet rechter Hand einen baugleichen Bücherschrank, entnimmt eine verschnürte Mappe und lässt in gleicher Art und Weise die Schranktür wie vormals weit geöffnet, wobei eine zweite gleich große Reproduktion namens:

"Die Schäferin am Bach" seinen Blick auf sich zieht und William-Adolphe Bouguereau wiederholt grüßt.
Nunmehr, mittig gesessen in ihrem Arbeitszimmer, mittig gesessen zwischen zwei Schäferinnenbildern, ergänzt sie in vivo als vivaktive Münchener Modemagazin- Journalistin im nahezu gleich gearteten Schäferinnen-Look die Darstellung eines ultimativen Schäferinnen-Triptychons.
So:
Jetzt blitzschnell beide Seitenflügel über den mittleren Teil zuklappen – und fertig wäre ist ein neuzeitlich mobiles Triptychon auf zwei Beinen, ha, ha, ha!"

„Darf ich ein Foto machen?"

„Sicher, doch."

„Ich auch, ja?"

„Selbstverständlich!", während Cloe erklärt:
„In meiner hiesigen Münchener Altbauwohnung hängen noch weitere Reproduktionen. Die kommen dort sehr viel besser zur Geltung, etwa im lichten Ambiente eines Erkers mit kleiner Schafherde zwischen Heuballen und barocken Schäferei-Details gemäß der Schäfereien von Deutschmann, Draxweiler, Goldig, Hullerbusch, Weckenbach oder Zwiesel-Anhalt – und dabei zusätzlich belebt in Form eines genuinen Schäferkarrens sowie einer barocken Skulptur, geschaffen von Ignatz von Laupendahl und einer daneben stehenden Holztafel mit roh eingeritzten sechs Zeilen aus der von Martin Opitz stammenden "Schäfferey von der Nimfen Hercinie" mit folgendem Inhalt:
So lange bist du mir das liebste von der Welt.
So lange Pales hegt der grünen Weide Zier,
So lange Lucifer entdeckt das klare Licht.

So lange Titans Glanz bescheint den hellen Tag,
So lange Bacchus liebt den Wein und Pan den Wald,
So lange Cynthia uns leuchtet in der Nacht..."

„Hui! Supi-Dupi!
Eine schöne lyrische Plattform mit Heart-Beat – butupp, butupp, butupp!"
- *Fährt Sasha etwa gerade auf der barocken Heldin wie Heroine Cloe ab?*
Ist er ihr neues Schäfchen?
Wird er gerade von ihr thematisiert, idealisiert?
Wird er gerade eingebettet in ihre glückliche naturhafte Hirten- und Schäferwelt, eingebettet im Barock der Spielart eines Liebesromans – quasi als Gegensatz zu einer friedlosen und brutalen Realität in unseren heutigen Tagen?
Hoppala!
Ad hoc mache ich hier eine Eintragung in Fettdruck gleichwohl mit einem Ausrufungs- und Fragezeichen versehen: **E i n F i m m e l!?**

„Hier auf unserem Entwurf für's Cover des Magazin, dominiert ein kräftiger männlicher Oberkörper im Freizeithemd mit dem aktuellen "RIND-Design". Gleichwohl geziert vom Konterfei des Modeschöpfers Dietrich von Ohm nach einer erfolgreichen Bildmontage, bei der Nicky ganze Vorarbeit leistete."

„Super!
Bild und Titel, beides hätte auch glatt von mir sein können", beweihräuchert sich Dietrich und legt sofort nach:

„Der Schriftzug, blau hinterlegt, verleiht maskuline Optik, derweil die drei Top-Themen in roter Schrift sofort ins Auge springen."

„Wann soll denn die Collection RIND zur Präsentation bereit stehen?"

„Gute Frage und meine Gegenfrage:
Wann ist denn das Erscheinen der Erstausgabe geplant?"

„Im Frühjahr des kommenden Jahres."

„Excellent!
Dann kommen wir definitiv zusammen. Darauf können wir noch einmal anstoßen."

„Huch!
Mir ist schon ganz schwummerig.", säuselt Sasha.

„Kein Wunder, angesichts dieser argen Kopfverletzung", zirpt Cloe.
„Da helfen kräftige Häppchen und sehr wohl auch eine heiße Tasse guten Guatemala-Kaffees und hintendrein, ganz klitzeklein, die effektiven Drinks der…"

„Sonnenkäferkinderlein."

„Sasha!
Du nimmst mir das Wort aus dem Mund."

„Diese Wortspielereien und Reime aus Kindergartenzeiten gehen mir noch immer locker von der Zunge:
Erst kommt der Sonnenkäferpapa, dann kommt die Sonnenkäfermama, und hintendrein ganz klitzeklein, die Sonnenkäferkinderlein.
Haben rote Röckchen an, mit kleinen schwarzen Pünktchen dran.

Machen ihren Sonntagsgang, auf unsrer Gartenbank entlang.
Sie wollen Blüten sehn, auf vielen bunten Blumen ruhn.
Abends gehn die Käferlein in ihre Käferbetten rein.
Erst kommt der Sonnenkäferpapa.
Dann die Sonnenkäfermama.
Und hintendrein, ganz klitzeklein, die Sonnenkäfer-Kinderlein."

„Süüüß!
Wie du die Reime aufgesagt hast, Sasha.
Übrigens, den neuesten Energy-Drink beinhaltet die grüne schlanke Dose mit roten Glückskäfern drauf, da pulst es ganz schnell, und ich habe diesen Energy-Shot extra für's heutige Buffet zusätzlich geordert."

„Ja!
Toll, so geht die Post voll ab!
Bin gleich bereit, um die Sammlung der weiteren Reproduktionen genießen zu können und bin fit, im lichten Erker die kleine Schafherde und weitere barocke Schäferei-Details in aller Ruhe anschauen zu können. Dietrich, das wird dauern, melde mich dann später bei dir."
 – *Mäh!!!*

„Danke für das ausführliche Interview.
Auf Wiedersehen!"

„Auf Wiedersehen!"

„Bis später!"

„Bis später!"

Später, sehr viel später, zehn Jahre später, vernimmt Dietrich Reimundos helle Knabenstimme aus der Küche:

„Bis später, Uli!"

„Alles in Ordnung, Reimundo?"

„Ja!
Sie haben gerade Essen verlassen und werden pünktlich hier ankommen. Ich freue mich schon riesig. Wird ein richtig runder Geburtstag werden mit Futter fassen bei Määdoof, einer DTM-Veranstaltung in D-Dorf, dann geht's nach Essen und morgen am Nachmittag holst du mich dort wieder ab."

„Deine dicke Schlafsackrolle steht ja schon im Flur. Doch sag mal, Reimundo, dein Rucksack daneben, der platzt ja förmlich aus allen Nähten, was schleppst du denn da ab?"

„Ein paar alte Anziehsachen, meinen Laptop und Kleinwerkzeug."

„Kleinwerkzeug?"

„Ja!
Denn wir dürfen in der Garage von Kai Uwe einen alten Motorroller zerlegen."

„Zerlegen ist in Ordnung. Nicht aber mit dem Ding im Hof herumfahren. Denk daran, morgen ist Sonntag!"

„Null Problemo!
Das Teil fährt sowieso nicht mehr. Wir spechten hauptsächlich auf den Ausbau möglicher elektronischer Bauteile."

Dietrich grinst breit, während sein Blick unwillkürlich ein gerahmtes Bild mit Trauerflor im oberen offenen Küchenregal streift.

Sein breites Grinsen gefriert mit Blick auf Reimundo, der unverkennbar die abgebildeten Gesichtszüge von Cloe und Sasha reproduziert.

„Ok!
Da sind noch zwei Buletten im Kühlschrank, wollen wir die mal eben verdrücken?"

„Supi!
Ich nehme dazu den Honigsenf, Dieta."

Dietrich krampft unmerklich, denn mit dieser eigenartigen Geschmackskreation hatte ihn früher bereits Sasha konfrontiert.
Nun ja!
Der Apfel fällt nicht weit vom Stamm.

Und ihn Dieta zu nennen, ist Reimundos sprachliche Interpretation seines Namens, nämlich kurz und knapp – doch mit einem lang gedehnten **ie**, einem markanten mittleren Dehnlaut, und dann das abschließendes **a** – in seinen Ohren ein gern gehörter Wohlfühllaut.

Wenn in Kürze Kai Uwe mit seinem Sprössling Uli auftaucht, dann steht da ein kleiner gegelter Stachel, ein untrügliches Abziehbild von Kai Uwe, während er als gut erhaltener Silver Ager möglicherweise als Reimundos junger Opa einher kommen mag.

Aber, bitte sehr, eigene Befindlichkeiten beiseitelassend, wichtig ist doch, dass Vollwaise Reimundo sich prächtig entwickelt und zum Glück kein traumatisch gestörtes Kind ist!

Er bringt heute locker drei Schulkameraden mit zu seiner Geburtstagsfeier, getoppt von einem nachbarschaftlichen Zwillingspärchen namens Melinda und Zoe, beide in "Schoko", deren bewegende Geschichten vom Baumwolle produzierenden Familien-Clan, irgendwo in Afrika, gleichwohl Dietrichs Phantasien beflügeln.

Unwillkürlich muss er dabei breit grinsen, denn die damals mit Sasha gemeinsam angedachten Phantomneger in schwarzen Lederhosen stehen plötzlich wieder als Jux im Raum.

Aber dann, als ihn Reimundo beiseite nimmt, kindlich unschuldig tuschelt, ob denn Neger auch rotes Blut haben, da ergreift er einmalig die Gelegenheit, gleichwohl aufklärend wie erzieherisch die Dinge ins rechte Licht zu rücken. Eher beiläufig entfährt ihm dabei die Bemerkung, dass auch Neger blass werden können, etwa bei großer Übelkeit kurz vorm Vomieren. Eine Tatsache, die offensichtlich Reimundos Neugier, gepaart mit Erkundigungsdrang, dermaßen beflügelt, dass er mit den beiden Grazien auffallend oft herumzuzelt.

Heute, an seinem 10. Geburtstag, möchte er außerdem zusammen mit Uli eine außerhäusliche Nacht in Essen verbringen, demnach in einer anderen Stadt und sehr wohl getrennt von seinem bisherigen Ambiente.
Dietrich denkt zufrieden:
Na also!
Keine Anzeichen von Angst, Verlustangst oder anderweitigen Unsicherheiten.
Offensichtlich durchläuft Reimundo eine ganz normale Entwicklung.

Manchmal sieht Dietrich seine Rolle als Ersatzvater wie Erzieher von Reimundo in Parallelen zu seinem eigenen früheren kindlichen Leben ablaufen. Etwa im täglichen Prozedere, beginnend mit einem gemeinsamen Frühstück und anschließender Begleitung zum Schulunterricht, wie es sein Vater so oft wie möglich mit ihm selber praktizierte, und somit sehr wohl gespeichert als eine positive Erinnerung. Gleichzeitig verschafft ihm das Abholen Reimundos aus der Schule von der Hausperle genügend Zeit bis zum gemeinsamen Mittagessen. So steigt er einfach eine Etage tiefer, nämlich in die umgebauten Räumlichkeiten von Willis ehemaliger Kneipe, um in aller Ruhe zu arbeiten, während seine quirlenden Ideen und Modephantasien jetzt zunehmend ein junger Firmenmitinhaber umsetzt, manchmal noch weit ausgefallener oder modisch zukunftsorientierter als er selber fühlt oder gar wagen möchte. Beruhigend zu wissen, dass der Unternehmensdrive weiterhin mit spürbarem Zukunftspotential brilliert!

Zudem erwies sich Kai Uwe zunehmend als ein offener Gesprächspartner, der ihm erstaunlicherweise bei diffizilen Entscheidungen im Gleichklang beipflichtete, wobei die Handhabung der Beerdigung den bislang schwierigsten zurückliegenden Entscheidungsprozess beinhaltete. Ob nun eine alleinige Teilnahme oder zusammen mit Knabe Reimundo – oder gar ein gemeinsames Fernbleiben, wie letztendlich gehandhabt, wälzten sie in langen Gesprächen, wobei Dietrich als ausschlaggebendes Argument ins Feld führte, sein eigener Vater habe ihm im gleichen Alter diesen Gang erspart, ihn aber aufgeklärt und fortan einmal im Monat zum Gedenken auf einen gemeinsamen Friedhofsbesuch mitgenommen. So werde er es auch mit Reimundo halten!

Da Dietrich vormals keine Bekanntschaft mit Sashas Ziehvater, aus welchen Gründen auch immer, gemacht hatte, was ebenfalls auf Cloes Eltern mit Zwillingsbruder zutraf, fand er es sehr entlastend, dass keine dieser beiden familiären Parteien Einspruch gegen seine Inpflegenahme von Reimundo einlegte, ihm dadurch Auseinandersetzungen mit völlig fremden Menschen erspart blieben und wobei er gar nicht darüber nachdenken mochte, inwiefern er sich überhaupt auf juristische Querelen eingelassen hätte – oder auch nicht! Jedenfalls verblieb Reimundo in seinem gewohnten und vertrauten Umfeld, während im Hintergrund offizielle Schriftstücke raschelten, etwa Sorgerecht, Umgangsrecht oder Familienrecht betreffend – basierend auf Dietrichs Drängen angesichts brenzliger familiärer Lebensumstände in Reimundos Familie. So wurde in Form einer eidesstattlichen Erklärung festgehalten, dass er, Herr Dietrich von Ohm, definitiv für Sorge- und Pflegerecht für Reimundo eingetragen galt und ihm gleichzeitig, betreffend eines bestehenden Pflichterbteiles in einem sechsstelligen Bereich, die Vormundschaft zugesprochen wurde.

Kai Uwe zog zeitgleich einen seiner Klienten aus dem Hut, einen Familienanwalt seines Vertrauens, dessen Formulierung er auf einem Voice-Recorder speicherte und ihn Dietrich in folgende Lesart übermittelte: „Die bundesdeutschen Gesetze lassen das "Vererben" von Kindern ausdrücklich zu. Eltern können nach § 1776 BGB und 1777 BGB einen Vormund für das Kind bestimmen."

Mehrere Aktenordner füllten Schriftstücke mit Sorgerecht, Umgangsrecht und Familienrecht betreffend, vornehmlich verbrieft auf kantig hart genicktem Kanzleipapier. Schriftstücke, die aus heutiger Sicht der Dinge möglicherweise gar nicht gegriffen hätten, wäre doch das Leben in anderen Bahnen verlaufen.
Aber...

Aber, als es Sasha schließlich gesagt hatte, damals, als er nach sechs langen Wochen wieder in Köln eintraf, da fühlte ich mich irgendwie leichter, gleichzeitig stärker und vielleicht auch jünger zur gleichen Zeit. Etwas zu beenden tut zweifelsohne weh! Dennoch fühlte ich gleichzeitig eine ungeahnte Befreiung. Wege mögen sich trennen, und was unsere damalige gemeinsame Beziehung betraf, mag das Auseinandergehen nicht unbedingt zwei träumende Schmetterlinge getroffen haben, wobei besonders für mich die im Raum stehende veritable Tatsache des großen Altersunterschiedes ins Feld zu führen war.

Vornehmlich, in unserer nicht eingetragenen Lebensgemeinschaft, fühlten wir uns in erster Linie der Qualität unserer Freundschaft verpflichtet, die nun ausgerechnet nach der Bekanntschaft mit Cloe in ganz anderen Bahnen verlief, wobei ich in der damaligen Situation zuvorderst fühlte, für Sashas Schicksal nicht verantwortlich zu sein.

Mir unbekannt und mir offenbar bewusst unbekannt belassen, lauerten spitze Splitter von Lebensumständen in der neuen Lebensgemeinschaft von Sasha und Cloe. Lauerten darauf, mit ihren desaströsen Auswirkungen erst etliche Jahre später, mittig in Reimundos drittem Schuljahr, unser Leben zu perturbieren.

Aber, als es Sasha schließlich gesagt hatte, damals, als er nach sechs langen Wochen wieder hier in Köln eintraf, da begriff ich das Wort Zukunft zuerst in angedachten und nachfolgend auch in ausgeführten Taten. Ich begriff das Leben neu. Ich fasste es und trat bewusst den Weg eines neuen langen Marsches an.

Aha!
Cloe war bereits schwanger.
Aha!
Beide waren bereits auf dem Weg nach Köln.
Aha!
Beide wollen hier gemeinsam ein neues Büro für Presse- und Öffentlichkeitsarbeit des großen Münchener Verlages bespielen.
Aha!
We are the Champions!
Na bitte, warum denn nicht?
Und, Dietrich, diese freiwerdende Wohnung, gelegen auf der gleichen Etage, also direkt neben deiner gleich großen Super-Altbau-Wohnung, also, Dietrich, da könnten wir doch baldigst einziehen, einen geschmeidigen zeitnahen Möbeltransfer aus München nach Köln inkludierend, nicht wahr nicht – meinst du nicht auch, Die-te-rich?

Kaum ist Kind Reimundo geboren, bringt er quirlendes Leben in beide einhundertundfünfzig Quadratmeter große Wohnungen und schreit nach Onkel RIND.

Sodann verblüfft Knabe Reimundo, denn er bastelt, er baut und schraubt. Er zerlegt und baut und schraubt alles wieder zusammen, und er kennt sich baldigst in Dietrichs Werkstatt aus wie in seiner eigenen Hosentasche.

Bei Chloes Fehlgeburt bekommt er im 3. Schuljahr die Masern. Dietrich hütet Reimundo. Sasha verbringt die Tage bei Cloe, bis sie vom Krankenhaus direkt in eine sechswöchige geschlossene Therapie wechselt. Wer weiß denn schon, was sich in den Köpfen von Leuten abspielt, die beim Psychiater in Behandlung sind?!

Was denn?

Jetzt erst, nach fast neun Jahren, eröffnet Sasha behutsam in einem Gespräch den wahren Hintergrund in Bezug auf Cloes sofortig begonnener Therapie, einer zeitnahen Behandlung ihres neuen Depressionsschubes, soeben ausgelöst durch die Fehlgeburt. Sasha, sehr wohl informiert, steht mit dem Rücken zur Wand in der Hoffnung, dass seine Familie den Abzweig vor einer Sackgasse nimmt und, den Tränen nahe, quält er sich durch einen langen Bericht:

„Cloe erzählte mir nach unserem Kennenlernen von einer ersten erfolgreichen Behandlung ihrer Depression, aus der sie gestärkt und hoffnungsfroh ihren neuen Weg in die Zukunft antrat. Dennoch hatte Cloe immer Angst, dass andere Leute etwas merken, sie auslachen oder gar verurteilen könnten. Sie meinte, wir leben ja in einer Gesellschaft, in der man eine gute Figur abgeben muss. So war das schon bei unserem Kennenlernen, damals in München. In ihrer großen Altbauwohnung machten wir es uns nicht etwa im Wohnzimmer auf einer Polsterlandschaft bequem, nein, Cloe packte flugs einen Picknickkorb und wir bezogen Quartier in dem mit Stroh ausgepolsterten Schäferkarren. Da brach dann die Achse, dennoch ging's weiter rund in dieser Bude, eingebettet wie in einen Kokon. Damals erfuhr ich erstmals von ihrem Zwillingsbruder, der nach ihrem gemeinsam bestandenen Abitur und zeitnah nach der Beerdigung der gemeinsamen Tante mütterlicherseits, einfach in Amsterdam verblieb, um das kleine, ihm vererbte Hotel, weiter zu betreiben – und dann war da noch die Rede von einem Coffee Shop, von einem staatlich tolerierten weichen Drogenladen. Jedenfalls schied damals die Tante durch Suizid aus dem Leben, wobei Cloe erstmals in diesem Zusammenhang das Wort Depression nebst einer familiären Disposition verinnerlichte.

Nach ihrem Abitur wollte sie unbedingt nach München ziehen. Wollte weg vom beschaulich spießigen Bonn, um in einer Weltstadt mit besonderem Flair, Kunst- und Literaturgeschichte zu studieren. Sie startete ihren Traum aus Mitteln ihres Pflichterbteils, zog in eine lichte Altbauwohnung, fiel gleich zu Beginn durch die Aufnahmeprüfung und fühlte nach dieser Enttäuschung kein greifbares Ende ihrer Niedergeschlagenheit. Sie fühlte sich völlig antriebslos, wachte nachts mit Herzklopfen auf, fühlte sich wertlos und blieb bis mittags im Bett liegen. In Erinnerung des kürzlich erwähnten Wortes Depression, suchte sie in ihrer Verzweiflung die Praxis des nächstgelegenen Allgemeinmediziners auf, der sie sofort an eine Therapeutin vermittelte. Im Hinblick auf eine mögliche familiäre wie genetische Disposition, verblieb sie dort für mehrere Monate in Behandlung. Mit sehr gutem Erfolg, denn die Therapeutin führte sie offensichtlich sehr einfühlsam aus ihrer Lebenskrise heraus. Sich völlig umzuorientieren, das war der Weg, um wieder gesund zu werden, und es zu bleiben! Ein Neuanfang mit vollständig neuen Plänen und Perspektiven, führte Cloe in ein neues Leben. Dazu gehörte ein Praktikum im Hause eines großen Münchener Verlages, der ebenfalls eine Journalistenschule beherbergte. Dort wurde Cloes Talent entdeckt und gefördert und in kürzester Zeit erwuchs ihr dort ein neues lebenswertes Zentrum, und nicht nur das, denn ihre Therapeutin vermittelte ebenfalls Kontakte zu literarischen Kreisen im Münchener Raum. Cloes Wortgewandtheit wie Diskussionsfreudigkeit begründeten einen Kontakt zu einem älteren Herrn, angesiedelt im gefühlten Großvateralter, dennoch geistig hellwach einher kommend. Er war ein verschrobener Verehrer von Che Guevaras lateinamerikanischen Revolutionstheorien, Anhänger der Naturmedizin, Gründungsmitglied der Grünen, Rabulistiker, Mehrwortlexem-Liebhaber, Knüllwald-Idylliker sowie detaillierter Kenner der Schäferdichtung und Sammler seltener Schäfereiutensilien. Dieser ältere Mann begeisterte Cloe nachhaltig. Er wies sie ein in die Romantik der Schäferromane, er wirkte wie ein Mentor und er vermittelte ihr tatsächlich ein erstes Schäferinnenbild in Form einer Kopie von William-Adolphe Bouguereau. Cloe verinnerlichte voll und ganz die Welt einer ringsum friedfertigen Schäferin, eingebettet in eine naturhafte Hirten- und Schäferwelt in Barocker Spielart diverser Liebesromane im vehementen Kontrast im Hinblick auf eine friedlos empfundene brutale Realität.

Diese Gedankengänge ihrer Flucht- und Schutzsuche wurden mir selber nach und nach bewusst. Ich sah mich als ihr Schäfchen, eingefangen in diese von ihr aufgebauten wie imaginierten Schäferwelten. Sah mich eingebunden in ihre Gefühlswelt, die alsbald von unserem neuen Schäfchen Reimundo, das die Familienherde aufstockte und diese jetzt nach ihrer erlittenen Fehlgeburt zum Einsturz brachte. Welche Wege aus ihrem Seelentief uns wer weiß wohin auf verschlungenen Pfaden führen werden, bleibt abzuwarten!"

Damit hatte Sasha definitiv an Skylla und Charybdis gerührt, während zeitnah meine Überlegungen und Pläne in Bezug auf eine mögliche Gestaltung von Sorge- Umgangs- und Familienrecht griffen, sehr wohl akzeptiert und befürwortet in unserem Umgang und rechtens im richtigen Moment in die Tat umgesetzt und besiegelt und verbrieft auf steifen Kanzleipapieren.

Holterdiepolter wollte nun Cloe nach ihrer beendeten Therapie so oft wie möglich ihren Zwillingsbruder besuchen. Fast an jedem Wochenende stand Amsterdam auf dem Plan, immer häufiger wurde mir die Betreuung von Reimundo auferlegt und, kein Wunder, wenn dann zum Wochenbeginn zwei Zombies herumgeisterten, wobei ich abgrundtief ahnte, dass dafür das Aufsuchen des Coffee Shops von Cloes Zwillingsbruder ein zusätzlicher Grund war. Während eines arrondierenden Gespräches mit Kai Uwe an einem frostigen Samstag Ende des vergangenen Jahres, stimmten wir im Abgleich der besonderen Umstände voll und ganz darin überein, die bestmögliche Lösung in Bezug auf Sashas Familie unter Einbringung meines persönlichen Parts gefunden und getroffen zu haben, als uns gegen 15 Uhr die Nachricht eines schweren Unfalls erreichte.

Heutigentags, fast ein halbes Jahr später, lockt uns Kai Uwe mit neuen Schritten und Aktivitäten ins pulsierende Leben, dazu passend an Reimundos heutigem runden Geburtstag. Kai Uwe winkt mit zwei Familien-Billets, die er bei einem Preisausschreiben seiner heiß geliebten WAZ=WeißAllesZeitung gewonnen hatte, er winkt mit V.I.P.-Tickets für Führungen durch die Boxengasse und durchs Fahrerlager der DTM (Deutsche Tourenwagen Meisterschaft), die in Düsseldorf auf der Königsallee, in Kurzform Kö genannt, gestartet werden soll. Für unsere beiden Trabanten Reimundo und Uli ein heißer Trip ins pralle Leben! Schon klar, heute bilden die drei Buchstaben DTM das Markenzeichen der populärsten Internationalen Tourenwagen-Rennserie, deren Geschichte in der Saison 1984 mit seriennahen Produktionswagen begann und 1996 in einer weltweit ausgetragenen Serie für Hightech-Tourenwagen gipfelte. Nach einer dreijährigen Auszeit feierte die DTM im Jahre 2000 mit einem richtungsweisenden Konzept – faszinierende Technik bei vertretbaren Kosten – ein erfolgreiches Comeback.

Heute gilt sie als Königsklasse der Tourenwagen und ist primär einer der größten Sportevents Europas.

Angekommen im Gewusel knackiger Cheerleader-Girls im Rheinisch-Karnevalesken Outfit, die Kai Uwe kurz und knapp als Hupfdohlen bezeichnet, bekommen wir als glückliches Kleeblatt Sternchen in die Augen angesichts der aufgereihten Hightech-Tourenwagen. Schon spannend, zu beobachten, wie sich die Rennpiloten in ihren feuerfesten Overalls ins Cockpit zwängen und wie ihnen sodann Lenkrad und Helm gereicht werden. Vorneweg ein nostalgischer Song namens Rheinita der Popgruppe La Düsseldorf aus den späten siebziger Jahren, dann die abgefahrene Motorrad-Stunt-Show, begleitet vom Getöse aus tonnengroßen Lautsprecherboxen einer lokalen Hammergruppe und dann endlich, das mit Spannung erwartete kompakte Roll-Out der ersten Runden auf dem Parkour. Dominanter Geruch hellblauer Auspuffgase, gepaart mit Qualm heißer Pneus im Breitschlappenformat und vorbeiflitzender optisch aufgemotzter Rennboliden, deren gewaltige Kraft von rund 450 gespürten Pferdestärken ihrer Maschinen Good Vibrations in die Eingeweide zaubern, dazu diverse Spektakel von Burn-Outs in den engen Kurven, die tatsächlich eine einmalige Reifen-Inflammation mit nachfolgendem Autobrand verursachen.
Der Fahrer flüchtet per Pedes, der Bolide geht geschmeidig in Flammen auf und dann, ja dann trollt sich ein einsamer Helfer wie eine verunglückte rheinische Witzfigur mit einem 10-L-Handfeuerlöscher unterm Arm, der schon beim Laufen Schaum verspritzt. Die Feuerwehr kommt dann derart spät, dass sie nur noch ein ausgebranntes Autowrack vorfindet.

„Scheiße hoch drei", schreit Kai Uwe total aufgebracht wegen dieser totalen Desorganisation.

„Bevor noch mehr passiert, sehen wir doch zu, dass wir hier wegkommen. Wir machen den totalen Abflug, sofort!!!"

Dabei mein Blick auf die Uhr: 15 Uhr, früher Samstag-Nachmittag.

Zeitgleich zerschellte exakt vor einem halben Jahr auf der A1, E 30, kurz vor Apeldoorn, das mit Cloe und Sasha besetzte Auto an einem Brückenpfeiler nach einer vorausgegangenen Kollision mit einem ausgebrochenen RIND.

Wie vereinbart, parkiert Dietrich quer vor drei nebeneinander liegenden Garagentoren, gekennzeichnet mit fortlaufenden Maxibuchstaben in der Reihenfolge: K A I. Rundum unwirkliche Stille in Dortmunds City-Bauch! Läuft da im Fernsehen etwa gerade ein Fußballspiel mit Borussia in einer Fernsehübertragung? Beim Abstellen seines sonorig brummenden Sportwagenmotors verklingt gleichzeitig eine fast zehn Jahre zurückliegende Signalform:

Morgen mache ich Essen.
Übermorgen mache ich zusammen mit Sasha München.

Dietrich zieht den Zündschlüssel, schält sich aus dem abgewetzten ledernen Sportsitz, verriegelt den perlmuttfarbenen Porsche und, wie aus dem Boden gewachsen, steht Reimundo neben ihm mit einer blauen Plastiktüte in der Hand.

„Dieta!
Schön, dass du da bist.

Schau mal, diese Blinkeranlage haben wir neben anderen Dingen aus dem Motorroller ausgebaut und Uli hat mir das elektronische Teil geschenkt. Das baue ich morgen in eins der ausgestopften Schäfchen ein, wobei ein blinkendes Augenpaar erst der Anfang meiner belebenden Bauteilliste für Mutters gesamte Schafherde ist."

Beim sonoren Klang des Sportwagens gleitet Reimundos Blick vom urbanen Ruhrschnellweg, der sich weit und breit verflicht, in Dietas Gesicht, worin das breite Grinsen des Dietrich von Ohm gefriert.

ENDE

KURZVITA UND BIBLIOGRAFIE

Jo Ziegler

Im Ruhrgebiet 1949 geboren und dort lebend. Bildender Künstler und Autor einer großen Revier-Chronographie in drei Romanen mit dem Buchtitel Die Ruhr-Trilogie 2008 und 2010 erschienen im Schreibhaus Verlag Bochum
Ab 2010 Reaktionsmitglied bei www.kulturproramm.de
Ab 2013 Veröffentlichungen in der Edition Bärenklau Berlin
Ab 2014 Veröffentlichungen bei Beam eBooks Köln
Ab 2016 Veröffentlichungen bei BoD Norderstedt
Ab 2018 Veröffentlichungen bei TWENTYSIX
Weitere Bücher von Jo Ziegler

https://www.amazon.de/Jo-Ziegler/e/B00MD912NU

KRIMINALROMANE
2015 **Ruhrpott-Dschungel**, München: BookRix, e-Book
2015 **Ruhrpott-Dschungel 2**, Cassiopeia-Press / beam-ebooks.de

2016 **Soko Sokolowski,** Taschenbuch-Ausgabe bei LitArt-World, Karin Welters
Publikationen, Mönchengladbach
Verlag: CreateSpace Independent Publishing Platform (9. November 2016)
ISBN-10: 1540301400
ISBN-13: 978-1540301406
2017 **Soko Sokolwski,** BookRix (16. Februar 2017) Verkauf durch: Amazon Media S.à r.l. ASIN: B06WVDYRLJ

WEITERE BÜCHER
2010 Jona, Schreibhaus Bochum (Ruhr-Trilogie Bd 2) E-Book Cassiopeia-Press / Beam-ebooks
2010 Pinka Ruhr-Wurm, Schreibhaus Bochum (Ruhr-Trilogie Bd 3) auch 2014 München BookRix, e-Book
2013 Der dicke Fisch / Tombul Balik – Ein Märchenbuch für Kinder in deutscher und türkischer Sprache, Cassiopeia-Press / Beam-ebooks
2013 Maghrebinische Impressionen, Cassiopeia-Press Alfred Bekker / Beam-ebooks
2014 Großer Mann/kleiner Mann: Erlebnisse aus der Nachkriegszeit – vom zerstörten Ruhrgebiet bis nach Berlin, Edition Bärenklau / München: BookRix e-Book ASIN: B00N4W4Q7O
2015 Herrenschmitt...und Ich! Edition Bärenklau / amazon kdp ASIN: B0148NKD0Q
2015 Himmlisch hoch Drei, Ruhrpott-Dschungel 3, Cassiopeia-Press, Kindle Edition ASIN: B014IU9ZD0
2016 Zweite überarbeitete Auflage Die Ruhr-Trilogie: Eine große Revier-Chronographie in drei Romanen: BoD,
Als gebundene bibliophile Ausgabe und als e-Book
2016 Soko Sokolowski, Buchausgabe bei LitArt-World, (09. November 2016) Karin Welters Publikationen, Mönchengladbach

2017 Soko Sokolwski, BookRix (16. Februar 2017) Verkauf durch: Amazon Media S.à r.l. ASIN: B06WVDYRLJ

2018 (12. Februar) Ausfahrt@Absurdistan, TWENTYSIX, ISBN 978-3-7407-4378-9 und e-Book

2018 (22. Februar) Glocken-Heim, TWENTYSIX, ISBN 978-3-7407-4418-2 und e-Book

2018 (29. März) Zwergenlatein, TWENTYSIX, ISBN 978-3-7407-4487-8 und e-Book

2018 (April) Die Kalahari lebt, TWENTYSIX, ISBN 9783740744731 und e-Book

Autorenfoto Jo Ziegler
Im Katakomben-Theater Essen 2015
Bei einer PostDrama-Aufführung
<<KEIN TEICH, KEIN SCHLOSS>>

Bibliografische Information der Deutschen Nationalbibliothek: Die
Deutsche Nationalbibliothek verzeichnet diese Publikation in der
Deutschen Nationalbibliografie; detaillierte bibliografische Daten sind
Im Internet über dnb.d-nb.de abrufbar.

TWENTYSIX – Der Self-Publishing-Verlag
Eine Kooperation zwischen der Verlagsgruppe Random House und
BoD – Books on Demand

© 2018 Ziegler, Jo

Herstellung und Verlag:
BoD – Books on Demand, Norderstedt

ISBN: 9783740735876